Annette Böhler

Zuckerstreusel zum Verlieben

Liebesroman

Bibliografische Information der Deutschen Nationalbibliothek: Die Deutsche Nationalbibliothek verzeichnet diese Publikation in der Deutschen Nationalbibliografie; detaillierte bibliografische Daten sind im Internet über http://dnb.d-nb.de abrufbar.

Empire-Verlag OG, Lofer 416, 5090 Lofer

Lektorat: Marion Busch
http://www.lektorat-busch.de

Korrektorat: Rebekka Maria Peckary
https://www.federnote.at/

Cover: Chris Gilcher
http://buchcoverdesign.de/

Illustrationen: Adobe Stock ID 142406314, Adobe Stock ID 482024519, Adobe Stock ID 470084309, Adobe Stock ID 310683042 und freepik.com

gesetzt aus der EB Garamond
erstellt mit *SPBuchsatz*

Bestellung und Vertrieb: Nova MD GmbH, Vachendorf

»Man soll dem Leib etwas Gutes bieten, damit die
Seele Lust hat, darin zu wohnen.«
(Winston Churchill)

Für Angelika und Christian,
weil Ideen auf Bäumen wachsen
und Freunde das Leben bereichern.

Kapitel 1

Ich zog meine weiße Schürze aus und hängte sie an den Haken in der kleinen Backstube. Unglaublich, heute war der große Tag. Ich hatte es wirklich geschafft. Ich blickte mich um. Alles war ordentlich aufgeräumt und für neugierige Kundenblicke gewappnet. Gleich zehn Uhr. Ich atmete tief durch und warf einen Blick in den großen Ganzkörperspiegel, den ich mir extra für diesen Moment beim Durchgang von der Backstube ins Café montiert hatte. Hier war mein Arbeitsplatz, hier geschah das, was für mich wirklich Bedeutung hatte: Kuchen und Torten backen. Sie belegen und glasieren, mit Marzipan oder Fondant umhüllen. Pralinen rollen, Ganache zubereiten, Kuvertüre erhitzen. Aber das Beste von allem? Ganz am Ende? Naschen! Genießen und niemals aufhören wollen. Und diese Tür, die von der Backstube nach draußen ins Café führte und diese beiden Welten für mich verband. Endlich konnte ich das, was ich in meiner selbstgewählten Einsamkeit erschaffen hatte, vorzeigen und präsentieren, vor allem aber mit anderen teilen und gemeinsam staunen, wie lecker die süßen Kunstwerke schmeckten. Ich warf einen letzten Blick in den Spiegel und auf die Uhr, die darüber hing und betrat mein eigenes Café. Der Durchgang führte direkt hinter die Theke. Sie war aus Glas und kühlte die Kuchen und Torten, die Kühlung benötigten. Der zweite Teil der Auslage war ungekühlt, hier stellte ich das aus, was gerne bei Zimmertemperatur verzehrt werden wollte. Die Torten und Kuchen ruhten gut sichtbar auf unterschiedlichen Tortenständern und Tellern. Jeder sah anders aus. Manche waren aus Glas, andere aus Porzellan. Die einen schlicht und andere verschnörkelt. Weiß oder in kitschig, romantischen Farben gehalten. Ich hatte alles hier, denn jede Torte brauchte eine einzigartige Präsentation. Eine Erdbeer-Sahne-Torte wirkte auf einem rosaroten Porzellanteller viel einladender als auf einem silbernen Ständer. Fand ich zumindest, ich mochte es eben verspielt romantisch und auch ein bisschen frech. An der Wand hinter mir hing eine große Tafel, auf die ich mit Kreide mein Sortiment geschrieben hatte. In einer wunderschönen, altmodischen Schrift. Dafür hatte ich extra einen Kurs besucht. Neben der Tafel stand ein hüfthohes Regal, das sich über die ganze Raumlänge zog. Hier befanden sich die Kaffeemaschine, eine Auswahl an Kaffeebohnen, aber auch heiße Schokolade und Tees. Niemand sollte bei mir zu kurz kommen. Natürlich führte ich außerdem Kaltgetränke. Sie waren in den Schubladen unter der gekühlten Kuchentheke verstaut. Dieser Bereich, den ich als Verlängerung der Backstube sah, war in Schwarz gehalten. Das passte zur Tafel an der Wand und ließ im Kontrast dazu die Torten in der Auslage besonders hell leuchten. Das Café selbst hatte ich vom regionalen Tischler jedoch bunt gestalten lassen. Ich hatte mich für runde, eckige und ovale Tische entschieden. Manche als Esstisch, andere als Sofatisch gefertigt. Dazu passend Holzstühle mit Sitzkissen aus Samt, aber auch große, gemütliche Lehnsessel mit einem flauschigen Bezug. Es gab auch Sofas und Hocker. Irgendwie wirkte es wild zusammengewürfelt und dennoch sah es gemütlich aus. Dieses Café wäre definitiv mein Lieblingscafé gewesen, wenn ich es nicht ohnehin gerade selbst eröffnet, sondern als Gast entdeckt hätte.

An diesem Vormittag trat ich also nervös in mein noch leeres Café und blickte nach draußen. Ein Schaufenster eröffnete jedem den Blick hinein, der durch die Fußgängerzone schlenderte. Ich hatte mir meinen Traum etwas kosten lassen, die Pacht für diese Location war nicht günstig, aber welche Träume waren denn günstig zu haben? Meine beste Freundin Mira stand vor der Tür. Meine erste Kundin.

Ich lächelte und winkte.

»Hallo, komm rein«, begrüßte ich sie und sperrte die Tür auf. Ich freute mich so.

»Herzlichen Glückwunsch zur Eröffnung, Bianca«, sagte Mira und nahm mich in den Arm. »Ich bin so stolz auf dich. Endlich ist es so weit. Ich gratuliere dir von Herzen zu deiner eigenen Konditorei. Du hast es dir verdient.« Sie drückte mir einen Strauß Blumen in die Hand.

»Danke.« Das Bouquet war wunderschön und in allen Farben gehalten. Ein typischer Sommerstrauß. Ich erkannte Rosen und Gerbera, aber es gab auch Blumen, die ich nicht benennen konnte, und natürlich Farn. »Der ist ja hübsch.«

Ich stellte die Blumen in eine Vase, sie passten perfekt auf die schwarze Theke. »Und was sagst du?«, wollte ich von Mira wissen.

»Ich sehe den Laden ja nicht zum ersten Mal. Aber so richtig zum Leben erweckt, mit Beleuchtung und gefüllter Auslage. Sensationell.« Mira zog mich in ihre Arme. »Ich bin stolz auf dich. Du hast es geschafft.«

Ich nickte und konnte es kaum glauben. Aber sie hatte recht. Nach Jahren des Träumens und Arbeitens hatte ich es endlich geschafft.

Meine eigene Konditorei.

»Hast du dich schon für etwas entschieden?« Mit einer ausladenden Handbewegung deutete ich zur Theke.

»Ich wusste ja, dass du backen kannst und ich habe schon einiges von dir gesehen. Aber so viel Auswahl auf einmal. Und eine Torte sieht verlockender aus als die andere. Wie soll ich mich da nur entscheiden?« Mira stand vor der Auslage, ihre Hände in die Hüften gestemmt, und seufzte. »Ich denke, ich nehme einfach den Marmorkuchen.«

»Nicht heute! Suche dir etwas Besonderes aus«, ermunterte ich sie. Natürlich bot ich neben Torten auch normale Kuchen an. Nichts ging über einen warmen Apfelkuchen mit Butterstreusel und einer Portion Sahne. Und auch der Marmorkuchen war für mich ein liebenswerter Klassiker, der nicht fehlen durfte. Vor allem Kinder aßen ihn immer gerne. Aber heute war ein Feiertag, zumindest für mich, da musste es Torte sein.

»Aber wenn die echten Kunden kommen, soll die Auslage

noch schön und unangetastet aussehen. Ich will nichts anschneiden«, entgegnete Mira und wandte sich wieder dem Marmorkuchen zu. Mit den Augen hing sie aber auf der Esterházy-Torte.

»Es gibt jetzt Torte. Keine Widerrede«, beharrte ich und stellte mich hinter die Theke. »Ich esse die Festtagstorte, die ich extra für heute kreiert habe.« Ich zeigte auf die mit Sahne umhüllte Torte, die auf den Seiten mit gerösteten Mandeln bedeckt war und oben mit frischen Früchten belegt. Eine richtige Sommertorte. Passend erfrischend zum warmen Wetter draußen. »Innen findest du einen hellen Biskuit getränkt mit Fruchtpüree. Zwischen den Böden ist abwechselnd eine Marzipanschicht, und eine Fruchtschicht, darüber jeweils Sahne mit Früchten. Sollte ein Traum sein. Ich schneide sie jedenfalls an. Und für dich? Die Esterházy-Torte?«

»Nein, nein, auch die Festtagstorte, wenn du die extra für heute gebacken hast«, sagte Mira. Ich schnitt die Torte an. Sie sah perfekt aus. Ich war mit meiner Arbeit sehr zufrieden.

»Kaffee dazu?«, bot ich an, während ich das erste Tortenstück vorsichtig auf den Teller hob.

»Gerne.«

»Dann setz dich doch schon, ich komme gleich.« Dann drehte ich mich zur Kaffeemaschine und spannte den Siebträger ein. Die Maschine begann zu rauschen und dann zu brühen. Der Kaffee duftete aromatisch. Ich hatte mehrmals an Verköstigungen teilgenommen und auch Messen besucht, bis ich eine Kombination aus einer qualitativ hochwertigen Kaffeemaschine und hohen Bedienerfreundlichkeit gefunden hatte. Dieses Gerät sah super aus, bereitete grandiosen Kaffee zu und war einfach in der Handhabung. Ich trat mit dem ersten Kuchenteller und der ersten Tasse Kaffee, die ich in meinem eigenen Café ausgab, an den Tisch zu meiner Freundin und stellte alles vor ihr ab, um dann auch für mich eine Festtagstorte und eine Tasse Kaffee zu holen.

»Wow, die sieht wirklich schön aus«, lobte Mira und staunte über die verschiedenen Schichten, die gut zu erkennen waren.

»Danke.« Ich kostete den ersten Bissen und war froh, dass sie so köstlich wie immer schmeckte.

Einerseits hoffte ich, wir hätten ein bisschen Ruhe, um diesen Tag zu feiern und zu plaudern. Andererseits hoffte ich auf ein paar Gäste, denn ohne sie wäre mein Traum bald ausgeträumt. Ich saß also wie auf Nadeln und fragte mich, wie mein Café bei den Leuten ankommen würde. Der aufkommende Besucherandrang beantwortete diese Frage von selbst. Ich musste Mira ihr Tortenstück alleine essen lassen und stellte mich für meinen ersten Arbeitstag hinter die Theke.

Meistens kamen zwei oder drei Personen gemeinsam, die sich auf einen Tratsch treffen wollten. Das Café füllte sich und ich hatte wirklich zu tun. Es fühlte sich gut an. Die fremden Menschen schienen sich bei mir wohlzufühlen. Manche lümmelten im Sofa, andere saßen gepflegt und aufrecht auf den Stühlen. Aber jede und jeder hatte ein Kuchen- oder Tortenstück vor sich. Das war mein Traum. Ich pendelte zwischen

Theke, Kaffeemaschine, dem Gastraum und meiner Backstube hin und her. Ich beriet die Gäste an der Auslage, was welche Torten beinhalteten und wie sie schmeckten und half ihnen, eine Entscheidung zu treffen. Darüber hinaus räumte ich die Tische ab und versuchte, ins Gespräch zu kommen, wenn die Zeit es zuließ. Immer wieder stahl ich mir ein paar Minuten, um nach hinten in die Backstube zu gehen und das schmutzige Geschirr in den Spüler zu räumen, um alles möglichst ordentlich zu halten. Wenn ich mich im Spiegel musterte, ertappte ich mich beim Lächeln. Und das machte mir so viel Spaß, dass mein Lächeln nur noch breiter wurde, als ich wieder nach draußen trat. Es war schon nach vier Uhr, die Zeit war wie ihm Flug vergangen. Um fünf wollte ich schließen. So hatte ich mir meine Öffnungszeiten überlegt. Die Zukunft würde zeigen, ob ich mein Café so würde führen können oder nicht. Für heute sah es gut aus. Es hatte gleich vormittags einen ersten Ansturm gegeben und dann nochmals nachmittags gegen zwei Uhr. Aber gegen Abend war der Bedarf an Kaffee und Torte nicht mehr nennenswert.

»Hallo, haben Sie noch geöffnet oder bin ich schon zu spät?«, fragte ein junger Mann, der gerade eingetreten war.

»Natürlich, es bleibt noch genug Zeit. Und so genau nehme ich es auch gar nicht. Sie dürfen Ihre Torte also in Ruhe genießen«, erwiderte ich, und er warf einen Blick auf seine Uhr.

»Wie schön. Danke.« Er schnaufte und schien außer Atem. »Ähm, was empfehlen Sie mir denn?«, fragte er, nachdem er seine Augen über die Auslage hatte gleiten lassen. Inzwischen war jede Torte angeschnitten. Mir persönlich gefiel es sehr gut, wenn man die Schichtung erkennen konnte, die mehr über den Kuchen verriet als die äußere Glasur.

»Ich kann Ihnen alles empfehlen. Ich würde nichts anbieten, das nicht gut schmeckt.« Ich konnte ein Kichern nicht unterdrücken, denn ich wusste, was er von mir wollte. Er konnte sich schlichtweg nicht entscheiden, und das Gefühl kannte ich selbst nur zu gut, wenn es um Kuchenauslagen ging.

»Was mögen Sie denn lieber? Eher etwas fruchtig Frisches oder cremig und süß?«

»Wenn ich sage, von allem ein bisschen, hilft Ihnen das auch nicht weiter. Aber Sie sehen zumindest, wo das Problem liegt.« Er schenkte mir ein Lächeln.

»Ich mache Ihnen einen Vorschlag. Sie bekommen ein schmales Stück der Festtagstorte, die habe ich extra für heute kreiert und ich finde, sie schmeckt köstlich. Und dann lege ich Ihnen noch eine kleine Schnitte der Schoko-Sahnetorte dazu.« Die beiden Stücke, die ich während des Sprechens für ihn geschnitten hatte, kippten zur Seite, weil sie so schmal waren und lagen nun flach auf dem Teller. Eine leise Stimme in meinem Kopf warnte mich, dass wir hier nicht bei mir zu Hause waren. Es gab Regeln, ein Berufsethos, das besagte, ein Tortenstück hatte sauber und appetitlich vor einem zu stehen. So zumindest die Theorie. Aber der Gast wirkte tatsächlich etwas verloren vor meiner Theke und ich wollte ihn bei der Entscheidungsfindung unterstützen. Ich hatte nicht vor, die schmalen Schnitten zu verrechnen. Der Plan war eher, ihn positiv zu überraschen, damit er sich wohlfühlte. »Und jetzt sagen Sie mir, von welcher Torte ich Ihnen ein reguläres Stück dazu geben darf. Diese beiden gehen natürlich aufs Haus, aber ich hoffe, ich habe Sie davor bewahrt, sich im Zweifel für die falsche Torte zu entscheiden«, sagte ich und schob den Teller mit den beiden Kuchenstücken über die Theke zu ihm.

»Sie kennen das auch, die Qual der Wahl?« Der Mann zog eine Augenbraue hoch.

»Wer nicht? Am liebsten würde ich jedes Tortenstück der Welt verspeisen oder warum glauben Sie, habe ich ein Café eröffnet?«

Er lachte kurz auf und tippte sich an die Stirn.

»Stimmt. Wissen Sie was, geben Sie mir diesen bunten Kuchen, den mit den Zuckerstreuseln.« Er deutete mit dem ausgestreckten Zeigefinger auf die mit pinker Punschglasur überzogene Torte, die ich mit bunten Streuseln und allerlei Schnickschnack ziemlich überladen hatte.

»Gute Wahl. Jedoch sehr süß und mit viel Alkohol, geht das für Sie in Ordnung?«

»Sehr gerne, je süßer, umso besser«, antwortete er.

Ich blickte für einen kurzen Moment von der Torte zu ihm. Vielleicht irrte ich mich. Ich glaubte, einen gewissen Unterton in seiner Stimme gehört zu haben, aber ich musste mich täuschen. Sein Gesicht wirkte seriös, seine Augen freundlich und sein Mund verharrte seit Minuten in einem charmanten Lächeln.

»Meine Lieblingstorte«, gestand ich, wohl wissend, dass die wenigsten diese Vorliebe teilten. An erster Stelle standen für die meisten Naschkatzen die Klassiker, wie zum Beispiel eine Sachertorte. Die war auch lecker, und natürlich hatte ich sie im Sortiment. Aber nichts ging über eine Punschtorte. Ich wusste schon jetzt, dass ich mir nach Ladenschluss ein Stück gönnen würde. Für den Moment schnitt ich aber nur ein Stück für meinen Kunden ab. »Darf es auch eine Tasse Kaffee dazu sein?«

»Gerne, ja«, sagte er.

»Nehmen Sie schon Platz. Ich komme gleich zu Ihnen.« Ich schob ihm seinen ersten Kuchenteller mit den zwei schmalen Probierstücken näher hin.

»Wie soll ich das nur alles essen?«, fragte er mich kopfschüttelnd. Ich schenkte ihm ein wissendes Lächeln. All das sah so verlockend aus, aber der Magen spielte irgendwann nicht mehr mit, dann war man einfach satt. Leider. Als der Kaffee fertig war, brachte ich die Bestellung zu seinem Tisch. Er hatte sich für einen Platz direkt an der Fensterfront entschieden und schien die Leute draußen in der Fußgängerzone zu beobachten. Gedankenversunken starrte er nach draußen und blickte erst im letzten Moment auf, als ich zu ihm trat.

»Danke«, sagte er.

»Gerne.« Ich wandte mich dem Nebentisch zu, der inzwischen verwaist und nur noch mit schmutzigem Geschirr belegt war. Ich stapelte alles auf ein Tablett und brachte es in die Küche. So kümmerte ich mich auch um die anderen Tische. Das Café hatte sich rasant geleert. Die Leute waren gegangen, das gebrauchte Geschirr jedoch geblieben. Das sah nicht so toll aus. Ich musste beim Abräumen schneller werden, damit der Innenraum immer einen einladenden Eindruck auf neue Gäste machte, beschloss ich. Den Geschirrspüler konnte ich auch nach Ladenschluss noch anwerfen und die Küche auf Hochglanz polieren. Zuerst war der Gastraum an der Reihe, der sollte perfekt sein. Wenn alles wieder schön aufgeräumt war und nicht wie auf einem Schlachtfeld aussah, würden sich meine letzten beiden Gäste sicher auch wohler fühlen. Inzwischen waren nur noch der junge Mann von vorhin und eine ältere Dame hier, sie hatte bereits den ganzen Nachmittag im Café verbracht. Sie schien es zu genießen. Als sie kam, hatte sie einen Kaffee bestellt und dazu ein Stück Marmorkuchen. Ich musste schmunzeln und an Mira denken. Im Lauf des Nachmittags hatte sie ein Buch aus ihrer Handtasche gezogen und zu lesen begonnen. Später bestellte sie noch einen Tee. Jetzt saß sie über ihr Smartphone gebeugt und hantierte damit herum. Vielleicht war sie ja auf Instagram, wer wusste es schon?

»Darf ich Ihnen noch etwas bringen?«, fragte ich sie.

»Nein, danke. Ich breche dann bald auf«, erwiderte sie. »Es ist sehr schön bei Ihnen. Ein tolles Plätzchen.« Sie nickte und lächelte mich an.

»Danke, das freut mich zu hören«, sagte ich und lächelte zurück. Dann ging ich in die Backstube und räumte den Geschirrspüler ein. Aber ich wollte den beiden nicht das Gefühl geben, dass ich sie loswerden wollte, deshalb ging ich zurück ins Café und brachte einen vorbereiteten Tortenboden mit und auch eine Schale mit Ganache. Dann begann ich hinter der Theke zu arbeiten, schichtete meine Torte und brachte die erste Lage der Außenschicht auf. Als ich aufblickte, starrten mich zwei neugierige Augenpaare an. Sie wirkten fast hypnotisiert von dem, was ich machte. Rhythmisch drehte ich den Teller, auf dem die Torte stand, im Kreis und strich die erste Lage an Schoko-Rum-Ganache, die ich direkt aus dem Kühlschrank geholt hatte, mit der Palette glatt. Es sah schon jetzt schön aus.

»Gefällt Ihnen meine Kaffee-Schokoladen-Torte für morgen?«, fragte ich die beiden Zuschauer. Die alte Dame stand auf, trat zu mir und nickte.

»Sie wissen gar nicht, wie viele Kuchen ich in meinem Leben schon gebacken habe. Aber jetzt ist es schön, dass Sie das für mich machen. Ich komme morgen wieder und probiere von dieser Torte«, versprach sie und zeigte mit ihrem Zeigefinger auf meine neueste Kreation. »Und sollte ich es bis morgen vergessen haben, erinnern Sie mich bitte.«

»Das mache ich. Kommen Sie gut nach Hause«, winkte ich ihr nach, als sie zur Tür hinausging. Sie wirkte winzig und erinnerte mich ein klein wenig an die britische Königin. Die kurzen grauen Haare hatte sie ähnlich wie die Queen in Wellen gelegt und nach innen geföhnt.

»Da schließe ich mich an«, hörte ich die Stimme des jungen Mannes, meinem letzten Gast für heute. Er kam mit seinem Geschirr auf mich zu.

»Bitte lassen Sie stehen. Ich räume das weg, Sie brauchen nichts zu tun.«

Er lächelte nur. »Ich finde Ihr Café toll. Und morgen komme ich auch wieder und probiere von dem Ding.« Er nickte zu meiner Torte. »Bis dann«, verabschiedete er sich und zwinkerte mir zu.

»Ich freue mich«, murmelte ich, als wären wir Freunde und hätten eine Verabredung vereinbart. Erst jetzt fiel mir auf, dass er tatsächlich alle drei Kuchenstücke gegessen hatte. Verrückt! Das hätte ich nicht gedacht. Ich blickte ihm nach, aber er war schon aus meinem Sichtfeld verschwunden.

Als Erstes brachte ich das Café in Ordnung. Ich räumte alle Tische fertig ab, wischte sie sauber und entfernte die Brösel auf den Sitzgelegenheiten. Dann kam der Boden an die Reihe, zum Schluss warf ich einen prüfenden Blick auf die Fensterfront und reinigte überall dort, wo ich Fingerabdrücke vermutete, die Scheibe mit Glasreiniger. Vor allem an der Eingangstür war das nötig. Es war eine große Glastür mit einem langen Metallstab, mit dem die Tür aufgedrückt oder gezogen wurde. Natürlich sah man die Griffspuren schon nach dem ersten Tag.

Als der Gastraum wieder einladend aussah und mir bewusst war, dass die Leute, die noch immer durch die Fußgängerzone schlenderten, freien Blick hinein hatten, widmete ich mich der Kaffeemaschine und der Theke. Ich räumte die Torten und Kuchen aus der Auslage nach hinten in die Backstube und reinigte die Vitrine. Dann war ich vorne fertig und löschte die Lichter. Nur noch die Backstube leuchtete mir hell entgegen, und als ich sie betrat, erinnerte ich mich an die Punschtorte, die ich nach Feierabend essen wollte. Ich schnappte mir ein Stück und setzte mich auf den Fußboden. Vielleicht sollte ich mir für hier hinten eine kleine Sitzgelegenheit mit Tischchen besorgen, überlegte ich. Aber für den Moment genügte es mir so. Mein Rücken und meine Füße schmerzten. Es war ein langer Tag gewesen und ich war viel hin und her gelaufen zwischen der Backstube, den Tischen und der Theke. Ich schloss die Augen, kaute und genoss die Süße der Torte und die Ruhe.

Irgendwann raffte ich mich wieder auf, jemand musste das Chaos hier ja beseitigen. Ich aktivierte meine Playlist auf dem Handy und drapierte die übrig gebliebenen Tortenstücke von heute geschmacklich und optisch zusammenpassend auf Ständern und stellte sie in den Kühlschrank. Ich würde sie morgen als Einzelstücke anbieten. Dann warf ich den Geschirrspüler an und machte die Oberflächen und den Boden sauber. Und endlich konnte ich mich dem widmen, was ich am liebsten machte und schon vorhin draußen im Café in Angriff genommen hatte. Ich fing an, Tortenböden zu backen und Füllungen zuzubereiten. Natürlich hatte ich damit schon während des Tages begonnen. Immer wieder mal einen Teig gerührt. Immer wieder mal gebacken. Das war ein laufender und fließender Prozess. Um die Mittagszeit, als es im Café ruhiger geworden war, hatte ich einiges vorbereiten können.

Wie exakt meine Arbeit in den nächsten Tagen und Wochen ablaufen würde, wusste ich noch nicht. Das musste ich noch herausfinden, aber ich fand, ich hatte den ersten Tag ganz gut im Griff. Und so wie es aussah, fanden meine Gäste das auch. Das Café war am Eröffnungstag jedenfalls richtig gut angekommen. Auch die Idee, draußen im Gastraum eine Torte zu gestalten. Zumindest hatten der Mann und die Frau ordentlich gestaunt, als sie mir bei der Arbeit zusahen. Vielleicht könnte es eine Art Markenzeichen für mich werden, dass ich vor aller Augen meine Torten dekorierte. Ich würde das morgen einfach wieder versuchen, beschloss ich. Für heute war dann alles getan. Die Böden waren fertig, die Füllungen auch. Und ein paar Torten sogar schon eingedeckt. Der Rest folgte morgen. Ich warf einen Blick auf die Uhr. Neun Uhr abends. Durch die Hintertür verließ ich die Backstube und ging zu Fuß nach Hause. Ich wohnte nicht weit von hier.

»Da bist du ja endlich!«, rief mir Mira vom Sofa aus zu. Wir lebten schon seit Ewigkeiten in einer Wohngemeinschaft.

»Ich bin total geschafft«, stöhnte ich. »Ich glaube, ich nehme ein Bad und falle dann ins Bett.« Aber Mira hatte nur Augen für den Fernseher. Ich konnte mich fast nicht mehr erinnern, wann ich das letzte Mal eine Serie oder einen Film gesehen hatte. Mein Privatleben hatte in den letzten Jahren eigentlich nur aus Überstunden und Schlafen bestanden. Aber ich war fast am Ziel. Noch ein, zwei Jahre durchhalten, dann könnte ich mir vielleicht eine Mitarbeiterin leisten, und Freizeit wäre vielleicht auch für mich kein Fremdwort mehr.

»Mhm«, murmelte Mira. Ich kicherte und stellte ihr einen kleinen Pappkarton hin. Wenn der Fernseher an war, wurde sie wieder zu einem kleinen Kind, das für den Rest der Welt nicht mehr viel übrig hatte. Sie verlor sich vollkommen in der Handlung und lebte die Story mit.

»Für mich?«, wollte sie wissen, und ich nickte. Sie öffnete

den Karton und fand einen Heidelbeer-Muffin. »Du bist die Beste!«

Ich lachte und sah zu, wie sie hineinbiss. Ich war froh, dass es noch immer Menschen gab, die Süßes liebten und denen ich damit eine Freude machte. Wenn alle plötzlich auf Diät wären, könnte ich meinen Traum fürs Leben begraben. Aber so sah es zum Glück nicht aus. Und das war gut.

Kapitel 2

Am nächsten Morgen klingelte der Wecker früh. Ich war das zwar von der Ausbildung gewohnt, da ging es oft noch früher los, aber trotzdem war ich müde. Die kühle Morgenluft beim Spaziergang zum Café half, mich munter zu machen. Das Erste, das ich tat, als ich meine Backstube betrat, um dort weiterzumachen, wo ich gestern Abend aufgehört hatte, war, mir einen Kaffee mit dieser tollen, neuen Maschine zu brühen. Und dann ging die Arbeit los. Ich begann mit den Croissants, sie würden mein heutiges Frühstück sein und natürlich auch das meiner Gäste. Ich saß mit meinem Job direkt an der Quelle zu den besten Leckereien überhaupt. Und nachdem ich gegessen und Kaffee getrunken hatte, dekorierte ich meine Torten, rollte Pralinen und buk Apfelkuchen, Marmorkuchen und alles, was relativ einfach ging. In kürzester Zeit füllte sich der ganze Raum mit einem herrlichen Duft, und ehe ich mich versah, war es an der Zeit die fertigen Torten nach vorne in die Auslage zu tragen, in der Backstube Ordnung zu schaffen und die Schürze an den Haken zu hängen, um die Tür zum Café zu öffnen und meine Gäste hereinzulassen. Auch heute kamen sie. Ich hatte ein wenig Sorge gehabt, ob der erste Ansturm nur der Eröffnung gegolten hatte, aber so sah es im Moment nicht aus. Es waren einige junge Frauen mit Kinderwagen gekommen, die sich zum Frühstück trafen. Aber auch zwei Herren saßen hier und arbeiteten über ihren Laptop gebeugt und mit Stöpseln in den Ohren. Alle aßen sie von meinem Gebäck und schienen es zu genießen. Am Vormittag war es definitiv ruhiger als am Nachmittag und ich versuchte mich an ein paar Torten, direkt hier im Gastraum, und erntete wieder dieselben neugierigen Blicke wie gestern. Am Nachmittag trat wieder die ältere Dame von gestern ein und winkte mir vertraulich zu. Ich winkte zurück und ging zu ihr. Sie hatte sich für denselben Tisch entschieden wie am Vortag. Er befand sich ganz hinten im Eck.

»Guten Tag, schön, dass Sie heute wieder hier sind. Das freut mich sehr. Was darf ich Ihnen denn bringen?«

»Ich habe ja versprochen, dass ich wieder komme«, erwiderte sie lächelnd und legte ihr Seidentuch ab, das um ihre Schultern lag. »Eine Tasse Kaffee bitte und ein Stück dieser tollen Torte. Erinnern Sie sich? Ich schon und das will etwas heißen.« Sie lachte und ich stimmte mit ein.

»Dann bringe ich Ihnen also ein Stück der Schoko-Kaffee-Torte«, bestätigte ich.

»Danke«, sagte sie und zog ein Buch aus ihrer Handtasche. Ich ging zur Theke und bereitete alles für sie vor und brachte die Bestellung zu ihr an den Tisch. Dann arbeitete ich weiter an meinen Torten und merkte dabei, dass die ältere Dame, wie schon gestern, immer wieder von ihrem Buch aufsah und mich beobachtete.

»Die sieht ja toll aus«, sagte der junge Mann, dessen Stimme ich von gestern erkannte. Auch er hatte angekündigt wiederzukommen, und es freute mich, dass er sich daran hielt.

»Vielen Dank. Erdbeer-Kokos«, erklärte ich.

»Davon hätte ich gerne ein Stück. Ist das schon möglich? Oder müssen Sie sie noch fertig machen?« Ich kicherte.

»Sie haben mich erwischt. Die ist tatsächlich für morgen gedacht. Aber ich würde für Sie eine Ausnahme machen. Geben Sie mir zehn Minuten? Dann ist sie fertig.«

»Nein, nein, keine Ausnahme für mich. Außerdem bin ich ja wegen der Schoko-Kaffee-Torte hier. Ich habe die ganze Nacht von Ihrer Kreation geträumt. Und ich weiß jetzt schon, was ich morgen bestelle.« Er nickte mit einem verschmitzten Lächeln zur Erdbeer-Kokos-Torte.

»Wenn ich das richtig einschätze, dann sind Sie auf dem besten Weg, mein erster Stammkunde zu werden. Das freut mich«, wagte ich mich vor, zog die Schoko-Kaffee-Torte aus der Auslage und setzte ein Stück auf seinen Teller. Das war, wovon ich träumte, mich mit Menschen zu umgeben, die so gerne wie ich hier waren und die es liebten, bei einer heißen Tasse Kaffee und einem großen Stück Torte zu entspannen.

»Da können Sie sich sicher sein«, erwiderte er und blickte mir geradewegs in die Augen, was mir einen wohligen Schauer über den Rücken jagte.

»Das freut mich zu hören. Wollen Sie einen Kaffee dazu?«

»Gerne.«

»Und darf ich Ihnen einen kleinen Probierteller dazu geben, wie gestern?«

Das würde er schaffen, immerhin hatte er alles leer gegessen.

»Ich weiß nicht. So gesund ist das schließlich nicht.« Zögernd legte er seine Hand auf den Bauch. Aber da war nichts unter seiner Hand. Er war schlank. Nicht direkt durchtrainiert, aber definitiv sportlich.

»Nein, gesund ist es nicht«, gab ich zu. »Aber die Himbeer-Bananentorte könnte mit ein paar Vitaminen aufwarten, vielleicht auch die Pistazienschnitten.« Die beiden Leckereien passten farblich so herrlich zusammen, deshalb hatte ich sie nebeneinander in der Auslage aufgebaut. Das Pink der Himbeercreme stand im krassen Kontrast zum Grün der Pistazienfüllung. Es sah wirklich zum Anbeißen aus.

»Sie führen mich in Versuchung.« Er schüttelte den Kopf. »Ich kann ja gar nicht anders als zuschlagen. Sehr gerne sogar.« Also schnitt ich wieder schmale Stücke für ihn ab, damit er die beiden Süßigkeiten kosten konnte.

»Nehmen Sie Platz, ich komme gleich«, sagte ich, drehte mich zur Kaffeemaschine und brühte seinen Kaffee. Als ich ihm die Bestellung servierte, hatte er schon seinen Laptop ausgepackt und schien zu arbeiten. Er blickte mich allerdings an und zog den großen, schwarzen Kopfhörer von seinen Ohren.

»Danke«, sagte er, klappte den Laptop zu und schob ihn beiseite. Er sah sich kurz im Café um und ich folgte seinem Blick. Es schien alles in Ordnung. Die Tische waren sauber, die Leute versorgt. Außer der älteren Dame ganz hinten war nur noch ein junges Pärchen hier. Sie saßen auf dem Sofa an der Wand und blickten beide in ihre Handys. »Wollen Sie sich vielleicht auch ein Stück Torte nehmen und sich zu mir setzen?«, fragte er. Ich war ganz baff. Wieso schlug er das vor? Durfte ich das überhaupt? Also, mich einfach zu einem Gast setzen, wie würde das denn aussehen?

»Ich weiß nicht«, antwortete ich perplex.

Sein Lächeln ruckelte kurz, sonst schien ihm mein Zögern nichts auszumachen.

»Klar, ich halte Sie von der Torte ab. Tut mir leid.« Er schaute zum Erdbeer-Kokos-Kunstwerk, das ich endlich fertigstellen sollte. So lange in der Wärme zu sein, war nicht unbedingt förderlich für eine makellose Verarbeitung.

»Stimmt«, sagte ich und schlich mich davon. In Wahrheit hätte ich eine Pause vertragen können. Den ganzen Tag auf den Beinen, fast nichts im Magen, und sympathisch war mein Stammgast auch.

Kurz vor der Schließung kam er mit seinen zusammengestellten Tellern zu mir an den Tresen und stellte alles ab.

»Das müssen Sie doch nicht. Ich räume doch ab.« Trotzdem freute es mich, da es eine nette Geste war.

»Ich hätte Sie nicht fragen sollen, ob Sie ihre Arbeit im Café vernachlässigen wollen, um mit mir eine Tasse Kaffee zu trinken. Das war ungeschickt von mir, Sie haben schließlich zu tun«, entschuldigte er sich und wirkte verlegen.

»Machen Sie sich keinen Kopf«, entgegnete ich.

»Ich überlege, ob Sie vielleicht lieber nach Ladenschluss mit mir etwas trinken gehen wollen?«

Wieder überrumpelte er mich komplett.

»Sie müssen doch auch mal Pause machen, oder?«

»Stimmt. Aber Torten backen eben auch. Tut mir leid. Ich kann nicht«, sagte ich und schenkte ihm ein Lächeln. Ich fühlte mich geschmeichelt, dass er gefragt hatte. Vielleicht war ich aber auch nur schon so lange aus dem Rennen, dass ich bloß glaubte, er hätte Interesse an mir und um ein Date gebeten. Vielleicht ging es aber gar nicht darum. »Ich habe Sie jetzt hoffentlich nicht verärgert und Sie kommen morgen trotzdem«, schickte ich hinterher. Er schnaubte.

»Natürlich komme ich. Schließlich bin ich Ihr Stammkunde.« Er kicherte und hob die Hand, um mir zuzuwinken, bevor er nach draußen in die Fußgängerzone trat. Ich blickte ihm noch eine Weile nach. Er sah gut aus. Schwarze Jeans und schwarzes T-Shirt und auf seinem Kopf mindestens ebenso schwarze Haare. Ein schlaksiger Typ und trotzdem zeichneten sich unter seinem T-Shirt die Muskeln seiner Oberarme ab, wenn er nach der Gabel griff, um in sein Tortenstück zu stechen. Natürlich fiel mir das auf. Nur weil ich schon ewig nicht mehr ausgegangen war, bedeutete das nicht, dass mir ein attraktiver Mann nicht ins Auge fiel. Und er war definitiv hübsch. Er hatte genau die richtige Größe, um sich an ihn schmiegen zu können, ohne den Kopf für einen Kuss zu weit in den Nacken legen zu müssen. Und die Tatsache, dass er seit zwei Tagen Torte bei mir aß, ließ vermuten, dass er kein Gesundheitsfanatiker war, und das gefiel mir wohl am allerbesten an ihm.

»So wie Sie ihm nachsehen, hätten sie seine Einladung aber annehmen sollen«, tadelte mich die ältere Dame, die plötzlich am Tresen stand, ohne dass ich es registriert hatte. War ich tatsächlich so auf ihn fokussiert gewesen?

»Sie haben das mitbekommen?«, platzte es aus mir heraus.

»Der Herzschlag des jungen Mannes schien ja fast doppelt so laut durch Ihr nettes Café zu poltern wie seine Worte. Außerdem höre ich mit meinem Hörgerät einfach sehr gut. Der Rest ist Menschenkenntnis. Das darf man in meinem Alter nicht unterschätzen«, sagte sie mit einem Augenzwinkern und stellte ihr Geschirr bei mir ab.

Ich zog ihre Teller zu mir und musste kichern. »Das ist ja fast schon wie Spionage. Heißt das, Sie wären mit ihm ausgegangen?«

»Oh, ich bin mit ihm ausgegangen. Mit all den jungen Männern, die mich ausgeführt haben«, erwiderte sie und schenkte mir ein keckes Lächeln.

»Und dann?« Keine Ahnung, warum ich fragte, sie war ein Gast. Ich hoffte, ich war nicht zu fordernd, aber sie war es schließlich, die das Gespräch gesucht hatte.

»Oh, dann. Dann kommt Herzschmerz und Liebeskummer und irgendwann der Richtige«, antwortete die alte Frau.

»Dann wissen Sie ja, warum ich nicht mit ihm ausgehen kann. Ich habe keine Zeit für Herzschmerz und Liebeskummer.« Und auch nicht für den Richtigen, fügte ich in Gedanken hinzu, den es ja sowieso nur in Märchen zu geben schien. »Ich habe einfach keine Zeit für einen Mann.«

»Papperlapapp. Es geht doch um Zeit für Sie. Nicht für einen Mann«, betonte die alte Frau.

»Ja, Zeit für mich ist das Stichwort. Ich nehme mir Zeit für mein Café, für den Aufbau meines eigenen Unternehmens. In Wahrheit ist das Zeit für mich«, erklärte ich.

»Da können Sie richtig stolz auf sich sein. Ich freue mich für Sie und drücke Ihnen die Daumen. Das ist sehr mutig, sich selbstständig zu machen, auf eigenen Beinen stehen, das ganze Risiko tragen.« Sie nickte nachdenklich und schaute mir dabei in die Augen. »Ich komme morgen jedenfalls wieder. Wegen Ihrer tollen Torten und auch wegen des jungen Mannes. Ich bin gespannt, was er sich einfallen lassen wird, um Sie um den Finger zu wickeln.« Schmunzelnd spazierte sie dem Ausgang entgegen.

»Ich hoffe, nichts«, rief ich ihr hinterher. Lächelnd beobachtete ich, wie sich die winzige und zerbrechlich wirkende Dame entfernte. Dann trat auch ich zur Glastür, schloss ab und brachte den Gastraum in Ordnung, um mich anschließend in die Backstube zu verziehen und alles für den morgigen Tag vorzubereiten.

Gegen acht Uhr kam ich endlich zu Hause an und ließ meine Handtasche im Flur auf den Boden plumpsen.

»Hey, du bist ja da«, rief Mira und kam aus der Küche. »Ich habe gekocht. Du kannst dich nicht nur von Torten ernähren.« Natürlich hatte sie recht. Ich fühlte mich müde und schwach.

»Kann ich helfen?«, fragte ich sie und blickte mich um. Alles wirkte aufgeräumt. Auf dem Tisch standen zwei Teller und Besteck und in der Mitte eine große Schale.

»Alles schon erledigt. Nudelsalat. Magst du doch, oder?«

»Klar. Danke.«

»Ich dachte, du kannst den Rest, den wir heute nicht essen, morgen mit ins Café nehmen. Dann hast du ein Mittagessen«, bot sie mir an.

»Du bist echt lieb, dass du dir einen Kopf über mich machst. Das ist eine super Idee. Lass es mich nicht vergessen.«

»Seit zwei Tagen ist das Café auf und du isst dort dein Frühstück und dein Mittagessen und beides besteht aus Zucker. Das darf auf keinen Fall zu einer Gewohnheit werden.« Mit diesen Worten schöpfte Mira uns beiden eine große Portion auf die Teller. Sie hatte Hörnchen-Nudeln gekocht, und wie ich sah, mit Tiefkühlerbsen, Mandarinenschnitzen und Mayonnaise vermischt. Ich kannte das Rezept. Es stammte aus meinem Lieblingskochbuch, ich hatte mir ein Post-it hineingeklebt. Es war der Inbegriff von Studentenküche und das perfekte Partyrezept. Farblich sah es durch das Grün und Orange ansprechend aus und gleichzeitig erfüllte es einen mit Neugierde, weil man nicht glauben konnte, dass Mandarinen zu Nudeln passten. In Wahrheit war es aber so, dass die Säure perfekt mit den übrigen Zutaten dieses Gerichts harmonierte. Über den Kaloriengehalt des Ganzen durfte ich natürlich nicht nachdenken, die Mayo sprach Klartext, aber das war ja bei meinen Torten nicht anders.

»Ich freue mich«, sagte ich. Ich wusste ihre Mühe zu schätzen. Schließlich hatte auch sie den ganzen Tag gearbeitet und jetzt noch extra für uns gekocht. »Wie war denn dein Tag?«

»Wie immer. Du weißt schon. Brave Kinder, anstrengende Kinder. Und schlaue und etwas schwierigere Kinder.« Sie wackelte mit ihrem Kopf hin und her und schob sich einen ersten Bissen Essen in den Mund.

»Und trotzdem machst du das freiwillig«, sagte ich. Sie war Grundschullehrerin und hätte jetzt eigentlich Sommerferien.

»Was soll ich denn sonst den ganzen Sommer machen? Du arbeitest doch. Außerdem, ich tue den Kindern mit der Nachhilfe so viel Gutes.«

»Naja, du könntest mir im Café helfen oder einfach ins Schwimmbad gehen«, schlug ich vor. Die Idee, eine Aushilfe im Café zu haben, war verlockend. Aber der Laden trug sich wirtschaftlich noch nicht.

»Ganz ehrlich? Ich würde mich in deinem Café langweilen. Da kannst du jemand Besseren als mich finden. Aber das mit den Kids, da bin ich gut, das mache ich gerne. Außerdem komme ich irgendwann schon noch auf meine Kosten in den Sommerferien. Spätestens wenn ich selbst eine Familie habe, ist es der perfekte Job, um dann mit meinen eigenen Kindern ein Ferienprogramm zu gestalten. Aber bis dahin helfe ich gerne noch anderen Kindern.«

»Du bist echt lieb. Jetzt muss nur noch ein Kerl her, der genauso plant«, sagte ich. Wir waren beide Singles, nur dass Mira damit nicht so glücklich war wie ich.

»Ich suche ja schon überall«, jammerte sie.

»Mich hat heute ein Gast auf ein Getränk eingeladen«, erzählte ich und verdrehte dabei die Augen.

»Und?« Jetzt war sie neugierig.

»Nichts und. Ich habe gesagt, ich habe keine Zeit.«

»Das ist natürlich praktisch für dich.« Sie nickte.

»Aber es stimmt doch!«

»Ja, natürlich. In deiner Jugend war es die Schule, dann die Ausbildung, dann die Auslandsaufenthalte und Rückkehr und jetzt ist es das Café.« Mira schnaubte. »Man könnte glatt meinen, du betreibst diesen ganzen Aufwand, um sicherzustellen, dass du dich auch sicher nie mit einem Mann treffen musst. Zum Glück weiß ich, dass es wirklich dein Traum ist, ein Café zu haben, aber der Rest, der wird dadurch nicht besser. Du musst dich endlich auf mehr einlassen. Dringend.«

»Warum?« Ich schnaubte, wohlwissend, worauf sie anspielte. Sie war meine beste Freundin, seit Ewigkeiten schon. »Weil es sich so gehört?«

»Nein, weil es dich glücklich machen würde«, entgegnete sie und musterte mich ganz genau. Sie wusste, in welcher Wunde sie gerade herumstocherte.

»Weil meine Mutter immer so glücklich ist, meinst du?«, warf ich ein und lenkte dann ab. »Der Salat ist übrigens lecker.« Sie sollte wissen, dass nur das Thema mich verstimmte, nicht sie als Mensch. Außerdem schmeckte er wirklich lecker. »Danke nochmals fürs Kochen.« Mira lächelte mich an und nickte, bevor sie weitersprach.

»Deine Mutter sieht aber auch nicht unglücklich aus. Sie ist schon lange darüber hinweg, wenn du mich fragst. Nur du schleppst das mit dir rum. Und ich verniedliche es jetzt auch gar nicht. Das ist megamies. Aber du kannst wegen einem nicht alle Kerle über einen Kamm scheren.« Mein Ablenkungsmanöver mit dem Salat schien nicht zu funktionieren. Sie blieb beim Thema.

»Das weiß ich. Es ist ja nicht so, dass ich nicht da und dort meine Erfahrungen gesammelt hätte. Aber mehr ist es halt nicht.«

»Weil du dich nie darauf einlässt. Für dich sind es nur ein paar Dates oder Treffen. Du öffnest dich nicht, du lässt es nicht ernst werden. Das ist langfristig ein Problem«, erklärte sie mir.

»Eines, um das ich mich in ein paar Jahren kümmern werde, wenn mein Café läuft und ich Mitarbeiterinnen habe. Okay? Zufrieden?«

Mira schüttelte den Kopf.

Dann zeigte ich auf sie und schenkte ihr ein Grinsen. »Du würdest dafür den Erstbesten heiraten, so dringend suchst du einen Freund. Das ist auch nicht besser.«

Meine Freundin wusste, dass ich recht hatte. So sehr ich eine ernste Beziehung scheute, so sehr suchte sie nach einer. Immer wenn wir bei einem Juwelier vorbeikamen, blickte sie so sehnsüchtig in die Verlobungsringauslage, wie ich stets in eine Kuchenauslage blickte. Ihr lief richtiggehend das Wasser im Mund zusammen.

»Stimmt. Ich bin eben romantisch. Während du das halt nicht bist.« Schnaubend zog sie mir den Teller unter der Nase weg. »Fertig?«, fragte sie und ich nickte. »Ich hoffe, du hast Nachtisch dabei, wenn du mich schon niedermachst.«

Sie stellte beide Teller in den Geschirrspüler und ich trug die Schale zum Kühlschrank und versuchte mir einzuprägen, dass ich mir morgen ein Mittagessen mitnehmen könnte. »Ich habe immer Nachtisch. Darauf kannst du dich verlassen.«

Ich holte den Karton aus der Garderobe. »Außerdem habe ich dich nicht niedergemacht«, stellte ich klar und holte zwei Teller aus dem Küchenschrank und legte auch Kuchengabeln dazu. »Ich finde es eben nicht gut, wie du dich jedem an den Hals wirfst. Irgendwann wird einer zugreifen, und ich bin nicht sicher, ob das dann gut oder schlecht für dich ist.«

»Und schon sind wir wieder bei deinem Vertrauensproblem. Nur weil dein Vater ein kompletter Idiot war, gilt das nicht für jeden anderen. Es ist also möglich, dass ich einen tollen Mann heirate. Und das gilt übrigens auch für dich.« Sie setzte sich hin.

»Ich weiß, dass diese Möglichkeit besteht.« Energisch öffnete ich die Kartonage. Es waren die beiden letzten Stücke der Schoko-Kaffee-Torte. »Es ist nur so, dass da auch Risiken sind.«

»Du hast dich mal wieder selbst übertroffen.« Mira blickte mit großen Augen auf die Torte. »Ich habe schon so viele deiner Kreationen gesehen und gegessen, aber jeden Tag wieder finde ich sie klasse. Mhmm ...« Sie seufzte genießerisch, als sie sich ihr Stück auf den Teller hievte und ich freute mich. Sehr sogar. Dann schob ich mir das andere Tortenstück auf den Teller und stach mir ein Stück ab. Ich hatte sie noch nicht gekostet.

»Ich denke, ich habe jetzt zwei Stammkunden. Eine ältere Dame und eben der junge Mann, von dem ich dir erzählte.«

»Wollen wir hoffen, dass du ihn mit deinem Korb nicht vergrault hast. Aber wenn er auf Torte steht, hast du vielleicht Glück. Die schmeckt ja traumhaft«, lobte sie.

»Ich finde, ich habe ihm nicht direkt einen Korb gegeben. Er hat nur gefragt, und ich habe ja wirklich keine Zeit. Das muss er doch verstehen?« Jetzt hatte ich fast ein schlechtes Gewissen.

»Naja, so einfach ist das nicht, jemanden um ein Date zu bitten. Natürlich findet er dich nett. Sonst würde er nicht Zeit mit dir verbringen wollen. Er findet dich wahrscheinlich auch hübsch, warum sollte er sonst Interesse daran haben, dich näher kennenzulernen?« Sie zuckte mit den Schultern. »Ich sage nur, dass die Dinge immer klein beginnen. Vielleicht merkt ihr nach ein paar Minuten, dass die Chemie nicht stimmt. Vielleicht tritt aber auch genau das Gegenteil ein, und ihr versteht euch spitze. Darum will er mit dir was trinken. Um das herauszufinden. Es ist kein Heiratsantrag, trotzdem geht es um mehr als nur ein Getränk. Es ist eine Einladung, eine Art offene Tür. Es geht darum herauszufinden, was hinter dieser Tür sein könnte, wenn ihr den Raum gemeinsam betretet.«

»Sehr philosophisch.« Ich verdrehte die Augen und gabelte mir ein weiteres Stückchen Kuchen auf. Er war wirklich lecker. Ich mochte die starke Kaffeenote.

»Ich sage nur, es hat ihn Mut gekostet zu fragen. Und es hat ihn sicher enttäuscht, dass du abgesagt hast. Ein Drink? Das kriegst du doch hin, oder? Wenn er ein Stammkunde ist, dann geh doch auf ihn zu und trinke ein Glas mit ihm. Nach der Arbeit. Das ist keine große Kunst.«

»Aber warum sollte ich das tun? Ich habe kein Interesse an einer Beziehung und auch keine Zeit, und für ein Date bin ich einfach zu sehr aus der Übung.«

»Siehst du! Da haben wir es!«

»Was?«

»Du gehst mit ihm aus. Einfach nur, um nicht komplett zu verrosten.«

»Das ist ihm gegenüber aber auch nicht fair, oder? Da wäre ihm der Korb wahrscheinlich sogar lieber«, mutmaßte ich.

»Den Korb hat er ja heute schon bekommen. Morgen gehst du auf ihn zu und holst dir deine Übung«, ermunterte sie mich. »Du brauchst Freizeit. Und damit meine ich nicht nur Abendessen mit mir in der Wohnung. Er ist die perfekte Gelegenheit, um ein bisschen rauszukommen. Nicht dass du noch ein Burn-out erleidest. Als Jungunternehmerin würde ich mich da schon in Acht nehmen.«

»Das glaubst du doch nicht wirklich, oder?« Ich war verdattert.

»Doch. Das merkt man selbst nie kommen. Aber dann wäre es vorbei mit dem Café. Du musst schon auf dich aufpassen.« Ich sah genau, dass sie schmunzelte und es nur halb ernst meinte.

»Mich wundert es nicht, dass du keinen Freund hast. Irgendwie bist du herrisch und manipulativ«, sagte ich und kicherte.

»Also Date? Gegen Burn-out? Du weißt, was zu tun ist?«

»Ich spreche ihn morgen an«, versprach ich und aß das letzte Stück Torte auf meinem Teller. Ich fühlte mich wie vor einer dämlichen Mutprobe. Wem wollte ich denn etwas beweisen?

Kapitel 3

Ich hoffte den ganzen Tag, dass er vielleicht nicht mehr kommen würde. Ich hoffte, dass Mira recht hatte und ich ihn mit meiner Absage vielleicht vergrault oder verletzt hatte. Obwohl das überhaupt nicht meine Absicht gewesen war. Aber nachmittags so gegen vier, als sich das Geschäft langsam beruhigte, trat mein Stammgast ein. Ich lächelte ihn an und winkte ihn direkt zu mir.

»Ich habe Ihnen ein Stück der Erdbeer-Kokos-Torte reserviert«, begrüßte ich ihn. Obwohl sich die Leute wie verrückt auf sie gestürzt hatten, hielt ich ein Stück zurück, weil ich mich den ganzen Tag an seine Ankündigung erinnerte, heute wiederkommen zu wollen, um davon zu kosten.

»Das haben Sie nicht vergessen? Toll. Wie Sie sich um Ihre Gäste kümmern, ist wirklich einzigartig. Ich meine die Gratis-Kostproben, die Sie mir jedes Mal geben und jetzt auch noch eine Reservierung.« Er schüttelte staunend den Kopf und lächelte mich an.

»Das mache ich gerne«, versicherte ich, dann senkte ich meine Stimme und beugte mich näher zu ihm, damit es niemand mitbekam. »Ich hatte Angst, Sie würden nicht mehr kommen, weil ich Ihre Einladung zu einem Drink abgelehnt habe. Ich bin sehr froh, dass Sie heute hier sind. Ich habe das Tortenstück gerne für Sie zurückgehalten.« Ich versuchte, all meinen Mut zusammen zu nehmen und ihm jetzt zu sagen, dass ich doch offen für ein Getränk wäre, aber ich schaffte es nicht.

»Sie haben mich mit ihren Torten so sehr am Haken, ich bin süchtig danach. Und bitte keine Sorge wegen der Einladung. Ich verstehe, dass Sie momentan viel zu tun haben. Ich frage ein andermal erneut, wenn ich darf.«

Seine freundlichen Augen schienen mich fast zu umarmen. Sein Blick fühlte sich warm und verständnisvoll an. Seine braunen Augen glänzten fast wie geschmolzene Schokolade und es kam mir vor, als hüllten sie mich auch genauso ein, wie flüssige Kuvertüre sich um eine Praline schloss. Ich überging den letzten Teil seines Satzes und fragte stattdessen: »Dann darf es die Torte für Sie sein?«

Er kicherte leise und nickte.

»Was darf ich Ihnen zum Probieren anbieten?« Ich ließ meinen Blick über die Auslage schweifen. »Vielleicht die Mohn-Kirsch-Torte oder lieber Käsekuchen mit Pfirsich?«

»Genau diese beiden. Ich freue mich schon den ganzen Tag auf diesen Moment«, sagte er und strahlte mich so an, dass ich es wirklich glauben musste.

»Das ist nett, vielen Dank. Nehmen Sie doch Platz. Darf ich Ihnen einen Kaffee dazu servieren?«

»Danke«, meinte er, während er zum Tisch am Fenster ging, den er auch schon die letzten beiden Tage gewählt hatte.

Dieser Platz bot einen direkten Blick in die Fußgängerzone, den er auch regelmäßig nutzte. Auch heute zog er wieder seinen Laptop hervor und begann zu arbeiten.

»Bitte sehr.« Ich stellte die beiden Teller vor ihm ab. Den einen mit dem großen Tortenstück und den anderen mit den kleinen Probeschnitten. Er schob den Laptop zur Seite.

»Vielen, vielen Dank. Ich würde mich wirklich freuen, wenn Sie sich zu mir setzen. Es ist ja niemand mehr hier, außer der alten Dame«, sagte er und nickte zum Tisch in der hintersten Nische.

»Sie ist meine andere Stammkundin. So wie Sie ist die Dame den dritten Tag in Folge hier.«

»Ich verspreche, dass ich morgen wiederkommen werde. Was halten Sie davon, wenn wir uns duzen würden? Oder ist das unpassend? Aber von Stammkunden zu Konditorin müsste doch gehen, oder?«

»Wir können uns gerne duzen. Ich bin Bianca«, sagte ich.

»Bianca«, wiederholte er und sprach es anders aus als die meisten Menschen. Die beiden A irgendwie rund und das C so weich, als ob es kaum vorhanden wäre. Mein Name rollte aus seinem Mund wie eine zarte Praline und schmolz fast, als er ausgesprochen war. Dann erhob er sich von seinem Platz und reichte mir seine Hand. »Vincent«, stellte er sich vor, und als ich meine Hand in seine legte, bekam ich Gänsehaut. Was für ein Klischee, dachte ich und schmunzelte. Davon dürfte ich Mira keinesfalls erzählen, dafür war sie zu romantisch. Sie würde mir einen Vortrag über die große Liebe halten. Darauf hatte ich keine Lust. Ich hatte Torten zu backen. Als

Vincent sich wieder setzte, zog er einen Stuhl für mich vor und bedeutete mir, mich zu ihm zu setzen. Mit Vergnügen nahm ich Platz.

»Ein paar Minuten«, sagte ich und lächelte. Er schob mir den Teller mit den Probierstücken hin.

»Ich lade dich ein.« Er kicherte.

»Die gehören dir und sind ein Geschenk. Ich esse dir nichts weg.« Ich schüttelte den Kopf und schob den Teller wieder zu ihm. Das ließ er sich nicht zweimal sagen und begann zu essen.

»Dieses Café war also schon immer dein Traum?«, fragte er.

»Genau.« Viel mehr gab es da nicht zu sagen. Die Wahrheit hinter meiner Vorliebe für Süßes lag irgendwo in meiner Kindheit verborgen und ging in Wahrheit niemanden etwas an. Aber sie war der Grund, warum ich dieses Café eröffnet hatte. Torten spendeten Trost, fand ich. In jeder Hinsicht. Sie sahen hübsch aus und sie schmeckten fantastisch. Die Arbeit, die man zu Beginn investierte, um sie zu backen und zu verzieren, half zu vergessen, warum man sie überhaupt brauchte. Wahrscheinlich dachten die meisten Menschen, wenn sie an Kuchen und Torten dachten, an Feiern und Feste und wundervolle Ereignisse, gepaart mit den entsprechend positiven Emotionen. Doch bei mir war das anders. Torten waren für mich der Inbegriff von Einsamkeit und Schmerz. Von Versagen und Ängsten. Und trotzdem halfen sie mir genau diese Gefühle zu bewältigen, indem ich Stunden damit zubrachte, an den Torten zu arbeiten und ihnen meine volle Aufmerksamkeit zu schenken. So traten mein echtes Leben und meine Gefühle in den Hintergrund. Und am Ende war da etwas, auf das ich stolz sein konnte. Das mich erfreute. Die köstlichen süßen Kreationen waren meine Genesung. Sie waren mein Zufluchtsort.

»Es ist wirklich schön. So hell und modern und das Sortiment ist bemerkenswert. Ich würde fast sagen einzigartig in der Stadt«, meinte er und nickte anerkennend, als er von der Erdbeer-Kokos-Torte kostete.

»Danke, das ist lieb von dir. Darf ich dich etwas Persönliches fragen? Wo hast du deinen Kaffee vorher getrunken? Bevor ich eröffnet habe?« Ich lächelte ihn an. »Ich meine, wem habe ich diesen Stammkunden gestohlen?«

»Niemandem«, lachte er. »Keine Sorge. Ich bin neu hier.« Ich verstand nicht ganz, stimmte aber in sein Lachen ein. »Ich wohne dort oben.« Er zeigte mit einer Hand zur Häuserzeile auf der gegenüberliegenden Seite der Fußgängerzone. »Wie könnte ich nach einem mühsamen Arbeitstag diesen süßen Versuchungen widerstehen?« Dabei schob er sich ein Stück der Käse-Sahne-Torte in den Mund. Er aß die Torten also durcheinander. Etwas, das ich niemals tun könnte. Ihn hingegen schien es nicht zu stören, dass sich die Geschmäcker im Mund vermischten und sich die Geschmacksknospen jedes Mal aufs Neue umstellen mussten.

»Stimmt. Ich komme auch an keiner Süßigkeiten-Auslage vorbei. Darf ich fragen, was du beruflich machst? Was ist so mühsam?«

»Dasselbe wie du. Jung-Unternehmer. One-Man-Show. Digitale Szene«, antwortete er. Ich staunte nicht schlecht. Das klang hipp und modern. Mein Job, so sehr ich ihn liebte, war oldschool, den gab es schon vor hundert Jahren.

»Klingt mega. Ich wünsche dir viel Erfolg. Und wenn wir schon von Erfolg sprechen: Ich muss mich wieder an die Arbeit machen. War schön, mit dir zu plaudern«, sagte ich und stand auf.

»Ebenso. Das war hoffentlich nicht das letzte Mal, dass wir Gelegenheit dazu hatten.« Er zwinkerte mir zu.

»Bestimmt nicht«, erwiderte ich, ohne nachzudenken und entfernte mich von seinem Tisch. In meinem Magen flatterten Schmetterlinge, und ich wusste nicht einmal warum. Mir kam Miras Aufforderung in den Sinn, mit ihm etwas trinken zu gehen. Ich hätte ihn jetzt ganz beiläufig fragen können, ganz ungezwungen, aber ich konnte einfach nicht. Jetzt erst recht nicht mehr, nachdem dieses Kribbeln einsetzte.

Ich konzentrierte mich auf die Zubereitung meiner Torten und blieb an diesem Abend noch lange in der Backstube, um Mira nicht schon wieder Rede und Antwort stehen zu müssen. Zuhause schlich ich dann schnell ins Badezimmer und von dort in mein Schlafzimmer. Ihre Fragen und Blicke trafen mich zum Glück nur zwischen Tür und Angel und ich konnte ihnen gut ausweichen. Mira entließ mich aber erst in mein Zimmer, nachdem ich ihr versprach, ihn morgen zu fragen. Sie hatte schon recht, andernfalls käme ich völlig aus der Übung mit solchen Verabredungen und hätte meine

Chance irgendwann vertan und das wollte ich ja auch nicht. Insgeheim träumte ich sehr wohl von einem Märchenprinzen, wohl wissend, dass es ihn nicht gab. Trotzdem hätte ich mich gerne eines Besseren belehren lassen und ihn gefunden.

Kapitel 4

Ich betrat mein Café am nächsten Morgen mindestens so aufgeregt, wie ich es gestern Abend verlassen hatte. Ich hoffte, er würde wiederkommen. Und ich hoffte, endlich den Mut aufzubringen ihn zu fragen, wobei ich keine Ahnung hatte, wohin das führen sollte. Mir kam es eher so vor, als wollte ich etwas mit ihm trinken, nur um ihn und Mira zufriedenzustellen. Denn für mehr hatte ich weder die Zeit noch den Mut.

Aber er kam am Nachmittag, wie schon an den Tagen zuvor. Es fühlte sich fast so an, als gehörte er einfach dazu, als wäre der Tag nicht zu Ende, wenn er nicht kurz vor Schließung auftauchte und sich für etwa eine Stunde ans Fenster setzte, an seinem Laptop werkelte und meine Torten aß. Mein Magen begann zu kribbeln, als ich ihn sah. Das war kein gutes Zeichen. Ich musterte ihn, als er lächelnd näher an die Theke trat. Er war weder besonders groß noch wirkte er besonders sportlich. Sein gesamtes Erscheinungsbild war normal und durchschnittlich, dennoch fand ich ihn unglaublich attraktiv. Wieder trug er Schwarz. Von der Jeans bis zum Polohemd.

Die Haare dunkelbraun, fast schwarz wie seine Augen. Mein Magen schlug Purzelbäume. Wahrscheinlich lag es nur an Miras Andeutungen, dass ich einen Mann brauchte. Aber ich brauchte niemanden.

»Hey«, begrüßte er mich, blieb vor der Auslage stehen und musterte sie genau. »Was kannst du mir heute empfehlen?«

»Empfehlen kann ich immer alles. Aber ich helfe dir gerne bei der Entscheidung und lege dir die Rhabarbertorte ans Herz und auch die Schoko-Bananentorte. Beide würde ich dir zum Probieren reichen und als Hauptstück wähle ich für dich eine Charlotte. In Ordnung?«

»Du bist die Expertin«, gab er zurück und strahlte. »Setzt du dich wieder zu mir? Ich fand das gestern sehr schön.« Er ließ den Blick über das nahezu leere Café schweifen. Außer der alten Dame war nur noch ein junger Mann da, wahrscheinlich ein Schüler oder Student, der mit seinem Handy beschäftigt war. Ich nickte und merkte, wie meine Wangen warm wurden. Das lief gar nicht wie geplant. Ich war wirklich aus der Übung.

»Welche Torte isst du? Ich lade dich ein.«

»Danke, aber das ist nicht nötig. Ich sitze doch an der Quelle«, entgegnete ich.

»Es fühlt sich besser an, wenn du auch einen Teller vor dir hast, während wir zusammensitzen.« Er lächelte verlegen und zuckte mit den Schultern.

»Okay, dann nehme ich auch die Charlotte«, sagte ich und begann unsere Teller zusammenzustellen. Vincent ging inzwischen zu seinem Stammplatz. Ich schmunzelte innerlich. Stammkunde, Stammplatz, alles neue Wörter in meinem alltäglichen Wortschatz. Vielleicht sogar Lieblingskunde und Lieblingsplatz, schoss es mir durch den Kopf. Rasch verdrängte ich den Gedanken und bereitete zwei Tassen Kaffee zu. Da Vincent in den vergangenen Tagen immer Kaffee getrunken hatte, ging ich, ohne ihn gefragt zu haben, davon aus, dass er wieder welchen wollte. Ich stellte zuerst die beiden Kaffeetassen auf den Tisch und holte dann unsere Tortenstücke von der Theke.

»Vielen Dank für die Einladung«, sagte ich, als ich mich zu ihm setzte. »Das ist wirklich sehr freundlich von dir.«

»Wenn du schon keine Zeit für ein Date hast, dann machen wir es eben so. Ehrlich gesagt, gefällt mir das sogar besser. Anstatt nur einen Drink mit dir zu haben, kann ich so jeden Nachmittag mit dir plaudern.« Bei den Worten lächelte er und stach sich ein Stück der Rhabarbertorte ab. Er wirkte dabei ganz entspannt und wieder flackerte dieses Kribbeln in mir auf. Das Signal war deutlich: Hier könnte sich etwas anbahnen, ich könnte mich verlieben. Vincent sah gut aus. Ich hatte nie auf einen speziellen Typ Mann gestanden, daher war ich optisch nicht festgelegt und mir gefiel sein dunkles Erscheinungsbild. Von den Haaren über den Stoppelbart bis zu den Klamotten. Was mich allerdings am meisten reizte, waren sein Charme und seine Offenheit. Ich schätzte mich eher als introvertiert ein und hatte als Kontrast gesellige Personen immer bewundert. Die Art von Menschen, die mit jedem ins Gespräch kamen, etwas Lustiges sagten und einer Unterhaltung die nötige Würze verliehen. So schätzte ich ihn ein. Das mochte ich an ihm. Die Initiative ging von ihm aus, das machte es mir leichter, auch wenn es sich in seiner Gegenwart nicht mehr einfach anfühlte. Denn ich wusste, dass mir dieses Kribbeln auch noch etwas anderes über ihn sagte. Es sagte mir, dass er gefährlich für mich war. Sehr gefährlich. Er war die Sorte Mann, die ich gut fand, sogar sehr gut fand, spätestens seit er meine Torten so liebte wie ich. Gefährlich aber auch deshalb, weil er ein Charmeur zu sein schien. Was ich so toll fand, das fanden auch andere Frauen toll und das wusste er bestimmt. Wie ich hatte er eine Vergangenheit, nur dass seine wahrscheinlich von Abenteuern geprägt war und meine eher von Unschuld. Was ihn gefährlich machte, war, dass er seine lockere Art ziemlich sicher nicht nur mit mir teilte. Er lud zweifellos auch andere Frauen auf ein Getränk ein. Ich war überzeugt, dass die Einladung nicht exklusiv mir galt. Die Erkenntnis war schmerzhaft, aber höchstwahrscheinlich wahr. Sein ganzes Auftreten strotzte von Selbstsicherheit und Selbstvertrauen. Das fand ich gut. So sollten sich Menschen fühlen. Aber diese Sicherheit musste man sich erarbeiten. Vermutlich hatte er sein Leben lang nur positive Rückmeldungen vom weiblichen Teil der Menschheit erhalten, sonst wäre er jetzt nicht so.

Und ich?

Nicht, dass ich keine positiven Rückmeldungen erhalten hätte. Ich habe mich nur nie richtig auf den Marktplatz gestellt. Und ich hatte den Verehrern nie geglaubt. Ich hielt sie alle für Lügner und Betrüger. Was mich wieder zum Kribbeln in meinem Magen führte. Seine Worte schmeichelten mir. Ehrlich. Aber warum sollte ich sie ihm glauben?

»Die Einladung auf den Drink war ein Date?«, fragte ich überrascht, obwohl Mira bereits dasselbe angedeutet hatte.

»Natürlich. Was dachtest du?« Er zog die Stirn kraus und hielt kurz inne.

»Ich dachte, wir wollten einfach nur nett plaudern.« Da war ich also wieder, die Naivität in Person, schon so lange weg vom Fenster, dass ich mich nicht mal mehr an die Spielregeln erinnerte.

»Wir hätten nett geplaudert. Das macht man doch bei einem Date, oder?«

»Na ja, ein Date setzt in meinen Augen romantisches Interesse voraus. Ein Drink hingegen, ich weiß nicht, auf einen Drink kann man auch freundschaftlich gehen.« Ich hatte keine Ahnung, wo ich mich gerade reinritt. Er lachte kurz auf und nickte.

»Da hast du recht. Entschuldigung«, sagte er und schüttelte den Kopf.

»Du musst dich nicht entschuldigen, wenn ich auf der Leitung stehe. Aber lassen wir das. Wie schmeckt die Torte?«, lenkte ich ab.

»Ich staune immer wieder. Ich warte auf den Tag, an dem ich meine Lieblingstorte bei dir finde. Die, die besser schmeckt als jede andere. Bisher war jede einzelne von ihnen köstlich. Ich könnte keine Rangliste erstellen. Deshalb stehe ich ja jeden Tag wieder unentschlossen vor deiner Auslage.«

»So ist es mir ehrlich gesagt am liebsten. Mich würde der Gedanke schmerzen, dass meine Torten in Konkurrenz zueinander stünden. Ich stelle sie mir als Geschwister vor, die sich gegenseitig unterstützen und anpreisen.« Wahrscheinlich war ich jetzt zu weit gegangen. Nicht viele Menschen verstanden, was mir meine Torten wirklich bedeuteten und warum ich so viel Arbeit in sie investierte.

»Das ist ein schöner Gedanke«, meinte er. »Ich sehe es ähnlich, ich könnte nicht wählen. Jede hat ihre Stärken, also wie sich entscheiden?«

»Zum Glück kriegst du die extra Probierstücke von mir. Du kostest dich dreimal schneller durch die Auslage als jeder andere Kunde.«

»Und ich bin jeden Tag hier. Der Kunde, der nur einmal in der Woche kommt, oder seltener, ist ja komplett verloren, wenn man es genau bedenkt. Der verpasst das Beste.« Vincent lachte. Es war ein warmes, sattes Lachen und klang nach einem reiferen Mann, als er optisch den Eindruck machte.

»Wie alt bist du eigentlich Vincent, wenn ich fragen darf?«

»Klar. Ich bin neunundzwanzig. Ganz schön alt, oder?«

»Nein, überhaupt nicht.« Ich war überrascht, denn ich hatte ihn jünger geschätzt, auf mein Alter etwa. Er stellte keine Gegenfrage nach meinem Alter. Was auch immer das bedeutete. War es nur eine Zahl? Hätte ich nicht fragen sollen? »Und wenn ich schon bei frechen Fragen bin, mal ehrlich, wie machst du das? Jeden Tag zwei Stück Torte. Man sieht sie dir nicht an.« Jetzt lachte er. Laut. Richtig laut. Und herzhaft. Es fühlte sich gut an, ihn zum Lachen zu bringen.

»Ehrlich gesagt, mache ich mir inzwischen Sorgen. Früher aß ich ab und zu ein Stück Kuchen. Aber deine Auslage sieht von meiner Wohnung aus einfach so lecker aus, da kann ich nicht widerstehen. Vielleicht sind es ja nicht nur deine Torten, die mich verzaubert haben.« Wieder ein Kompliment. Und wieder machte es mich eher misstrauisch, als dass ich es glauben und ernst nehmen wollte. Er kannte mich nicht. Warum sollte ich ihn verzaubern? Das sagte er wahrscheinlich zu jeder. Es kam ihm so locker über die Lippen, ganz ohne Verlegenheit, dass es nach Routine klang. Und das war definitiv kein gutes Zeichen. »Ich muss mir also etwas einfallen lassen, damit ich nicht zunehme. Am besten Sport. Auf Kuchen verzichten, ist jedenfalls keine Option mehr für mich. Auf deine Gesellschaft zu verzichten übrigens auch nicht.« Er lächelte schüchtern und schien nun doch ein bisschen verlegen. Meine Wangen mussten inzwischen rot leuchten, so heiß, wie sie sich anfühlten. Egal wie mein Kopf seine Komplimente rational bewerten und abtun konnte, meinem Körper schien diese Fähigkeit zu fehlen. Es kam mir so vor, als kommunizierten seine Worte, seine Blicke, der Klang seiner Stimme und auch das Strahlen seines Lächelns direkt mit dem Schlag meines Herzens und dem anhaltenden Kribbeln in meinem Magen. Es schien fast, als wäre er der Dirigent, der meinem Puls den Rhythmus vorgab und meinem Herzschlag den Takt. Wie es ihm beliebte, konnten seine Worte, seine Bewegungen und alles, was er einsetzte, mich beruhigen oder aufwallen lassen.

»Du hast das mit den Komplimenten gut im Griff. Ich weiß gar nicht, was ich sagen soll. Aber zum Glück ist mein Teller leer und ich muss wieder an die Arbeit. Aber es war nett. Vielen Dank.« Ich stand auf und versuchte, mich seinem Einfluss zu entziehen.

»Ich habe gar nichts im Griff. Das siehst du falsch. Ich versuche nur mein Bestes«, sagte er und räusperte sich. Wieder glaubte ich, etwas Verlegenheit in seinen Augen zu erkennen, aber es passte nicht in mein Bild von ihm.

»Ich muss«, wiederholte ich, stellte meine Kaffeetasse und den Kuchenteller aufeinander und verließ den Tisch. Die alte Dame lächelte mich an und mir fiel wieder unser Gespräch ein. Ich lächelte zurück und nahm mir vor, mich morgen auch zu ihr an den Tisch zu setzen und mit ihr zu sprechen. Egal was Vincent im Schilde führte und mit welchen Komplimenten er versuchte, mich zu beeindrucken. Es hatte sich gut angefühlt. Und dieses Gefühl würde ich morgen weitergeben. Ein weiteres Markenzeichen für mein Café. Ich würde nicht nur meine Torten im Gastraum verzieren, damit sich alle beteiligt fühlten, ab jetzt würde ich mich, immer wenn es die Zeit erlaubte, tatsächlich zu meinen Gästen an den Tisch sitzen und mit ihnen Kaffee trinken und Kuchen essen. Ich schmunzelte. Wenn ich das wirklich durchzog, dann wäre Vincent bald nicht der Einzige, der sich über Gewichtszunahme Gedanken machen müsste.

Anders als gestern Abend hatte ich heute Gesprächsbedarf. Ich musste Mira von Vincent erzählen, wie selbstsicher er auftrat, wie charmant er lächelte und wie souverän er mit Komplimenten um sich warf.

»Du hast keinen Kuchen dabei?«, fragte sie enttäuscht, als ich unsere Wohnung betrat. Wir lebten seit Jahren zusammen. Aus einem Zufall heraus eigentlich. Wir kannten uns schon im Kindergarten, waren damals aber noch keine besten Freundinnen. Erst später im Erwachsenenalter liefen wir uns wieder über den Weg. Ich zog gerade in diese Wohnung und sie hatte sich gerade getrennt und suchte nach etwas Neuem. Das Angebot, ein paar Tage bei mir unterzukommen, stellte sich bald als geniale Sache heraus. Wir verstanden uns so gut, ergänzten uns, wenn es um die Hausarbeit ging, und hatten denselben Geschmack bei der Auswahl von Netflix-Serien. Ich lud sie also ein, zu bleiben und sie zog in das Zimmer, das ich eigentlich als Büro nutzen wollte. Nun hatten wir beide unseren privaten Raum, ein gemeinsames Wohnzimmer und teilten uns Küche und Bad. Sicher kein Luxus pur, aber es genügte. Die Wohnung war groß und lichtdurchflutet und die Lage sehr zentral. Wir konnten beide zu Fuß zur Arbeit und die Nachbarn waren nett.

»Ich habe heute schon Kuchen gegessen. Mit Vincent, falls es dich interessiert«, sagte ich und sie stieg sofort darauf ein.

»Vincent heißt er also?«

Ich nickte und setzte mich aufs Sofa. Mira hatte den Fernseher auf stumm gestellt. Sie hatte wohl gerade *Bridgerton* geschaut. »Ohne mich?«, fragte ich mit Blick zum Fernseher.

»Nie im Leben. Alte Folgen«, gab sie kichernd zu.

»So verliebt?«, spöttelte ich. Ich wusste, dass es ihr der Hauptcharakter angetan hatte. Sie war einfach Romantikerin pur.

»Endlich ein Date?«, konterte sie.

»Er hat mich gestern schon zu sich an den Tisch gebeten und heute wieder. Ich habe ihn danach gefragt, aber heute meinte er, er verstehe dieses Kaffee trinken und Kuchen essen mit mir als ein Date. Da staunte ich nicht schlecht, weil es für mich keines ist.«

»Du denkst also, ich lasse dich nun vom Haken?«

»Was soll das denn heißen?«, fragte ich. Um was ging es ihr denn? Ich hatte sozusagen ein Date gehabt, so wie sie es sich für mich wünschte und wie es mir auch guttat. Aber ich war wirklich aus der Übung. Ständig war ich rot angelaufen, wenn er etwas sagte oder mich länger als eine Sekunde ansah. Mit sechzehn war das noch süß gewesen. Mit sechsundzwanzig nur noch peinlich. Jeder konnte mir meilenweit ansehen, dass ich nicht unbedingt Expertin war, wenn es ums Flirten ging. In meinem Alter nicht unbedingt ein Vorzug. So wie sich manche Frauen einen reifen und erfahrenen Partner wünschten, ging es wahrscheinlich auch Männern. Zuzugeben, dass ich emotional betrachtet ein Wrack war, romantisch gesehen ungeübt und von Sex ganz zu schweigen, machte es nicht einfacher. Wie hieß es? Übung macht den Meister? Genau! Ich hatte Torten backen geübt, darin war ich jetzt Meisterin, das konnte ich auch allen beweisen. Aber den Rest? Den hatte ich komplett vernachlässigt.

»Du sollst dich auf den Kerl einlassen. Schon vergessen?«

»Er hatte sein Date. So wie es aussieht, kommt er öfter vorbei. Er sagt, er will immer mit mir Kuchen essen.«

»Schon klar, was das bedeutet?« Mira zog die Augenbrauen hoch. »Wenn er *immer* sagt, und *Kuchen essen*, dann wissen wir, was er will.«

»Du bist so ...« Ich musste kichern. »Wie du das sagst ...«

»Gut, er findet dich also nett und würde dich gerne an einen privaten Ort mitnehmen und dich vernaschen. Klingt es jetzt besser für dich?«

»Mira!« Ich stieß sie sachte an der Schulter. Wir lachten beide.

»Ich sage es dir ja nur. Der hängt jetzt nicht die nächsten zwanzig Jahre mit dir im Café ab. Also, du musst ihn zu einem Date in eine andere Location auffordern. Ganz einfach. Dann begleitet er dich nach Hause oder ihr geht zu ihm. Du weißt doch, wie das läuft. Sonst erstickt die Sache im Keim, wenn du jetzt zu lange wartest.«

»Ich verstehe noch immer nicht, warum das so wichtig ist. Ich brauche keinen Freund.«

»Wir sprechen ja auch nicht von einem Freund. Aber du arbeitest zu viel und du hast letztens selbst zugegeben, dass du schon nicht mehr weißt, wie man flirtet und zu einem Date geht. Stell dir vor, du wartest noch länger und denkst nur an deinen Job. Irgendwann bist du komplett weg vom Fenster«, erklärte sie mir mit Nachdruck. Und ich wusste, dass sie nicht so ganz daneben lag mit ihrer Vermutung. Schließlich war ich heute oft genug rot angelaufen.

»Du hast ja recht«, gab ich zu. »Aber nach Romantik klingt das nicht. Das müsstest du doch wissen, denn du bist doch die mit den Herzchen in den Augen.«

»Erinnerst du dich, dass wir gesagt haben, wir wollen gleichzeitig heiraten und Kinder haben?« Ich nickte, die Idee war uns vor Jahren gekommen. Wir hatten zu viel Prosecco getrunken und gegackert wie die Hühner.

»Siehst du, du musst also in Übung bleiben, damit du weißt, wie es geht, wenn der Richtige vor der Tür steht.«

»Also gut. Wie lautet der Plan?«, fragte ich.

»Der Plan ist noch immer derselbe! Bitte ihn um ein Date und geh mit ihm aus.«

Kapitel 5

Den ganzen Tag über war ich nervös. Ich würde ihn wirklich fragen und ich wusste, dass er *Ja* sagen würde. Sein ganzes Auftreten gestern hatte mir deutlich signalisiert, dass er mehr wollte. Was auch immer mehr war. Wahrscheinlich dachte er an einen One-Night-Stand, aber das war schon in Ordnung, für etwas anderes hatte ich eh keine Zeit. In Wahrheit gab es also nichts zu befürchten, trotzdem schlug mein Herz wie verrückt und meine Handflächen waren ganz feucht. Zu allem Überfluss zitterten meine Finger, was das Verzieren der Torten nicht ganz einfach machte. Ich hatte das schon besser hinbekommen. Heute durfte mein alter Lehrmeister nicht zufällig vorbeikommen und ein Tortenstück inspizieren. Erbärmlich. Wirklich erbärmlich. Und das nur wegen eines Dates? Wegen eines Mannes? Als die alte Dame eintrat, atmete ich durch. Ich würde sie fragen, ob ich ihr Gesellschaft leisten dürfte, das würde mir bestimmt helfen.

»Hallo, wie geht es Ihnen heute?«, fragte ich. Sie trug ein dunkelblaues Sommerkleid mit Blumendruck. Dazu eine leichte Weste aus edlem Garn mit großen Luftlöchern, die perfekt zu diesem heißen Sommertag passte.

»Sehr gut, vielen Dank.« Ihr Blick flog über die Auslage und blieb bei der Tiramisu-Torte hängen.

»Das ist schön zu hören. Ihrem Blick nach zu urteilen, hat es Ihnen die Tiramisu-Torte angetan. Möchten Sie ein Stück?«

»Das haben Sie gut erkannt. Natürlich die Tiramisu-Torte. Ist sie gut?«

Ich musste lachen und antwortete verlegen: »Ich hoffe es. Mir schmeckt sie jedenfalls.«

»Wissen Sie, mein Ehemann war Italiener. Nichts ging ihm über Tiramisu«, sagte sie.

»Oh. Wenn es um Familientradition mit einem original italienischen Tiramisu geht, kann ich wohl nicht mithalten«, gab ich zu. Nicht weil ich an meinen Fähigkeiten zweifelte, sondern weil ich in Italien Tiramisu gegessen hatte. Dort schmeckte einfach alles besser. Die alte Frau lachte ein sympathisches Lachen.

»Das ist eine ehrliche Antwort. Ich nehme trotzdem die Tiramisu-Torte. Ich war da nie so heikel wie mein Mann.«

»Gerne. Einen Kaffee dazu, wie immer?«

»Ja, gerne.«

»Nehmen Sie Platz. Ich komme gleich zu Ihnen«, sagte ich und bereitete alles für die alte Dame zu. In den letzten Tagen hatten sich täglich viele Gäste bei mir eingefunden, das war eine zufriedenstellende Entwicklung. Manche hatte ich auch schon das zweite Mal gesehen. Aber als Stammkunden bezeichnen, konnte ich bisher nur diese alte Frau und Vincent. Beide waren seit der Eröffnung täglich gekommen. Ich konnte fast die Uhr nach ihnen stellen. Die alte Dame traf immer um zwei Uhr nachmittags ein und blieb bis kurz vor Schluss. Vincent kam zwischen vier und halb fünf, kurz bevor ich das Café schloss. Deshalb war es möglich gewesen, mich zu ihm zu setzen, weil zu dem Zeitpunkt nicht mehr viel los war. Jetzt sah es etwas anders aus. Der Laden brummte, fast alle Tische waren besetzt, dennoch wollte ich versuchen, zumindest für ein paar Minuten einige Worte mit der alten Dame zu wechseln, wie ich es mir gestern vorgenommen hatte.

»Ihr Kaffee und Ihre Torte. Bitte sehr.«

Sie legte ihr Buch zur Seite und lächelte zu mir hoch.

»Vielen Dank.«

»Darf ich fragen, was Sie lesen?«

»Harari. Ich komme nur langsam voran. Hilft mir aber, frisch zu bleiben.« Dabei tippte sie sich mit ihrem Zeigefinger an die Schläfe.

»Und gefällt es Ihnen denn?«

»Ja, es ist interessant. Und am Ende weiß ich mehr als vorher. Nur dass das bestimmt bald wieder vergessen ist.« Sie kicherte. »Aber am liebsten lese ich diese altmodischen Liebesromane. Wissen Sie, die, wo man am Anfang schon weiß, wie sie enden werden.«

»Das klingt doch nett«, sagte ich und dachte an Mira. Sie las zwar nicht, sah sich dafür alles Einschlägige in dieser Richtung auf Netflix an. Der arme Kerl, der ihr im echten Leben begegnen würde, hätte es äußerst schwer, mit all diesen Bildschirmhelden mitzuhalten und sie am Ende zu übertrumpfen.

»Darf ich fragen, wie Sie heißen? Sie kommen seit dem

Eröffnungstag in mein Café, das freut mich sehr. Neben dem Mann, der immer kurz vor Schluss kommt, sind Sie mein einziger Stammgast. Ich hoffe, ich trete Ihnen nicht zu nahe.«

»Mir ist schon aufgefallen, dass der junge Mann Augen für Sie hat. Und seit Sie sich zu ihm an den Tisch gesetzt haben, bin ich überzeugt, das beruht auf Gegenseitigkeit.«

Nun brodelte also schon die Gerüchteküche. Aber sie hatte nicht unrecht.

»Zu Ihnen würde ich mich auch gerne setzen. Vielleicht möchten Sie Gesellschaft«, fuhr ich fort.

»Bitte«, sagte sie und deutete mit der flachen Hand zum Stuhl neben ihrem. »Ich freue mich, wenn wir uns näher kennenlernen. Ich bin Nelli. Aber ich will Sie nicht abhalten, Ihre Torten unter die Leute zu bringen.« Sie lachte und reichte mir ihre Hand.

Sie fühlte sich schwach und knorrig in meiner an.

»Ich bin Bianca. Für ein paar Minuten Kaffeeklatsch muss Zeit sein. Deshalb geht man doch in ein Café, nicht wahr?«

»Genau. Und jetzt erzählen Sie mir von dem jungen Mann. Wie gesagt, ich mag Liebesgeschichten.«

Ich verdrehte die Augen und kicherte. Sie erinnerte mich wirklich an Mira.

»Da gibt es nicht viel zu erzählen. Er heißt Vincent und wohnt in einem der Häuser gegenüber«, sagte ich und blickte nach draußen in die Fußgängerzone.

»Der perfekte Anfang für eine wunderbare Geschichte. Er ist zufällig hier hereingestolpert und verliebt sich in die Konditorin, die neben seiner Wohnung ein Café eröffnet hat«, erzählte sie und schlug die Hände vor ihrer Brust zusammen. »Sie haben ja keine Ahnung, wie schön das ist.«

»Zu schön, um wahr zu sein.« Ich stand auf. »Ich halte Sie vom Kaffeetrinken ab, er ist bestimmt schon kalt.«

»Gehen Sie arbeiten. Aber wenn er heute wiederkommt, werde ich Sie beide beobachten und morgen erzähle ich Ihnen dann, was ich gesehen habe.« Sie nickte mir aufmunternd zu, und ich nickte zurück, bevor ich mich daran machte, die leergewordenen Tische abzuräumen.

Vincent kam auch an diesem Abend ins Café. Er hatte sich Zeit gelassen. Es war schon fast viertel vor fünf und langsam war ich nervös geworden und hatte überlegt, ob ich gestern etwas falsch gemacht hatte. Als ich ihn entdeckte, wie er die Fußgängerzone überquerte, dabei nach links und rechts blickte, um nicht mit jemand zusammenzustoßen und trotzdem seine Hände konsequent in den Hosentaschen behielt, schlug mein Herz ein klein wenig schneller. Seine dunklen Haare fielen ihm vor die Augen, als er den Kopf hin- und herdrehte. Mit einer gezielten Nackenbewegung schwang er die Haare wieder nach hinten und schaute nun geradewegs in mein Café. Er fing meinen Blick ein, als er die Tür öffnete, und schenkte mir ein Lächeln.

»Hey«, sagte ich und im selben Moment durchfuhr ein Kribbeln meinen Körper. Er brachte mich jedes Mal völlig aus dem Konzept.

»Heute bin ich spät. Ich weiß. Ich wähle schnell, darf ich noch oder machst du gleich zu?«, fragte er hektisch.

»Lass dir Zeit. Alles in Ordnung«, sagte ich und beobachtete ihn weiter. Er war außer Atem, vielleicht war er die Treppe in seinem Wohnhaus nach unten gerannt. Nur wegen mir? Wegen meiner Öffnungszeiten?

»Einen Kaffee, wie immer. Und dann noch, ähm ...« Er überlegte und sah nach einer Weile zu mir auf.

»Eine Empfehlung?«, bot ich an und sah, wie sich seine Schultern senkten und er langsam ruhiger wurde.

»Gerne.«

»Heute empfehle ich dir den Zwetschgen-Streuselkuchen mit Sahne dazu. Zum Probieren gebe ich dir ein Stückchen von der Tiramisu-Torte und ein paar mit Schoko überzogene Früchte. Was hältst du davon?«

»Ich staune und genieße schweigend«, meinte er und lächelte so unverschämt charmant, dass mir schon wieder Wärme in die Wangen stieg. »Hast du Zeit? Setzt du dich wieder zu mir? Ich würde mich freuen.«

»Ein paar Minuten gerne.«

»Perfekt.« Er drehte sich um und schlug den Weg zu seinem üblichen Tisch ein. Ich warf einen kurzen Blick zu Nelli. Sie lächelte mich mit dem breitesten Grinsen an, das ich je im Leben gesehen hatte, und stand dann auf. Außer ihr war sonst niemand mehr hier.

»Ich gehe dann jetzt. Sie erzählen mir morgen alles«, flüsterte sie mir über die Theke hinweg zu.

»Sie müssen nicht gehen.«

»Ich sitze schon viel zu lange hier. Das tut den alten Knochen nicht gut.« Dann winkte sie mir und verließ das Café.

Und ich trat mit Freude an Vincents Tisch und brachte ihm seine Bestellung. Keine Ahnung warum, aber ich sah ihm gerne beim Essen zu. Und ich freute mich, dass ihm meine Torten schmeckten. Dass sie ihm fast dasselbe zu bedeuten schienen wie mir. Wenn er aß, dann sah er die Torte wirklich an, untersuchte die einzelnen Schichten und ließ sich den Geschmack auf der Zunge zergehen. Auch wenn ich es mir nicht eingestehen wollte, gehörte das zu den Dingen, die mich an ihm anzogen. Wir teilten die gleiche Begeisterung. Und das war nicht zu vergleichen mit der Vorliebe, die Mira für Süßes hatte. Sie liebte meine Torten zwar, aber einfach nur wegen des Geschmacks. Sie interessierte sich weder für das Handwerk noch die Komposition der einzelnen Bestandteile. Sie fand das Gebäck einfach nur lecker. Es war ein Genuss für sie. Diesem Anspruch wollte ich natürlich auch genügen. Dafür hatte ich das Café eröffnet. Für Menschen, die gerne Torte aßen. Es gab unter Kuchenliebhabern ein paar wenige auserwählte Personen, die Torten nicht nur lecker, sondern nahezu göttlich fanden. Die in der Gaumenfreude das zu finden glaubten, wonach sie die ganze Zeit gesucht hatten. Für mich war es so. Deshalb war ich Konditorin geworden. Ich fand in meinen Torten Frieden. Das war es, was ich gesucht und endlich gefunden hatte. Frieden und Harmonie. Was Vincent darin fand, wusste ich nicht. Aber der Ausdruck auf seinem Gesicht, als er endlich in den Zwetschgenkuchen stach, ein Stück löste und es durch die Sahne zog, bevor er den Bissen in den Mund schob, verriet mir definitiv, dass er auch etwas gefunden hatte. Und ich würde herausfinden, was es war.

»Ein Traum«, stöhnte er. »Eine wunderbare Empfehlung.« Ich lachte leise und sah den Butterstreusel an, der noch in seinem Mundwinkel hing. »Warum hast du für dich nichts mitgebracht?«

»Ach, ich schlemme mich regelmäßig durch die Auslage. Im Moment bin ich wirklich satt«, gestand ich. Ich hatte vorhin eine Mousse au Chocolat zubereitet und mir etwas zu viel davon gegönnt. Mir war ein bisschen schlecht.

»Schade«, meinte er und kostete von der Tiramisu-Torte. »Die ist lecker, auch schon probiert?«

»Heute nicht. Aber früher schon. Ich würde nie etwas anbieten, das ich nicht zuvor für mich zubereitet hätte.« Er nickte, zog eine Augenbraue nach oben und langte nach dem kleinen Löffel, den ich ihm zum Kaffee gereicht hatte. Für den Fall, dass er Zucker oder Milch wollte. Aber er trank seinen Kaffee schwarz wie ich, das war mir schon aufgefallen. Er löffelte ein Stück der Tiramisu-Torte ab und hielt sie mir vor den Mund.

»Du musst probieren. Sie ist der Wahnsinn.« Er wackelte mit dem Löffel vor meinem Mund hin und her. Ich kicherte. Mir gefiel seine Begeisterung für meine Torten wirklich, also öffnete ich den Mund, obwohl ich mir komisch vorkam. Es hatte nichts Romantisches oder Erotisches. Ich fühlte mich eher wie ein Kind und versuchte, das Ganze so elegant wie möglich hinter mich zu bekommen.

Er lächelte. »Und?« Sein Blick hing so sehr an meinem, dass mir zum ersten Mal die kleinen goldenen Einschlüsse in seinen braunen Augen auffielen. Und aus irgendeinem

Grund ließ diese Entdeckung meinen Blick zu seinen Lippen wandern. Sie waren rosa und ungewöhnlich voluminös. Sie wirkten weich und zogen mich mehr an als jedes Tortenstück der Welt. Ich würde sie gerne kosten, herausfinden, ob sie eher nach dem Kakaopulver der Tiramisu-Torte schmecken würden oder noch immer die Süße des Zwetschgenkuchens trugen.

»Gut, oder?« Seine Worte rissen mich aus meiner Trance. Ich hoffte, er hatte nichts davon mitbekommen.

»Sehr gut. Danke«, gab ich zurück und stand auf. Mein Magen und meine Knie fühlten sich weich und wabbelig an. Mira hatte recht. Ich war komplett aus der Übung. Aber er wäre der Falsche, um mir Praxistraining zu verschaffen. Alles, was sich in meinem Körper abspielte, und alles, was ich ihm gegenüber inzwischen empfand, fühlte sich zu ernst an, als dass ich ihn und mich als Versuchskaninchen ins Rennen schicken wollte. Aber für etwas Ernstes fehlte mir die Zeit. Und selbst wenn ich Zeit hätte, fehlte mir die Erfahrung. Oder auch der Mut. Außerdem schien er nicht der Typ Mann, der Interesse an etwas Ernsthaftem hegte. Er wollte Spaß, und das war okay, den wollte ich auch, nur eben nicht mit jemandem, bei dem es sich plötzlich nach Ernst anfühlte. Mich verlieben? Das fehlte mir gerade noch. Ich hatte genug mit dem Café um die Ohren. Jetzt noch Drama und Herzschmerz? Nein, danke. Aber wer rechnete denn heutzutage noch mit einem jungen, heißen, tortenliebhabenden, sexy Typen? Hingen nicht alle tollen Männer in Fitnesscentern herum und aßen nur noch Steak mit Gemüse, um die Eiweißzufuhr im Griff zu haben?

Aber das Kribbeln im Magen bestätigte mir schon länger, was ich mir erst jetzt eingestand. Ich hatte mich verliebt. In meinen Stammgast. Innerhalb weniger Tage. In Vincent. Das durfte doch nicht wahr sein! »Ich muss weiter, ich räume noch auf und dann ruft mich die Backstube.« Mit diesen Worten stahl ich mich aus der Affäre und trat vom Tisch weg.

»Das verstehe ich«, sagte er und legte den Kopf leicht schräg. »Was hältst du davon, mit mir etwas Konkurrenzbeobachtung zu betreiben. Wir könnten zum Beispiel gemeinsam das Café am Marktplatz ausspionieren. Wenn du dich schon nicht hier zu mir setzt, dann könntest du es dort tun. Ein Tortenstück essen und herausfinden, was die Geheimzutat ist.« Er senkte den Blick für einen Moment und hatte nicht den blassesten Schimmer, welchen Eindruck das auf mich machte. Er sah gut aus. Männlich und gleichzeitig so, als sollte man ihn dringend in den Arm nehmen und trösten. »Es wäre kein Date. Nur beruflich«, schob er hinterher und lächelte jetzt. An den Wangen bildeten sich zwei kleine Grübchen, die ihn frech erscheinen ließen. Das machte ihn zwar unglaublich attraktiv, aber umso weniger vertrauenswürdig. Er war ein Aufreißer, ein Womanizer. Er wusste genau, wie es ging und hatte mich längst durchschaut. Vincent hatte verstanden, dass ich bei einem Date *Nein* sagen würde, deshalb bot er mir diesen Kaffeehaus-Deal an und ich war fast gezwungen *Ja* zu sagen, sonst klänge jedes Wort, das ich bisher zum Thema Torten und Selbstständigkeit verloren hatte wie eine Lüge. Natürlich wollte und musste ich wissen, was die anderen Cafés in meiner Umgebung machten. Er hatte mich also.

»Klingt gut«, gestand ich. So würde ich zumindest Mira ruhigstellen, Nelli hätte morgen ihre Story und Vincent verlöre bestimmt bald sein Interesse an mir. Dann würde auch das Kribbeln aufhören und ich könnte mich endlich wieder auf die Arbeit konzentrieren.

»Spitze!« Er strahlte, seine Augen wurden richtig groß. Es schien fast, als habe er mit einem erneuten Korb gerechnet. »Am Wochenende?«, hakte er nach.

»Ich habe jeden Tag geöffnet. Das wird eine Challenge für dich. Eigentlich habe ich keine Zeit. Du darfst es dir also auch noch anders überlegen und dein Angebot zurückziehen.«

»Du musst unbedingt einen Tag geschlossen halten oder eine Aushilfe einstellen«, schlug er vor. Das riet mir so ziemlich jeder. Und natürlich stimmte es.

»Schließen? Weil es diesen einen Tag in der Woche gibt, an dem die Menschen keinen Kaffee trinken wollen?«, fragte ich und kicherte. »Aber du hast recht. Langfristig ist es mein Plan, eine Mitarbeiterin einzustellen. Aber ich muss abwarten, wie der erste Monat läuft.«

»Wir können am Abend nach deiner Arbeit gehen. Das Café am Marktplatz hat bis zehn Uhr abends geöffnet. Die bieten dort auch Snacks und alkoholische Getränke an, ein bisschen ein anderes Konzept. Aber wir kriegen dort auch spät abends noch Torte.«

»Gut, dann um fünf nach der Arbeit«, stimmte ich zu. Ich kannte das Café. Ich liebte es. Es war bis zur Eröffnung meines eigenen Ladens mein Lieblingscafé gewesen. Die Torten dort waren sensationell. Die Latte hing also hoch, das hatte ich von Anfang an gewusst. Aber ich wusste auch, dass ich mich messen, mit dem Café mithalten konnte. Was ich hier anbot, war kein Versuch und auch kein Kompromiss. Ich spielte ganz oben mit und das fühlte sich verdammt gut an. Auch wenn viele nicht wussten, was es an Fähigkeit und Talent brauchte und auch an Durchhaltevermögen und Disziplin. Ich wusste es und ich war bereit, es durchzuziehen, ohne Zweifel.

»Gleich morgen?«, versuchte er unser Treffen festzumachen. Es sah fast so aus, als hätte er es eilig. Aber das war mir nur recht. Dann wäre der Spuk endlich vorbei und ich könnte mich endlich wieder auf meine Arbeit konzentrieren, anstatt ständig über seine weichen Lippen nachzudenken.

»Morgen passt mir perfekt.« Er lächelte und nickte. Ich lächelte zurück. Dann drehte ich ihm endgültig den Rücken zu und machte mich an meine Abschlussarbeiten im Café.

Kapitel 6

Der kommende Tag gestaltete sich so, wie sich jeder Tag im Café gestaltete. In der Früh stellte ich die Torten und Kuchen fertig und buk weiteres Gebäck. Ich füllte die Auslage und öffnete die Tür. Ich kümmerte mich um die Gäste, räumte auf und arbeitete immer, wenn es ging, auch hinten in der Backstube, um möglichst viele Vorbereitungen für den nächsten Tag zu erledigen. Mittags wurde es eine Weile ruhiger, in dieser Zeit konnte ich am meisten vorarbeiten.

Am Nachmittag verzierte ich die Torten direkt im Café und nutzte es als eine Art Showroom. Das kam bei den Leuten sehr gut an. Immer wieder kamen Gäste auf mich zu und fragten, was ich mache, und wollten Details über die Technik erfahren. Oft waren es Frauen, die zuhause selbst buken. Eine brachte die Idee auf, dass ich einen Torten-Workshop anbieten könnte. Ich versprach ihr, mir das durch den Kopf gehen zu lassen.

Ich fand die offene Art, die sich zwischen meinen Gästen und mir entwickelt hatte, erfreulich. Inzwischen kannte ich einige beim Namen und das fühlte sich gut an.

Auch an diesem Nachmittag kam Nelli gegen zwei Uhr wieder ins Café. Sie musterte für einen Moment die zweistöckige

Torte, die ich gerade mit kleinen silbernen Kugeln verzierte und warf dann einen Blick in die Auslage.

»Hallo«, grüßte sie. »Ich nehme heute den Bananenkuchen und einen Kaffee dazu. Und wenn Sie Zeit haben, freue ich mich, wenn Sie auch für sich ein Tortenstück wählen und sich zu mir setzen. Ich weiß, Sie machen das bei ausgewählten Gästen. Kommen Sie nur.« Sie schenkte mir ein Lächeln, das unzählige Fältchen auf ihre Wangen zauberte, und schlich mit leicht gekrümmtem Rücken zu ihrem Stammplatz. Ich mochte sie. Sie hatte eine besondere Art. Ich bereitete ihre Bestellung vor und trug alles zu ihrem Tisch. Für mich hatte ich auch etwas dabei. Ich gönnte mir einen pinken Punschwürfel, meine Lieblingssüßigkeit.

»Bitte sehr.« Ich stellte Nellis Kuchengedeck auf den Tisch und gesellte mich zu ihr.

»Oh, das sieht aber auch gut aus, was Sie da haben.«

»Wollen Sie kosten?« Ich teilte den Würfel mit der Gabel in zwei Hälften und schob ihr eine Hälfte zu.

»Nein, nein. Der gehört ganz Ihnen«, wehrte sie ab.

»Eigentlich sollte ich ihn gar nicht essen. Ich bin heute zu einem Kuchen-Date verabredet.« Ich nickte ihr verschmitzt zu. Sie hatte schließlich gestern Abend um Details gebeten und ihre Vorliebe für romantische Geschichten geäußert.

»Ein Kuchen-Date? Wie schön das klingt. Das gefällt mir. Manchmal zweifle ich an den jungen Leuten. Es soll ja schon Apps geben, die helfen sollen, ein Rendezvous zu vereinbaren. Unvorstellbar.« Sie schüttelte den Kopf. »Nur mit einem Foto. Wie im Katalog, hat mir eine Freundin erzählt. Wissen

Sie, ich bin in einer Runde, da häkeln wir gemeinsam. Aber das ist jetzt nicht interessant. Wo waren wir stehengeblieben?«

»Sie häkeln? Sagen Sie nur, die Weste, die Sie tragen, ist selbst gemacht.«

»Natürlich ist sie das«, sagte sie stolz. »Ehrlich gesagt, ist es ein Meisterwerk. Ich sehe nicht mehr so gut. Und dann die dünne Wolle und die dunkelblaue Farbe. Haben Sie eine Ahnung, wie mühsam das ist? Aber ich habe ja den ganzen Tag Zeit.« Sie lachte und stach sich das erste Stück ihres Bananenkuchens ab.

Ich wartete auf ihre Reaktion.

Ein leises »Mhmm« kam über ihre Lippen.

Das war die schönste Bezahlung, die ich für meine Kreationen kriegen konnte.

»Und der Auserwählte für Ihr Kuchen-Date ist der Mann, mit dem Sie die letzten Abende am Fenster saßen?«

Ich nickte. »Genau, Vincent. Er ist vom ersten Tag an Stammkunde wie Sie.«

»Aber er lädt Sie auf ein Date ein. Das ist mehr, als ein Stammkunde tun würde. Was würde ich geben, nochmal jung zu sein. Es ist eine so schöne Zeit.« Nelli legte ihre Kuchengabel weg und trank einen Schluck Kaffee und lehnte sich dann zufrieden lächelnd zurück.

»Es ist aber auch eine schwierige Zeit. Ich bin total nervös und weiß gar nicht warum. Und ich vertraue ihm nicht. Würden Sie ihm vertrauen? Er bittet doch jede um ein Date, nicht wahr? Ich bin sicher keine Ausnahme. Was sind denn das für Voraussetzungen?«

Ich stieß die Luft aus und stach endlich in meinen halbierten Punschwürfel.

»Ach, es kommt Ihnen nur schwierig vor, weil sie mittendrin stecken. Ich verspreche Ihnen, wenn Sie in fünfzig Jahren auf diesen Moment zurückblicken, kommt er Ihnen herrlich leicht und lebendig vor.« Sie seufzte kurz auf. »Das, was Sie jetzt fühlen, das ist das Leben selbst. Sie spüren Ihr Herz schlagen und die Lungen Luft pumpen. Im Magen ein Kribbeln und in den Ohren ein Rauschen. Was glauben Sie, wie oft Sie dieses Gefühl noch haben werden?

Oh, genießen Sie es! Es geht viel zu früh zu Ende. Und damit sage ich nicht, dass das, was danach kommt nicht besser ist. Aber im Laufe der Zeit verlieren wir diese Naivität und Unschuld, und dabei sind die es, die das Leben so reich machen und kostbar«, schwärmte Nelli.

»Sie sagen mir also, ich soll mit ihm ausgehen und nicht länger nachdenken, sondern es einfach auf mich zukommen lassen?«

»Ja und nein. Sie sollen nur mit ihm ausgehen, wenn es Ihnen Spaß bereitet. Und natürlich lassen Sie sich nur auf Dinge ein, die Sie wollen und die sich für Sie richtig anfühlen. Aber der Rest. Ach, ich kenne doch den Rest. Ob Sie ihm nun gefallen, welche Absichten er hegt, ob Sie hübsch genug sind und klug genug, ob er Sie auf ein weiteres Date einladen wird oder nicht und wohin alles führen wird. Diese Gedanken meine ich. Lassen Sie los. Genießen Sie den Moment. Sie werden früh genug alt und das Leben ernst. Sie müssen jetzt noch nicht alle Antworten kennen.«

»Kennen Sie denn inzwischen alle?« Nachdenklich trank ich einen Schluck Kaffee.

»Die kennt man nie. Aber ich habe den Eindruck, dass ich inzwischen mehr Antworten angehäuft habe, als noch Fragen übrig sind«, meinte Sie lächelnd.

»Und haben Sie auch Antworten auf meine Fragen?«

»Nein, leider. Das ist ganz etwas Individuelles.« Sie zog die Schultern hoch und stach ein weiteres Stück ihres Bananenkuchens ab.

»Wie heißen Sie eigentlich wirklich? Nelli ist bestimmt eine Abkürzung.«

»Eleonore«, antwortete sie und strahlte über das ganze Gesicht. »Schön, nicht wahr?«

»Sehr schön sogar.«

»Aber kein Mensch nannte mich je so. Auch nicht meine Eltern. Schon komisch. Da sucht man sich für sein Kind einen Namen aus und nennt es dann anders.«

»Stimmt. Wollen Sie, dass ich Sie Eleonore nenne?«

Sie blickte nahezu erschrocken zu mir und legte sich eine Hand auf ihre Brust, als schien sie berührt. »Das hat mich tatsächlich noch nie jemand gefragt«, meinte sie und nickte. »Ja, das wäre schön. Das wäre wirklich schön.«

»Dann machen wir das so. Ich erzähle Ihnen morgen von meinem Date mit Vincent und nenne Sie ab sofort Eleonore.« Ich erhob mich und stellte mein Geschirr zusammen.

»Ich denke heute Abend an Sie«, sagte Nelli und winkte mich mit einer freundlichen Handbewegung von ihrem Tisch weg.

Ich hatte erwartet, dass Vincent, wie jeden Nachmittag, zwischen vier und fünf Uhr kommen würde. Aber er kam nicht. Ich befürchtete, er würde einen Rückzieher machen, nachdem er meine Zusage für ein Date hatte. Ärger kroch in mir hoch. Typisch, dachte ich, obwohl mir klar war, dass ich damit ein generalisierendes Urteil über das männliche Geschlecht fällte, das weder zeitgemäß noch realistisch war. Dennoch fühlte ich so. Ich war ein nettes Spielzeug gewesen. Er hatte geflirtet, um meine Zusage gekämpft und nun, da er sie hatte, suhlte er sich in seinem Triumph. Mir gelang es fast nicht, die vor mir stehende Sahnetorte liebevoll zu verzieren. Am liebsten hätte ich auf sie eingeprügelt. Ich war alleine im Café, Nelli war vorhin gegangen, und sonst war kurz vor Schluss meistens nur noch Vincent hier gewesen. Seine Abwesenheit hinterließ eine Art Loch. Nicht nur im Lokal, sondern auch in mir. Ich hatte es also in kürzester Zeit geschafft, mein Herz zu verlieren. Ich konnte nur den Kopf über mich schütteln. Ich dachte an meine Eltern. Vor allem an meinen Vater. Da hatte ich die Lektion fürs Leben schon so früh gelernt, dass ich bis in alle Ewigkeit kapiert haben sollte, dass es keinen Prinzen gab. Trotzdem fiel ich auf den Erstbesten herein, der mich anlächelte und ein paar nette Worte mit mir sprach und zu allem Überfluss noch meine Torten mochte. Da hatte ich die Erklärung. Die Torten waren meine Schwachstelle. Da nützte meine jahrelang erprobte Verteidigungsstrategie nichts, wenn ich die Variablen in der Gleichung änderte, einen Laden eröffnete und mich in einen Kunden verliebte. Sehr klug. Wirklich unglaublich vorausschauend. Glanzleistung.

»Hey«, hörte ich Vincent sagen. Mein Kopf schoss hoch zur Eingangstür.

»Was machst du hier?«, fragte ich entgeistert. Verdattert schaute er mich an und lächelte dann.

»Torte essen? Wir wollten zum Marktplatz.«

»Das weiß ich.« Ich starrte ihn an. Er hatte Nerven, so zu tun, als hätte ich etwas vergessen. Moment. Ich atmete durch. Das war alles nur in meinem Kopf passiert. Ich war echt ein beziehungstechnisches Wrack. Ich warf ihm Dinge vor, die sich nur in meiner Fantasie abgespielt hatten. Noch hatte er nichts falsch gemacht. Das würde er sicher noch, aber bisher war es nicht geschehen. Ich ruderte also zurück. »Entschuldigung. Ich bin ... Ich war in Gedanken und bin etwas gestresst. Du hast mich im falschen Moment erwischt.«

»Das habe ich bemerkt. Alles okay?«

»Ja, alles bestens.« Seine Präsenz wirkte beruhigend, und auch seine tiefe Stimme, die den Raum füllte.

»Wenn du willst, können wir hierbleiben. Du arbeitest an den Torten weiter und ich sehe zu. Ich meine, weil du von Stress gesprochen hast. Ich weiß, dass du alles alleine stemmst, ich will dir nicht noch mehr aufladen.«

»Auf keinen Fall«, entgegnete ich. »Du willst ein Date. Du bekommst ein Date.« Er lachte auf und reichte mir seine Hand über die Theke hinweg und zog mich dann zu sich nach vorne ins Café.

»Das klingt so, als hätte ich es bestellt und du lieferst nun aus. Ich hoffe, der heutige Abend beruht auf Gegenseitigkeit.«

»Natürlich.« Wem wollte ich etwas vormachen? Ich war verliebt, egal wie unvernünftig das auch war. Vincent sah gut aus. Heute trug er ein dunkelgrünes Polohemd zu seiner schwarzen Jeans. Zum ersten Mal, dass ich Farbe an ihm sah.

»Kein schwarzes Shirt?« Kaum war die Bemerkung raus, hätte ich sie gerne zurückgenommen. Denn sie war der Beweis dafür, wie genau ich ihn in den letzten Tagen gemustert hatte.

»Nein, heute nicht«, antwortete er mit angespannter Miene. Dann lockerten sich seine Gesichtszüge wieder. »Du erinnerst dich also, was ich trage, wenn ich ins Café komme?« Er hatte mich komplett durchschaut. Was für ein Eigentor.

»Scheint so«, gab ich zu und spürte Hitze in meine Wangen steigen. »Lass mich noch ein paar Handgriffe hier vorne im Gastraum erledigen. Dann können wir los.«

Als alles in Ordnung war, verließen wir den Laden, ich schloss ab und wir schlenderten gemeinsam durch die Fußgängerzone Richtung Marktplatz. Es war ein schöner, warmer Sommerabend, die Frauen trugen luftige Kleider und die Männer Shorts. Viele hielten ein Eis in der Hand und hatten ihre Sonnenbrillen ins Haar geschoben. Die hohen Häuserzeilen warfen um diese Uhrzeit bereits lange Schatten auf die gepflasterte Einkaufsmeile. Sonnige Stellen waren rar.

»Vielleicht hätte ich mich frisch machen sollen«, dachte ich laut.

Ich steckte etwa seit sechs Uhr morgens in diesen Klamotten. Zwar trug ich in der Backstube eine Schürze, um mich nicht zu beschmutzen, aber ich hätte mir ein hübsches Kleid anziehen können und vielleicht Schuhe mit Absätzen. Meine

Jeans und Chucks schienen zu signalisieren, dass dieses Date nichts Besonderes für mich war. Dabei war es so besonders für mich, dass mein Herz raste und ich Vincent kaum in die Augen sehen konnte. In meinem Café konnte ich noch die Illusion aus Zufall und Höflichkeit aufrechterhalten. Aber jetzt war die Absicht klar. Seine und meine. Wir wollten Zeit miteinander verbringen. Und am Ende würde es ein Drama geben. Ich konzentrierte mich lieber auf mein Äußeres und musterte die Frauen, die uns entgegenkamen. Alle hübsch zurechtgemacht. Die Haare meistens lang und offen über die Schulter fallend. Meine Haare waren zu einem Pferdeschwanz zusammengebunden, weil ich es nicht ausstehen konnte, wenn sie mir ins Gesicht fielen, und auch, weil ich für meinen Job keine offene Mähne gebrauchen konnte. Allerdings wusste ich sehr wohl, was dem gängigen Schönheitsideal entsprach. Meine Versuche, das zu erreichen, waren zum Scheitern verurteilt. Nicht nur wegen meiner Kleidung und Frisur, die Fettpölsterchen an Bauch und Schenkel ließen mich auch nicht direkt als Victoria's Secret-Model durchgehen.

»Mach dir keinen Kopf. Wir passen perfekt zusammen.« Er tippte mit seinen Schuhen gegen meine. Wir trugen beide schwarze Converse mit den typischen weißen Halbrundungen an der Spitze. War das tatschlich ein Kompliment? Ich kleidete mich also wie ein Mann? Wollte er das damit sagen? Und das war, was er von einer Frau wollte?

»Gib doch zu: High Heels würden dir auch gefallen. Und ein kurzes Kleidchen.« Ich sah ihn an und er zog eine Augenbraue hoch.

»Sehr«, raunte er. »Beim nächsten Mal vielleicht? Ein nettes Restaurant? Ein Glas Wein? Wäre das etwas, wofür ich dich begeistern kann?«

»Lass uns mal die Tortenprobe hinter uns bringen.« Ich verdrehte die Augen mit Blick auf ihn, sodass er es sehen konnte. Er hatte mich in seinem Bann und er wusste es. Und weil er es wusste, fühlte es sich für mich so riskant an. Selbstsicher, charmant, das war die gefährliche Sorte Mann. Er konnte alle Frauen haben. Das war das Problem. Also warum ging er mit mir aus? Warum sollte er bleiben wollen? Also auf Dauer? Es war nur ein Spiel für ihn, und ich durfte gar nicht erst anfangen, es ernst zu nehmen.

»Du rechnest also damit, dass ich dich nicht voll und ganz von mir überzeuge?«, fragte er und blieb kurz stehen, um mich zu mustern. Ich mochte seine Augen, fast wie ein Schokoladenbrunnen ergoss sich sein Blick über mich. Es fühlte sich gut an.

»Natürlich.« Ich schickte ein gespieltes Schnauben hinterher. Aber in Wahrheit war ich bereits so überzeugt von diesem Torten verschlingenden Kerl, wie man nur von jemandem überzeugt sein konnte, von dem man nichts weiter wusste, als wie er seinen Kaffee trank und seine Torten genoss. »Du bist nur zu selbstsicher, um zu erkennen, wie schmal der Grat ist, auf dem du schreitest. Die Gefahr, dass ich mein Interesse an dir und deiner Vorliebe für Torten verliere ist riesig.« Mein Kichern verriet, dass ich flunkerte. Dann schaute ich wieder nach vorn und ging weiter Richtung Marktplatz. Er holte mich sofort ein und plötzlich spürte ich seine Hand an meiner. Zunächst sachte, Handrücken an Handrücken, bis er seine Handfläche unter meine schob.

»Überhaupt nicht selbstsicher«, flüsterte er. »Sonst hätte ich mich das schon viel früher getraut.« Dabei drückte er meine Hand, zog sie dann hoch, kurz vor seine Lippen und deutete einen Handkuss an. Die bloße Andeutung löste ein irres Verlangen nach ihm aus und so etwas wie Phantomschmerz. »Aber ich sehe, ich muss mehr wagen, um dich von meiner Zuneigung zu überzeugen.« Ich lächelte und zuckte mit den Schultern. Wir liefen Hände haltend weiter, bis er sie losließ, um die Türe zum Café aufzudrücken, damit wir eintreten konnten. Es war ein großes Kaffeehaus mit vielen Sitzplätzen, aber es gehörte nicht zu den langjährig traditionellen. Der Charme bestand in der Mischung aus gediegener Moderne und nachbildenden Elementen der alten Kaffeehauskultur. Hier war es weder hell noch hipp, noch trendy. Es war aber auch nicht verstaubt oder antiquiert.

»Ich liebe dieses Café«, gestand ich ihm. »Du hast einen tollen Ort ausgewählt. Ich danke dir.«

»Du warst noch nie hier?«, fragte er ungläubig.

»Im Gegenteil. Das war mein Stammlokal. Bevor ich mein eigenes Café eröffnet habe, aß ich hier meine Torten.«

»Oh.« Jetzt wirkte er enttäuscht. Die Bedienung trat an unseren Tisch, begrüßte uns und reichte uns die Karte.

»Wir würden gerne Torte essen«, sagte Vincent prompt.

»Dann wählen Sie doch gerne vorne bei unserer Auslage«, bot sie an. »Darf ich Ihnen in der Zwischenzeit ein Getränk servieren? Kaffee oder Tee vielleicht?«

Vincent sah mich fragend an. Ich nickte und lächelte. Daraufhin bestellte er zwei Kaffee. Die Kellnerin entfernte sich und Vincent reichte mir über den Tisch hinweg seine Hand.

»Komm. Lass uns Torte aussuchen.« Seine Augen strahlten und seine Hand schloss sich um meine. Ich staunte zum wiederholten Mal. Ein Tortenliebhaber? Wie konnte genau ich auf ihn treffen? Das war fast wie ein Sechser im Lotto.

»Das sieht verlockend aus«, befand ich. Selbst um diese Uhrzeit war die Auswahl noch groß, es war beeindruckend.

»Kein Vergleich mit deiner Auslage«, murmelte er in mein Ohr, damit es sonst niemand hörte. »Mit dir kann niemand mithalten. Ob sie wissen, wer du bist?«

»Pst«, machte ich und drückte seine Hand. »Such dir lieber was aus.«

»Wie gut kennst du mich jetzt?«, wollte er wissen und blickte mich mit seinem Schokoladenblick an.

»Okay. Ich entscheide für dich.« Sein warmes Lachen schien mich zu umarmen, und als eine Dame hinter der Theke erschien, war klar, was ich zu tun hatte.

»Gibt es die Möglichkeit, mehrere Torten zu probieren. In kleineren Stücken? Eine Art Probierteller?«

»Natürlich, ich stelle Ihnen gerne eine Variation zusammen. Gibt es etwas, das Sie gar nicht mögen?«, fragte sie. Ich blickte zu Vincent und schüttelte den Kopf, er ebenso.

»Wir sind für alles offen. Überraschen Sie uns. Für zwei Personen bitte.« Sie nickte.

Wir schlenderten zurück zu unserem Tisch, die beiden Kaffeetassen standen bereits da, als wir uns setzten. Ganz klassisch, auf einem kleinen ovalen Silbertablett mit einer weißen Papierspitze. Darauf das Kaffeeservice mit Löffel. Ein Kännchen Sahne, ein Döschen Zucker und ein Wasserglas. Ich mochte Kaffeehäuser, da war nichts zu machen. Hier fühlte ich mich einfach immer wohl.

»Das sieht wunderbar aus«, lobte er die Kellnerin, als sie uns die Tortenplatte hinstellte. Man hätte fast glauben können, dass er der Konditor von uns beiden war, und nicht ich.

»Danke«, sagte auch ich zu der Bedienung, die sich freundlich von uns entfernte.

»Los geht es!«, meinte Vincent und ließ seine Gabel wie ein Pendel über der Tortenplatte schweben, noch unsicher, wo sie sich senken würde. Er zog die Gabel aber wieder zurück und begann den Teller langsam zu drehen. »Zuerst müssen wir alles genau begutachten«, beschloss er.

»Müssen wir das?« Belustigt stach ich mit der Gabel in eine Sachertorte, und schob mir das Stück schnell in den Mund.

»Konkurrenzbeobachtung«, flüsterte er. »Schon vergessen?« Ich lachte weiter, zuckte mit den Schultern und gabelte mir etwas von der Sahnetorte auf, die mit Früchten belegt und Gelee überzogen war.

»Ich empfehle dir zuzugreifen, sonst ist bald nichts mehr für dich da«, neckte ich ihn.

»Du bist keine gute Jungunternehmerin«, protestierte Vincent und probierte dann gleichzeitig von der Sachertorte und der Sahnetorte. In seinem Mund musste sich beides vermischen, ich konnte mir nicht vorstellen, dass es gut schmecken würde.

»Und?«

»Keine gute Idee.« Er trank einen Schluck Kaffee.

»Für mich ist das Café keine Konkurrenz. Das soll jetzt nicht abgehoben klingen. Klar, wirtschaftlich betrachtet ist es das natürlich. Und jemand, der hier schon sein Tortenstück gegessen hat, kommt fünf Minuten später nicht zu mir. So viel steht fest. Dennoch bin ich überzeugt, dass es Kunden gibt, die manchmal hier sind und manchmal bei mir. Einfach weil sie sich Abwechslung wünschen. Mein Café unterscheidet sich von diesem wie der Tag von der Nacht. Dabei geht es nicht um besser oder schlechter. Wir sind einfach nur verschieden. Und ich bin überzeugt, dass das am Ende ein Vorteil für uns beide ist.«

»Wie ich schon sagte. Du bist eine schlechte Jungunternehmerin«, wiederholte Vincent, aber er lachte dabei. Daher steckte ich die Bemerkung in die Kategorie Smalltalk und nicht in den Ordner Kritik.

»Weil ich alle anderen nicht schlechtrede? Wie könnte ich? Das ist mein Lieblingscafé, das habe ich dir doch schon gesagt. Ich bin hier in meiner Jugend ein und aus gegangen und habe mich beispiellos durch das Tortensortiment gefuttert.«

»Was man dir übrigens nicht ansieht«, meinte er und lächelte verlegen.

»Dir auch nicht. Nachdem du ja neuerdings so viel Torte isst wie nie zuvor.«

»Noch nicht! Aber erzähl, wie bist du unter die Tortensüchtigen geraten?«

»Du weißt doch genau, wie das geht. So wie jede Sucht

wahrscheinlich beginnt. Aus Frust. Die Schule, die Jungs, irgendwie war das alles nicht so super damals«, gestand ich und stach mir ein Stück Himbeertorte ab. Und natürlich das Hadern über die Trennung meiner Eltern. Wahrscheinlich war das der Hauptauslöser. Aber darüber sollte ich mit einem Psychologen sprechen und nicht mit meinem Date.

»Die Jungs?«, hakte er nach.

»Das interessiert dich jetzt. Typisch Mann.« Ich kicherte.

»Ich kann dich auch zuerst nach der Schule fragen«, konterte er. »Komm, wir wollen uns kennenlernen, dann müssen wir auch was preisgeben.«

»Ich habe keine Probleme damit, etwas preiszugeben. Also, die Schule. Ich war eine schlechte Schülerin, nicht weil ich nicht intelligent genug war. Ich denke, ich hatte zu der Zeit einfach zu viel anderes im Kopf und das lenkte mich beim Lernen konsequent ab. Daher konnte ich mein Potenzial nie so richtig ausschöpfen.«

»Du hast dich also auf die Jungs konzentriert, anstatt zu lernen? So sehr haben sie dich abgelenkt?« In Vincents Stimme schwang ein Lächeln mit.

Wahrscheinlich dachte er an die Pubertät und die ersten Erfahrungen, die man in der Zeit machte. Dabei lag er aber falsch. Die Trennung meiner Eltern hatte mich abgelenkt. Über Jahre. So dass mir als Trost nur dieses Café am Marktplatz blieb, weil ich es zu Hause kaum aushielt.

Lernen? Wie denn? Mein Kopf war voll mit anderen Sachen, aber bestimmt nicht mit Jungs. Drohte doch mal einer, mir den Kopf zu verdrehen, wollte ich lieber, dass er in der

Hölle schmoren und sich niemals bei mir blicken lassen sollte. »Wenn du meinst«, antwortete ich kryptisch. Die Wahrheit war zu kompliziert und würde mich entweder als Wrack outen oder als Langweilerin. Auch wenn beides in mir steckte, war ich doch keines von beidem. Auf eine ganze eigene Art und Weise kompliziert. »Und wie ist das bei dir? Verrätst du mir, warum du dich für Torten interessierst?«

»Hmm, diese Begeisterung für Torten hat sich tatsächlich in der letzten Zeit in eine Begeisterung für die Café-Inhaberin entwickelt«, sagte er.

»Das beantwortet nicht meine Frage, warum du jeden Tag Torte isst. Fast drei Stück, wenn ich betonen darf.«

»Ganz einfach: Das ist die Menge, die du mir aufbrummst.« Er lachte. »Anfangs kam ich wegen der Torten. Inzwischen wegen dir. Ich würde die Torten auch essen, wenn du nicht dort arbeiten würdest. Aber weil du dort arbeitest, esse ich immer wieder Torten.« Er schüttelte den Kopf.

Definitiv verlegen.

Ich lachte und wusste nicht so recht, was ich sagen sollte. Ich stach ein weiteres Stück der Himbeertorte ab. Sie schmeckte mir bisher am besten von allem, was ich gekostet hatte.

»Weiter!« Ich lächelte ihn an und machte mit der leeren Kuchengabel eine kreisende Bewegung in der Luft, um meinen Wunsch zu verdeutlichen.

Er atmete durch, lehnte sich dann tief in die Rückenlehne zurück und musterte mich. »Mein Bruder bekam vor ein paar Monaten eine schockierende Diagnose«, begann er und ich erschrak.

»Das tut mir leid«, unterbrach ich ihn. »Wenn dir das Thema zu nahe geht, musst du nicht weitererzählen.«

»Alles in Ordnung. Ich hätte es schließlich nicht erwähnt, wenn es tabu wäre. Trotzdem ist es schwierig über die Angelegenheiten anderer Leute zu sprechen. Selbst wenn es der eigene Bruder ist. Verstehst du?«

»Ich denke schon.«

Ich dachte an meine Mutter. Das, was ich immer als meine Geschichte empfand, war in Wahrheit ihre. Ich war nur am Rande betroffen. So kam es mir zumindest vor, dabei schien es, als hätte ich dennoch die volle Breitseite abbekommen. Zwischen den Stühlen zu sitzen, ist wahrlich keine einfache Position.

»Außerdem ist es eine lange Geschichte. Aber wie gesagt, es geht um meine Familie«, fuhr Vincent fort. Ging es auch mal nicht um Familie? Zumindest war ich nicht die Einzige, die in der Hinsicht ein paar Themen im Gepäck hatte. »Vielleicht war es falsch, von einer schockierenden Diagnose zu sprechen. So schockierend war sie nun auch wieder nicht. Vielleicht sogar vorhersehbar, trotzdem haute es ihn natürlich um und mich auch. Und wenn ich jetzt sage, es ist gar nicht so schlimm, dann ist das mit Vorsicht zu genießen. Denn für jeden sind andere Dinge schlimm. Und es kommt immer darauf an, woran der Vergleich geknüpft ist.« Er schnaubte.

»Du musst nicht näher darauf eingehen«, bot ich ihm erneut an. Ich merkte, wie schwer er sich tat.

»Es geht um Diabetes. Inzwischen ist das natürlich schon viel besser zu behandeln als vor zwanzig Jahren. Ein Leben damit scheint fast einfach und trotzdem ist es im Detail kompliziert. Für den Moment gibt es keine Heilung.«

»Diabetes sagst du?« Was hatte das mit meinen Torten zu tun? Genaugenommen sollte es nichts mit meinen Torten zu tun haben. Ich kannte mich nicht besonders gut aus, aber Süßigkeiten sollten wahrscheinlich nicht ganz oben in der Ernährungspyramide stehen.

»Unsere Mutter ist selbst als junge Frau erkrankt. Es tritt seit Generationen in unserer Familie auf. Deshalb meinte ich ja, es hätte keine Überraschung sein sollen, als mein Bruder die Diagnose vor ein paar Monaten bekam. Der Schock bezog sich darauf, dass er ein sportlicher Typ ist, durch und durch gesund, er ernährt sich vorbildlich, schläft ausreichend. Das volle Programm. Diesen Lebensstil pflegt er nicht nur, um gesund zu bleiben, das wäre gelogen, aber wir beide haben eine mögliche Erkrankung immer im Hinterkopf gehabt. Er hoffte so, auf der sicheren Seite zu stehen. Und dann erwischt es ihn trotzdem!«

»Das tut mir wirklich leid«, sagte ich wieder.

»Muss es nicht. Wir haben ja alle damit rechnen müssen, dass es so kommen wird. Mein Bruder hat es jetzt gut im Griff und ist in Behandlung. Alles korrekt eingestellt. Natürlich gehören für ihn ein paar neue Routinen im Leben dazu, er muss öfter überlegen und abwägen. Eine gewisse Spontanität beim Essen geht verloren, obwohl fast alles noch möglich ist. Aber einfach ist anders. Und so richtig gesund ist eben auch anders.«

»Ich verstehe, dass dich das beschäftigt.

Aber nach wie vor erklärt es nicht, warum du regelmäßig bei mir Torte isst?«

»Vielleicht sollte ich es Frust-Essen nennen. Das wäre die richtige Antwort. Mein Bruder und ich hatten gehofft, dass wir die Krankheit nicht erben würden. Es ist auch keine ausgesprochene Erbkrankheit, dennoch ist es durchaus üblich, dass sie in manchen Familien vermehrt auftritt und wir scheinen dazuzugehören. Jedenfalls gehe ich davon aus, dass es mich in Kürze auch erwischen wird. Also beschloss ich, gleich mit allen guten Vorsätzen zu brechen und mich mit Süßkram vollzustopfen, auf den ich in der Vergangenheit verzichtet hatte. Sport mache ich immer noch und ich ernähre mich auch immer noch gesund. Aber es ist, als ob bei mir eine Sicherung durchgebrannt ist. Ich bin so verärgert und dann habe ich gesehen, dass dein Café eröffnet. Ich blicke von meiner Wohnung direkt in deinen Laden und sah die Tischler und Elektriker ein und aus gehen. Als du das Außenschild aufhängen ließest, schien es mir nahezu eine persönliche Einladung für mich zu sein. Dann füllte sich die Kuchenauslage und die Eröffnung stand an. Also trat ich zum ersten Mal bei dir ein und wurde direkt zum Stammkunden. Darüber bin ich froh. Sonst hätten wir beide uns gar nicht kennengelernt.«

»Dir ist klar, dass ich dir ab morgen leider nichts mehr verkaufen kann?«

»Das ist gemein. Ich bin gesund. Du brauchst dir keine Sorgen um mich zu machen. Und selbst wenn, Diabetiker können Torte essen.«

»Deine Strategie führt langfristig in die falsche Richtung.

Egal ob mit oder ohne Diabetes. Jeden Tag Torte essen, ist definitiv ungesund«, erklärte ich ihm. Provokativ stach er sich ein Stück Kuchen ab und schob es sich in den Mund. Ich verdrehte die Augen. Aber schließlich hatten wir bestellt, jetzt mussten wir essen und es schmeckte herrlich.

»Und warum genau isst du jeden Tag von deinem eigenen Zeug? Und sogar von Fremdem?« Er zeigte mit der Gabel auf die Auswahl, die vor uns stand. »Das ist für dich genau so wenig gesund wie für mich.« Er hatte recht. Die meisten Menschen gönnten sich nur hin und wieder ein Stück Kuchen oder Torte. Und dann ging es um Genuss, ums Feiern, vielleicht darum, sich zu belohnen. Es war mit positiven Gefühlen verbunden und beschränkte sich auf einen speziellen Moment. Es hatte nichts mit ungesunder Ernährung zu tun, sondern mit Seelennahrung und Balsam fürs Innenleben.

»Wollen wir uns darauf einigen, dass wir ein Problem haben, das wir kompensieren und das Mittel unserer Wahl sind Tortenstücke?«, schlug ich vor und schenkte ihm ein freches Lächeln. Ich fand, dass das die richtige Antwort war. Zumindest für mich und nach allem, was ich über ihn wusste und was er erzählt hatte, schien es auch für ihn zu gelten.

»Wir könnten eine Selbsthilfegruppe gründen«, meinte er und lachte.

»Direkt bei mir im Café würde sich anbieten.« Wir lachten beide, bis er etwas ernster wurde.

»Ich habe Psychologie studiert. Ich müsste wissen, wie solche Muster funktionieren und wie man sie bricht oder gar nicht erst entstehen lässt.«

»Ich dachte du bist eine Art Digital Pioneer oder wie nennt man das? Du arbeitest doch im Homeoffice? Sagtest du das nicht?«

»Doch, das stimmt. Ich habe mein eigenes Unternehmen gegründet, das sich auf Online-Inhalte konzentriert. Ein Format mit psychologischen Inhalten.«

Ich stellte es mir wie eine App vor, die Weisheiten verbreitete. Ich kannte das von Mira, die hatte eine Yoga-App auf dem Smartphone und bekam immer mal wieder Push-Meldungen zu Atemübungen für zwischendurch oder eine nette Affirmation.

»Das ist doch perfekt für dich und deinen Bruder. Du weißt wahrscheinlich sehr gut Bescheid, wie man mit beängstigenden Diagnosen umgehen kann.«

»Theoretisch ja. Ich habe ihm auch viele Hilfestellungen anbieten können und wir haben viel geredet und tun das noch immer. Aber ich bin ja nicht mein eigener Patient. Ich bin nur ich und ich will einfach nicht mehr darüber nachdenken. Ich will frei sein und jetzt esse ich so lange Torte, wie ich noch kann und meine Insulinproduktion noch mitspielt.« Wieder stach er sich ein Stück vom Bananenkuchen ab und ich tat es ihm nach.

»Ich kenne mich ein bisschen mit dem glykämischen Index von Lebensmitteln aus. Weißmehl und Zucker, daraus bestehen die Torten nun mal, schießen megaschnell ins Blut und treiben deinen Blutzuckerspiegel auf die Spitze. Das ist regelrecht Hochleistungssport für deinen Körper. Also, empfehlen würde ich dir das nicht.« Ich machte mir wirklich

Sorgen. Er sah mich schief an und verzog den linken Mundwinkel zu einem Lächeln.

»Empfehlen kann man Torte essen wohl niemandem. Aber das ist nichts, das du deinen Stammkunden erklären solltest, sonst bist du deine Kundschaft bald los.« Er lächelte und gabelte sich ein Stück der Vanille-Schnitte auf. Ich dachte an Nelli, aufgrund ihres Alters gehörte sie gesundheitlich betrachtet sicher auch zu einer Art gefährdeten Personengruppe. Vermutlich sollte auch sie nicht jeden Tag Kuchen essen.

»Mir war bis jetzt nicht bewusst, dass ich mit meinen Torten, die Leute glücklich machen sollten, eigentlich auch so viel Schaden anrichte.« Darüber hatte ich nicht ernsthaft nachgedacht.

»Ach komm. Der Zahnarzt freut sich sicher über neue Patienten. Außerdem, wenn sie den Kuchen nicht bei dir essen, dann eben hier in diesem Café. Du bist nicht dafür verantwortlich, wer deine Torten isst und wie oft.« Er schnaubte. »Sieh mich an, glaubst du, wenn du morgen schließt, dass ich nie wieder ein Tortenstück anrühre?«

»Nein, das nicht.« Trotzdem war der Gedanke unangenehm, dass ich Menschen, die gesundheitliche Probleme hatten, etwas anbot, das nicht gut für sie war. Und mir war klar geworden, dass es für mich wahrscheinlich genau so wenig gesund war wie für die anderen, nur dass ich das nie so gesehen hatte.

Als wir das Café verließen, lag bereits die Dämmerung über der Stadt.

Die Temperatur war gesunken und ließ mich frösteln, als ich nach draußen trat. Vincent griff nach meiner Hand und ich erinnerte mich, wie er sie auch auf dem Weg hierher gehalten hatte. Das Gespräch im Café hatte sich sehr freundschaftlich angefühlt und hatte nichts mit Romantik zu tun gehabt. Ich hatte fast vergessen, dass es ein Date war. Aber jetzt wurde es mir wieder klar und mein Herzschlag beschleunigte sich. Ich spürte das Klopfen in meiner Brust, als er seine Finger fester um meine schloss und zudrückte. Dann gingen wir los. Wieder zurück, Richtung Café, mir fiel ein, dass er ja dort gegenüber lebte.

»Sommerabende haben echt ein besonderes Flair«, sagte er in die Stille der anbrechenden Nacht. Es waren nur noch vereinzelt Fußgänger unterwegs. Die meisten Leute saßen in den Lokalen oder waren zu Hause. Es gab nicht viele, die sich von einem Ort zum anderen bewegten, wie wir beide es gerade taten. Die menschenleeren Straßen verstärkten die romantische Ausstrahlung des dunkel marmorierten Himmels, in dem die ersten Sterne langsam sichtbar wurden.

»Mhm«, stimmte ich zu und schmiegte mich enger gegen seinen Arm und versuchte, mich ein bisschen zu wärmen.

»Ist dir kalt?« Vincent wartete keine Antwort ab, sondern legte im selben Moment den Arm um meine Schulter und zog mich fest an seine Seite.

Ich spürte, wie seine Wärme sich ausbreitete, als er mit der Hand mehrfach über meinen Arm und meinen Rücken strich, während ich meine Seite fest an ihn drückte und von seinem Körper gewärmt wurde.

»Wir sind gleich da«, sagte er. Es waren nur noch ein paar Minuten bis zum Café. Ich nickte und blickte zu ihm hoch. Er wirkte glücklich. Ob er vorhatte, mich in seine Wohnung zu bitten? Was würde ich dann sagen? Mira wäre für ein klares Ja, einfach weil sie für Spaß war. Und ich wollte auch Spaß. Aber Spaß für den Moment würde Tränen für später bedeuten. Deshalb verzichtete ich lieber vorneweg auf den Spaß, um hinterher kein Drama erleben zu müssen. Mir war zwar klar, dass Mira mich auch wegen Sex zu dem Date überredet hatte, weil sie wollte, dass ich nicht aus der Übung kam und ehrlich gesagt, das letzte Mal war wirklich schon eine Weile her. Vielleicht sogar schon zu lange. Ich hatte nicht vor, mich vor Vincent zu blamieren. Ich hatte den Eindruck, als wüsste ich überhaupt nicht mehr, wie es funktionierte. Mira hatte recht, ich hatte zu lange nur in der Tortenstube gestanden. Es war Zeit, wieder mehr zu leben. Aber wie damit anfangen? Mit Vincent? Er war zu nett, zu hübsch und zu perfekt, als dass ich mich vor ihm blamieren wollte. Also keinesfalls mit in die Wohnung!

»So, geschafft«, unterbrach er meine Gedanken. Ich blickte auf die beleuchtete Tortenauslage meines Cafés und erkannte, wie sie auf Passanten wirken musste. Die Torten sahen einladend aus und wirkten in ihrer Farbenpracht und Fülle atemberaubend schön. Ich sollte einen Fotografen engagieren, der Bilder von meinen Kuchen machte, die ich dann an die Wände hängen könnte. Hätte ich nicht schon so viel Süßes gegessen, würde mir bestimmt das Wasser im Mund zusammenlaufen. Aber ausnahmsweise war mein Tortenhunger für heute gedeckt. Dafür kam eine andere Art von Appetit in mir auf. Appetit auf etwas, das wahrscheinlich auch einen süßen Geschmack auf meine Lippen zaubern würde und mir dann aber am Ende schwer im Magen liegen würde.

»Ich habe die Auslage noch nie von außen gesehen«, sagte ich stattdessen, denn ein Kuss war keine Option.

»Ich sehe sie dafür den ganzen Tag. Es ist schrecklich, bis vier Uhr zu arbeiten und erst dann in dein Café zu können.« Er lächelte, als er das sagte und zog mich näher an sich und legte seine Arme in meinen Rücken. »Ich wärme dich noch einen Moment, dann gehe ich rein.« Vincent nickte zur Häuserreihe gegenüber. Die einzelnen Gebäude gingen fließend ineinander über und waren nur anhand der unterschiedlichen Fassaden und Giebel voneinander zu unterscheiden.

»Wo wohnst du genau?«, fragte ich und folgte seinem Blick.

»Da oben. Im dritten Stock.« Er nahm seine Hand von meinem Rücken und zeigte nach oben zu einem Fenster. »Das ist meine Haustür.« Er zog mich zu der dunkelbraunen, schweren Holztür mit Messingknauf und zeigte auf ein Klingelschild mit seinem Namen. Dann ließ er mich los und blickte kurz zu Boden. »Sehen wir uns wieder?«, fragte er dann.

»Von mir aus gern. Du kommst doch morgen wieder Kuchen essen, oder?« Ich spürte plötzlich wieder das Gefühl von heute Nachmittag, als ich ihn erwartet hatte und er nicht gekommen war. Ein grausames Gefühl. Er musste kommen. Er musste einfach kommen.

»Auf jeden Fall«, sagte er lächelnd und schüttelte dann den Kopf. »Du machst es mir ganz schön schwer. Ich meine natürlich, ob wir uns wieder treffen können. Außerhalb des Cafés. Ein weiteres Date.«

»Gern«, antwortete ich. Ich freute mich. Ich freute mich wirklich, auch wenn es mir Angst machte. Obwohl ich bei der aktuellen Anzahl an Schmetterlingen, die in meinem Magen herumwirbelten, auch hätte sagen können, dass ich am liebsten vor den Traualtar mit ihm treten würde. Andererseits war das Miras Traum und nicht mein eigener.

»Das freut mich«, sagte er und griff nach meiner Hand. Die Berührung war warm und hüllte mich ein. Er führte meine Hand wieder im Ansatz an seine Lippen und wieder blieb es nur eine Andeutung. Und nun würde ich sogar alles dafür geben, wenn er endlich seine Lippen auf meine legen würde.

»Vielen Dank für den schönen Abend«, verabschiedete sich Vincent und ließ meine Hand los. Ich spürte den kalten Nachthauch, der sich um die Haut legte, an all den Stellen, wo zuvor seine Wärme gewesen war.

»Ja. Danke«, gab ich zurück und drehte mich von ihm weg, um die Fußgängerzone entlang weiterzugehen. Kurz bevor ich in die Seitengasse einbog, die später zu meiner Wohnung führen würde, wandte ich mich nochmal zu ihm um. Er stand noch immer da und blickte mir nach. Ich hob die Hand und winkte ihm zu. Er lächelte, dann betrat er sein Wohnhaus.

Ich steckte den Schlüssel ins Schloss und drehte ihn, da riss Mira bereits die Haustür auf und empfing mich. Sie hielt ihre Zahnbürste in der Hand und Zahnpasta schäumte um ihre Lippen.

»Und? Wie war es?«, rief sie mir entgegen und verschwand wieder im Badezimmer, um ihren Mund auszuspülen.

»Wie erwartet.« Ich spürte noch meine Hand in der seinen und wie er sie zu seinem Mund geführt hatte. Fast hätte ich mich wie jemand aus einem Jane-Austen-Roman fühlen können.

»Was heißt das jetzt genau?«, hakte Mira nach und baute sich erneut vor mir auf. »Was hattest du denn erwartet? Ich meine, ich weiß schon. Ich kenne dich ja lange genug. Du erwartest, dass jeder Kerl ein Betrüger ist.« Sie blickte mich ernst an und ich kannte diesen Blick. Er drückte die Verteidigungshaltung aus, die sie seit jeher für alle Männer der Welt einnahm, während ich diese anprangerte.

»Wir beide sind schon ein witziges Duo«, stellte ich fest, während ich mich an ihr vorbei ins Wohnzimmer drängte und mich aufs Sofa setzte. »Du glaubst, jeder ist ein Held, während ich sie alle für Monster halte.« Aber Vincent war kein Monster. Überhaupt nicht. »Wahrscheinlich liegt die Wahrheit irgendwo dazwischen. Ein paar Helden, ein paar Monster.« Ich seufzte.

»Definitiv viel mehr Helden«, betonte Mira. »Also erzähl. Fang damit an, in welche Kategorie er fällt, wenn wir schon von Monstern und Helden sprechen.« Sie kicherte und ich sah den Schalk in ihren Augen blitzen.

»Er ist kein Monster, so gut kenne ich ihn inzwischen.«

»Das ist schon mal ein guter Anfang. Und weiter? Ist er ein Held?«

»Das ist doch sinnlos. Wir wissen beide, dass es weder Monster gibt noch Helden«, erwiderte ich. Dann fiel mir wieder ein, was er über seine Familie erzählt hatte und über seinen Bruder. Das fand ich schon ein bisschen heldenhaft. »Also, wenn überhaupt, dann fällt er eher in die Kategorie Held. Er hat sich die letzten Jahre sehr bewusst und ausgewogen ernährt, um einer Diabetes-Erkrankung vorzubeugen. Das ist schon heldenhaft, finde ich.«

»Und wie passt das zu deinen Torten?« Mira zog die Stirn kraus.

»Das habe ich mich auch gefragt. Nachdem der Bruder nun doch erkrankt ist, hat er alle guten Vorsätze über Bord geworfen und isst Süßes, so viel er nur kann.«

»Spricht das jetzt für oder gegen ihn?«, überlegte Mira laut.

»Tja, er ist Psychologe und müsste es doch besser wissen. So viel zum Thema Kompensation.« Ich verdrehte die Augen.

»Er ist also ein Kuchenmonster«, stellte Mira fest.

»Ein Kuchenheld«, widersprach ich. »Er isst jeden Tag fast drei Stücke. Das muss ihm mal einer nachmachen.« Wir lachten beide. »Ich bin auf dem besten Wege, mich zu verlieben. Ich fürchte, es ist sogar schon passiert. Aber egal, wie toll er ist und ob ich ihn in die Kategorie Held stecke oder nicht. Am Ende wird er mir das Herz brechen und das wird ihn zu einem Monster machen«, schloss ich traurig.

»Ach, denk doch nicht immer so«, stöhnte Mira und legte ihren Arm um meine Schulter. »Es sind nicht alle so. Sieh dich doch um. Da gibt es auch glückliche Paare. So ehrlich musst du schon mit dir sein.« Sie seufzte und blickte mich ernst an. »Einer ist der Held, der am Ende alle anderen besiegt.« Miras Augen glänzten. Daran glaubte sie wirklich, ohne Zweifel. Obwohl sie selbst den Helden noch nicht gefunden hatte, glaubte sie fest daran, dass er existierte. »Willst du noch was mit mir ansehen?« Mira zog den Arm von meiner Schulter, griff zur Fernbedienung und schaltete den Fernseher ein.

Kapitel 7

Am nächsten Morgen stand ich früher auf als üblich. Im Café wartete Arbeit auf mich, die ich gestern Abend nicht erledigt hatte. Während ich Teig rührte, Böden buk und Cremes zubereitete, ging mir immer wieder das Date mit Vincent durch den Kopf, wie er sich genüsslich von einem Tortenstück zum nächsten wandte und verschiedene Geschmacksrichtungen scheinbar mühelos in seinem Mund kombinieren konnte. Seine Stimme war weich gewesen und auch seine Augen, den ganzen Abend hindurch hatte er sich ganz auf mich konzentriert. Kein Smartphone am Tisch, kein Piepen oder Summen in seiner Hosentasche. Nur unsere Blicke und dann seine Worte. Er hatte so viel von sich erzählt und sich geöffnet, das hatte sich schön angefühlt. Und am Ende seine Hände um meinen Körper, das hatte sich auch gut angefühlt. Sehr gut sogar. Ich wollte mehr davon. Noch ein Date. Natürlich wollte ich das. Ein Blick auf die Uhr verriet mir, dass es ein langer Tag werden würde, bis er endlich um etwa vier Uhr mein Café betreten würde. Schon komisch, wie sich bisher immer alles um meine Torten gedreht hatte und plötzlich drehte sich jeder Gedanke nur noch um ihn. Einen

Mann. Genau das, was ich eigentlich mit den Torten versucht hatte zu vermeiden.

Als die ersten Gäste in das Café strömten, konnte ich die Gedanken rund um Vincent endlich loslassen und ging ganz in meiner Rolle als Gastgeberin auf. Ich schätzte es sehr, meine Kundinnen und Kunden zu beraten und ihnen mehr über meine Torten, Kuchen und kleinen Leckereien zu erzählen. Heute hatte ich eine Tarte Tatin in der Auslage. Eine französische Spezialität. Optisch gab der Kuchen, der so flach war wie ein Fladen, nicht so viel her und jemand, der nicht wusste, welches Geschmackserlebnis sich in dem blassen Gebäck verbarg, würde es wahrscheinlich nie auswählen, weil es farblos, platt und unästhetisch wirkte. Eine Kennerin der süßen Gaumenfreuden allerdings, würde in Jubel ausbrechen, denn so oft fand man diese Spezialität nicht in den Auslagen von Konditoreien und Restaurants.

»Es wird gesagt, dass der Kuchen aus einem Missgeschick heraus entstanden ist«, erklärte ich einer jungen Mutter, die ihr schlafendes Baby im Kinderwagen immer wieder ein paar Zentimeter vor und zurückschob, damit es nicht aufwachte.

»Eigentlich hätte es ein normaler Apfelkuchen werden sollen, aber er soll der Bäckerin aus der Form gefallen und kopfüber gelandet sein. Sie versuchte dann ihr Bestes, um das Malheur zu beheben und buk den Kuchen notdürftig fertig und staunte danach selbst über das Ergebnis«, sagte ich und legte der Kundin ein Stück auf den Teller. Ein Klecks Sahne gehörte natürlich dazu. Privat aß ich die Tarte am liebsten frisch aus dem Ofen, wenn sie noch warm war, und gönnte mir eine Kugel Vanilleeis dazu. Ein Traum. Als später am Nachmittag Nelli eintrat, empfahl ich ihr auch die Tarte. Bevor ich sie ihr servierte, nahm ich mir selbst ein Stück.

»Darf ich mich wieder zu dir setzen?«, fragte ich, als ich ihr die Bestellung brachte.

»Natürlich. Du hast doch bestimmt etwas zu erzählen«, meinte sie und sah mich wachsam an. Sie hatte es nicht vergessen.

»Klar.« Ich verdrehte die Augen und lächelte dabei. Dann holte ich mein Kuchenstück und meine Tasse Kaffee vom Tresen und setzte mich zu ihr. Sie hatte schon ein wenig gekostet. »Und?«, wollte ich wissen.

»Sehr gut«, befand sie und stach erneut in den Apfelkuchen. Jetzt war ich an der Reihe. Jede Torte und jeden Kuchen, den ich hier verkaufte, hatte ich schon viele Male zuvor gebacken. Aber aus welchen Gründen auch immer, schmeckte es manchmal etwas besser und andere Male eben weniger gut. Es war nicht nur Handwerk, das den Job ausmachte und nicht nur die Zutaten. Es kam mir hin und wieder so vor, als spiele sogar das Wetter eine Rolle und auch die Laune und die Gefühle, die ich in meine Torten hineinlegte. Heute schmeckte die Tarte Tatin einfach traumhaft.

»Das Date gestern Abend mit Vincent war unglaublich toll. Wir waren Torte essen. Gemeinsam. Du hast keine Vorstellung davon, welche Mengen er vertilgen kann.« Mehr als die Hälfte der Kuchenplatte hatte er verputzt, während ich nur ein Viertel geschafft hatte, wenn überhaupt.

»Oh, Männer in dem Alter können so einiges vertragen.« Sie lachte und nickte. »Was ich für meinen Mann gekocht habe. Am Anfang unserer Ehe war es oft zu wenig, weil ich glaubte, für zwei zu kochen. Aber schon damals hatte er einen Appetit für vier. Und als dann die Söhne kamen.« Sie warf den Kopf in den Nacken und schmunzelte. »Es war als hätte ich eine ganze Kompanie am Tisch sitzen.«

»Du hast mir noch nie von deinen Söhnen erzählt«, sagte ich. Über ihren Mann wusste ich, dass er Tiramisu liebte.

»Mauro und Alessio. Italienisches Blut lässt sich nicht verdünnen, wenn ich den Aussagen meines lieben Mannes vertrauen darf. Mauro ist jetzt sechsundvierzig und lebt in Rom. Wir haben immer in Italien Urlaub gemacht und die Familie meines Mannes besucht. Zu Hause haben wir nur Italienisch gesprochen, zumindest mein Mann mit den Kindern. Mauro ließ sich nicht halten, er wollte zurück zu den Wurzeln. Er ist verheiratet und ich habe ein Enkelkind. Leider sehe ich es so selten. Aber hin und wieder telefonieren wir mit Bild, du weißt schon.«

»Über Skype vielleicht?«, fragte ich, aber sie zuckte mit den Schultern.

»Alessio wird dieses Jahr fünfzig. Er lebt hier. Wir sehen uns regelmäßig, darüber bin ich sehr froh.« Sie lächelte und stach wieder in die Tarte. »Was hast du noch über Vincent erfahren, außer, dass er gerne Kuchen isst und viel davon? Das wusstest du vorher auch schon. Schließlich sehe ich ja, wie er jeden Tag kommt und es sich schmecken lässt.« Nelli kam mir überhaupt nicht so alt vor, wie sie aussah. Im Gegenteil, sie erinnerte mich fast an Mira mit ihren neugierigen Fragen. Von der Erkrankung seines Bruders wollte ich Nelli nichts erzählen. Das war zu vertraulich gewesen.

»Er ist Psychologe«, erzählte ich.

»Und hat er dich geküsst? Mit nach Hause genommen? Wie funktioniert das heutzutage?« Nelli kicherte und hielt dabei ihre Hand vor den Mund. »Darf ich das überhaupt fragen? Ich kenne mich in diesen Dingen überhaupt nicht mehr aus. Ich will nicht altmodisch sein. Fragen ist doch erlaubt, oder?«

»Wenn man sich gut kennt, definitiv. Du klingst wie meine beste Freundin«, entgegnete ich und berührte kurz beschwichtigend ihren Oberarm.

»Aber wir kennen uns nicht gut«, entschuldigte sie sich.

»Kein Problem. Genau so lernt man sich doch kennen. Mach dir keinen Kopf. Ich freue mich, dass du nachfragst.« Ich stockte kurz.

Also, die Wahrheit.

»Er hat mich nicht geküsst«, sagte ich und ich hörte die Enttäuschung, die in meiner Stimme mitklang. Ich wünschte, er hätte es getan. »Wir haben nur Hände gehalten.« Es klang so, als wäre das zu wenig gewesen. Aber so war es nicht. Es war überraschend viel gewesen. Ich habe es als fast überwältigend empfunden. Niemand hatte seit langer Zeit meine Hand gehalten. »Und einmal, nein, zweimal sogar hat er meine Hand an seinen Mund geführt, nur fast, und einen Handkuss angedeutet. Ich habe in meinem ganzen Leben noch nichts Romantischeres erlebt«, gab ich zu und erinnerte mich an seinen

Blick, der meinem begegnet war. An seinen warmen Atem, der über meine Haut glitt, ganz nahe an seinem Gesicht.

»Ein Gentleman«, stellte Nelli fest. »Dass es das noch gibt. Wie schön.« Sie schlug ihre Hände vor der Brust zusammen. Es erinnerte mich an Albrecht Dürers *Betende Hände*. Ihre sahen genauso mager und sehnig aus, irgendwie zerbrechlich und trotzdem so, als hätten sie alles im Griff.

»Als der Abend zu Ende ging, fürchtete ich, dass er mich in seine Wohnung bitten könnte. Er wohnt ja gleich gegenüber. Inzwischen ist das durchaus üblich, aber auch kein Muss. Als er es aber nicht tat, fühlte es sich fast ein bisschen wie eine Absage an, so als hätte ich ihn nicht von mir überzeugen können, und gleichzeitig weiß ich, dass auch genau das Gegenteil der Fall sein kann. Wie bei einem leckeren Tortenstück, wenn man sich die exquisite Dekoration bis zum Ende aufspart.« Ich hoffte, dass seine Zurückhaltung kein Zeichen von Desinteresse war, sondern eher darauf hindeutete, dass er es genauso ernst meinte wie ich und lieber einen Schritt nach dem anderen ging, als alles zu überstürzen. Das war meine Hoffnung, obwohl ich sie mir eigentlich nicht erlauben wollte.

»Ein Gentleman bittet dich nie beim ersten Mal zu ihm. Wir beobachten das weiter. Aber wenn er die Spielregeln kennt, dann gibt es den Kuss beim dritten Date«, sagte Nelli und nickte wissend.

»Das sind schöne Aussichten«, gab ich zu. »Vielleicht ist es wirklich so, zumindest hat er mich gefragt, ob ich mich noch einmal mit ihm treffen würde. Und ich habe zugesagt.« Ich spürte, dass ich über das ganze Gesicht strahlte. »Was meinst du damit, ›wenn er die Spielregeln kennt‹? Welche Regeln? Ehrlich gesagt wünsche ich mir zwar einen Kuss und eine Einladung in seine Wohnung, aber in Wahrheit macht mir der Gedanke auch Angst. Ich habe so viele Jahre nur meine Torten im Sinn gehabt. Wahrscheinlich bin ich altmodischer als du.« Ich wusste zwar theoretisch über One-Night-Stands Bescheid. Aber Theorie und Praxis hatten sich schon immer unterschieden. Beim Tortenbacken ging es darum, möglichst oft dieselbe Torte herzustellen, um sie mit jedem Mal ein bisschen perfekter hinzubekommen. Und ich war mir sicher, mit Sex verhielt es sich ebenso. Je öfter, desto geübter. Ich hatte in den letzten Jahren nur so selten geübt, dass ich wahrscheinlich eine Landkarte brauchte, um mich auf dem Körper eines Mannes zurechtzufinden.

»Mach dir keine Sorgen. Das verlernt man nicht. Und altmodisch, papperlapapp. Im Kern bleibt es immer dasselbe. Es geht um zwei Menschen, die sich nahe sein wollen. Meinetwegen können wir jetzt zwischen Liebe und Spaß unterscheiden. Beim Spaß will jeder sein Vergnügen und wahrscheinlich sollten die Partner eine gewisse Raffinesse besitzen, da hat jedoch jede Person andere Vorlieben.« Sie kicherte. »Mein Pietro hasste es, wenn ich seinen Hals küsste.« Wieder warf sie ihre Hände vor die Brust und wirkte dadurch ehrlich und kraftvoll. »Das ist das Schöne, wenn man sich besser kennt. Man muss am Ende nicht mehr raten, was dem anderen gefällt, man weiß es einfach.

Das Spannende in einer Beziehung ist, diese Dinge gemeinsam herauszufinden. Es bedeutet aber auch, dass der Beginn vielleicht holprig ist. Denn jeder rät, will dem anderen etwas Gutes tun und packt das ganze Repertoire aus.« Wieder kicherte sie. »Das kann manchmal verwirrend oder beängstigend sein. Ich kam mir vor wie ein Versuchskaninchen bei unseren ersten Malen. Du musst wissen, wir gingen beide jungfräulich in die Ehe. Damals war das noch so. Und die Italiener sind da besonders streng.« Sie lächelte mich versonnen an und ich staunte, wie ich mitten am Nachmittag in einem öffentlichen Café, meinem eigenen noch dazu, mit einer alten Dame, die ich in Wahrheit kaum kannte, über Sex reden konnte. Aber schließlich hatte ich sie gefragt. Durch die Blume hatte ich sie um Tipps gebeten.

»Es klingt romantisch und nach der großen Liebe, was du und Pietro hatten«, sagte ich vorsichtig. Den Namen ihres verstorbenen Mannes in den Mund zu nehmen war schwierig, ich wusste nicht, wie sie darauf reagieren würde. Aber sie lächelte noch immer.

»Sehr romantisch. Aber nicht immer. Kinder sind eine Herausforderung. Wir haben sie gemeistert, wie vieles andere auch.« Sie zuckte mit den Schultern. »Wir gehörten einfach zusammen. Manchmal ist das so.«

»Und was gibst du mir nun mit auf den Weg? Ich brauche dringend ein paar Tipps für das zweite Date. Und ich möchte unbedingt eine Einladung für ein drittes erhalten«, sagte ich, während ich langsam aufstand und meine Kaffeetasse auf den leergegessenen Kuchenteller stapelte. Es war Zeit, mich wieder an die Arbeit zu machen.

»Da kann ich dir wirklich nicht helfen. Früher ließen wir

es einfach auf uns zukommen. Die Dinge gingen vom Mann aus. Er bat um das Date, er suchte das Restaurant aus. Uns Frauen blieb nur, ein hübsches Kleid auszuwählen und die Haare schön zu legen.« Sie schüttelte den Kopf. »Vielleicht versuchst du es über Google. Man sagt, da findet man alle Antworten.«

Ich kicherte und schüttelte den Kopf über den Ratschlag der alten Dame. »Du bist wirklich unglaublich modern.« Ich staunte über diese Frau, die im Herzen wahrscheinlich aufgeweckter war als ich. »Ich mache mich wieder an die Arbeit«, verabschiedete ich mich und ging zurück zum Tresen. Danach begann ich, das Café in Ordnung zu bringen.

Als alles glänzte und die Gäste versorgt waren, begann ich eine Torte nach der anderen zu verzieren. Ich bemerkte, dass Nelli mich von Zeit zu Zeit musterte, wie am ersten Tag. Ihr Interesse an meinen Kuchen war ebenso echt wie das von Vincent. Das freute mich sehr.

Ich blickte zur Uhr, kurz nach vier. Er sollte bald kommen. Mein Magen zog sich zusammen und Vorfreude machte sich breit.

Ein paar Minuten später trat er tatsächlich durch die Eingangstür, wieder ganz in schwarz gekleidet, wie ich es von ihm gewohnt war. Er trat zu mir an den Tresen und blickte zwischen der Auslage und mir hin und her.

»Hi«, grüßte er und wirkte verlegen.

»Hallo, Zuckerschub gefällig?«, fragte ich und langte nach einem Porzellanteller unterhalb des Tresens. »Heute empfehle ich dir Tarte Tatin.« Ich zeigte auf den Apfelkuchen direkt vor mir.

»Gerne. Nur nicht jetzt. Was hältst du von Abendessen. Gleich. Also wenn du das Café schließt. Bei mir. Du könntest Nachtisch mitbringen.« Seine Hände steckten in den Hosentaschen und sein Blick war länger auf die Auslage gerichtet als auf mein Gesicht. Konnte es sein, dass er so nervös war wie ich? Er? Der tolle Kerl? Der so souverän rüberkam?

»Abendessen?«, wiederholte ich. Gerade hatte ich Nelli erzählt, dass die fehlende Einladung in seine Wohnung mich gestern gekränkt hatte, obwohl ich sie gleichzeitig fürchtete. Und jetzt überkam mich wieder die Angst. Aber wenn ich jetzt ablehnte, würde ich ihn damit kränken. »Okay«, sagte ich deshalb. Mein Magen flatterte. »Ich weiß ja jetzt, wo ich klingeln muss.« Ich erinnerte mich daran, wie er mich gestern ganz nahe an sich gezogen hatte, seine Hände in meinen Rücken und seine Vorderseite gegen meine presste, und sich seine Wärme langsam rund um mich ausbreitete und mich einhüllte. Dann hatte er mir das Klingelschild gezeigt, auf dem sein Name stand. »Ich komme in einer Stunde. Passt das?«

»Ich freue mich«, rief er, während er aus dem Café stürmte, als ob ich ihn mit meiner Zusage vertrieben hätte.

Ich hatte mein Café so schnell wie möglich aufgeräumt. Noch ein paar Erledigungen in der Backstube abgearbeitet, dann war ich so weit. Ich band meine Haare erneut zu einem Pferdeschwanz zusammen, der nach dem Arbeitstag nicht mehr so adrett saß wie morgens, wenn ich aus dem Haus ging. Dann trug ich Lippenpflegestift auf, Make-up hatte ich keines dabei. Das musste reichen. Ich blickte an mir hinunter, wieder hatte ich Jeans, T-Shirt und Chucks an. Aber wenn Vincent mich immer direkt von der Arbeit abfing, konnte er nicht mehr erwarten. Ich atmete durch und begab mich durch den Gastraum hinaus in die Fußgängerzone. Es war regnerisch, aber kaum kälter als die vergangenen Tage. Es roch nach nassem Asphalt und hin und wieder drangen Sonnenstrahlen durch die graue Wolkendecke und tauchten alles in ein fremdes Licht, das mich an Irland erinnerte, und wie sich dort Sonne und Regen abwechselten und dieses satte Grün auf den Wiesen verteilten, das ich sonst noch nirgends gesehen hatte. Von meinem Café bis auf die andere Seite der Häuserzeile waren es schätzungsweise zehn Meter. Ich war schneller an seiner Tür, als mir lieb war. Mein Herz pochte. So sehr ich mich über diese Einladung freute, fürchtete ich sie auch. Ich hatte gar keine Gelegenheit gehabt, mich im Internet schlau zu machen, wie modernes Dating funktionierte. Vincent war mir zuvorgekommen. Nun war ich genauso schlau wie gestern und mindestens ebenso unsicher. Völlig zerrissen stand ich da und zweifelte, ob es mutiger wäre, zu ihm hochzugehen oder Reißaus zu nehmen. Dennoch führte ich meinen Zeigefinger zum Klingelschild und drückte einmal fest zu. Ein Rauschen in der Gegensprechanlage, dann eine Stimme.

»Ja?«, fragte er zögerlich, als ob er jemand anderen erwartete.

»Ich bin's. Ist das eine Überraschung?«

Das spontane Kichern, das mir herausrutschte, klang ziemlich nervös.

»Eine schöne natürlich. Komm rein«, sagte er und ein schrilles Surren bedeutete mir, dass ich die Tür aufdrücken sollte. Sie wirkte nicht nur massiv, sie war es auch. Ich stemmte mein ganzes Gewicht gegen sie, um mir Eintritt zu verschaffen. Dann stand ich in einem düsteren und wenig einladenden Vorraum, von dem aus eine Treppe nach oben führte. Ich betrat die erste Stufe und hörte, wie einige Stockwerke höher eine Tür geöffnet wurde. »Hallo«, hallte seine Stimme durchs Stiegenhaus. Ich legte meinen Kopf in den Nacken und blickte zu ihm hoch.

»Hey«, rief ich zurück und beschleunigte meinen Schritt. Als ich angekommen war, legte er mir seinen Arm um die Schulter wie gestern, als wir vom Café nach Hause geschlendert waren.

»Hereinspaziert«, sagte er und schob mich vor ihm durch die Tür in seine Wohnung.

Ich hatte keine Vorstellung davon, wie es bei ihm aussehen würde oder welcher Einrichtungsstil zu ihm passte. Ich hätte mit allem gerechnet, nur nicht damit. Er war für mich der Typ für klare und eckige Linien mit viel schwarz und Metall. Seine Kleidung war fast immer schwarz, bis auf gestern, und mit dem Laptop, den er im Café manchmal dabeihatte, wirkte er modern. Eine unordentliche Studenten-Wohngemeinschaft hätte aber auch zu ihm gepasst und zu seinem Stil, der durch und durch locker und lässig wirkte. Dass er eine so warme, fast romantisch eingerichtete Wohnung haben würde, mit vielen Holzelementen und Retro-Design, überraschte mich. Er schob mich weiter, damit er die Tür hinter uns schließen konnte. Genau genommen standen wir mitten in der Küche, und von hier blickte ich hinein in einen wunderschönen Wohnraum. Die Küche tat sich schlauchartig rechts von uns auf und war an beiden parallelen Wänden mit einer Küchenzeile aus hellem Holz bestückt. Der Boden war mit weißen und schwarzen Fliesen ausgelegt. Auf dem Fenstersims stand ein Tontopf mit Schnittlauch. Die Küche hatte vielleicht eine Breite von zwei oder drei Metern und führte durch einen Durchgang in den Wohnraum, der riesig schien. Hier war ein alter Dielenboden ausgelegt, der vermutlich in den vergangenen Jahrzehnten viel miterlebt hatte, so wie er aussah. Die Kerben, die mal hell, mal dunkel waren, ließen den Raum warm und gemütlich wirken. Ein dunkelbrauner Teppich lag unter dem großen Esstisch aus hellem Holz, der alt und rustikal schien. Rechts und links standen jeweils vier Stühle und am Kopfende zwei. Jeder anders als der andere. Unikate, wie es aussah.

»Flohmarkt?«, fragte ich. Meine Mutter liebte Flohmärkte, wir hatten früher regelmäßig welche besucht und immer wieder kleine Schätze entdeckt.

Vincent nickte. »Gut oder schlecht?«

»Gefällt mir«, antwortete ich. »Ich bin neugierig«, gab ich zu und sah mich weiter um.

Ob er merkte, dass ich schon seit Jahren bei keinem Kerl mehr zu Hause war? Zum Glück wirkte alles recht sachlich.

Keine Kerzen, die auf dem Tisch standen und romantisches Flair verbreiteten, keine stimmungsvolle Musik, die im Hintergrund plätscherte und verführerisch klingen sollte. Nichts deutete auf ein Date hin.

»Schön hast du es hier. Gemütlich.« Ich ließ meinen Blick zu einer Stellage wandern, die als Raumteiler diente. Darauf standen ein paar Pflanzen, es stapelten sich Zeitschriften und Bücher. Fachliteratur, fiel mir auf, ich überflog die Buchrücken flüchtig. Ein großes dunkelbraunes Ledersofa stand im Wohnzimmer und kopierte farblich den Teppich im Esszimmer. Weiße Kissen und Decken mit dezenten Mustern brachten eine gewisse Wärme in den Raum und luden ein, sich auf die Couch zu setzen. An der Wand hinter dem Sofa hing ein Kunstwerk. Es war in Erd- und Goldtönen gehalten und hätte ein Klimt sein können, würden nicht die bunten Farben und die für den Maler typischen Motive fehlen. »Das gefällt mir«, sagte ich und nickte zum Gemälde. »Spielst du?«, fragte ich, als mein Blick auf die Gitarre fiel, die in einem versteckten Winkel des Wohnzimmers stand.

»Ja.«

»Schon lange?« Ich wollte unbedingt mehr über ihn erfahren.

»Seit meiner Jugend. Ich denke, ich war sechzehn.«

»Da habe ich aufgehört.« Ich hatte es gehasst, zu üben und jede Woche zum Unterricht zu gehen.

»Du hast Gitarre gespielt?« Ich nickte. »Spielst du noch?«

»Nein. Ich hatte sicher seit zehn Jahren keine mehr in meiner Hand.« Ich trat zu seinem Instrument und strich mit dem Daumen über die Saiten. Stahlsaiten, ich spürte, wie rau sie waren und mit welcher Kraft sie den Raum füllten, als sie erklangen. Tief und mit dem Wunsch, in eine Ordnung und einen Klang gebracht zu werden.

»Spielst du oft?« Ich überlegte, ob ich ihn um eine Kostprobe bitten sollte. Aber ich hatte es immer verabscheut, vor Menschen zu spielen und wollte ihn nicht in eine unangenehme Situation bringen.

»Fast jeden Tag«, antwortete Vincent, während er hinter mich trat, seine Arme um meinen Bauch schlang und mich an sich drückte. »Es ist die perfekte Ablenkung nach einem stressigen Tag.« Er ließ mich wieder los, ging an mir vorbei ein paar Schritte nach vorne und öffnete die Tür, die vom Wohnzimmer weg ging. Dahinter befand sich sein Arbeitsplatz. Der Boden war mit einem dicken, weinroten Perserteppich ausgelegt. Die Wand rechts von der Tür war mit Büchern gefüllt, von oben bis unten. Eine Mischung aus charmant und chaotisch. Manche Bücher waren ordentlich gereiht, andere gestapelt, wieder andere lagen quer und manche blieben einfach aufgeschlagen und wurden irgendwo hineingestopft. Die Wand links der Tür war mit Kork verkleidet und fand als Pinnwand Verwendung. Ich sah Fotos, Notizzettel, Zitate, auf jeden Fall war es ein heilloses Durcheinander. Gegenüber der Zimmertür befanden sich die Fenster. Auf dem Sims stand eine Pflanze. Das Auffälligste in diesem Raum war allerdings der riesige, schwere Schreibtisch, der so aussah, als käme er aus dem Kontor einer Hansestadt und wäre über hundert Jahre alt. Mittig gestellt, dominierte er den Raum.

»Was ist das für ein Holz?«, fragte ich und ließ meine Hand über die glänzende Oberfläche des Tisches gleiten, der sicher zwei Meter lang war und einen Meter breit.

»Kirsche. Den habe ich erst kürzlich bei einem Antiquitätenhändler entdeckt.«

»Er ist etwas Besonderes.« Ich fand, dass der moderne Laptop auf dem überproportional großen Tisch fast winzig und filigran wirkte und zudem viel zu modern schien für diesen Raum. »Kommen deine Klienten zu dir oder wie kann ich mir das vorstellen?«, wollte ich wissen. Komplett digital sah es hier nicht aus. Eher gemütlich als ultramodern. Ich hatte mir einen digitalen Job im Homeoffice anders vorgestellt. Vielleicht mit vielen Bildschirmen oder Prozessoren.

»Meine Klienten kontaktieren mich online. Auch sonst spielt sich alles online ab. Von meiner Homepage über Newsletter zu Webinaren. Aber es gibt auch die Möglichkeit, eine persönliche Betreuung in Anspruch zu nehmen«, erklärte er.

»Und du kannst deine Patienten quasi über Ferndiagnose behandeln?« Ich überlegte, wie sinnvoll diese Vorgehensweise war und ob man über eine Webcam tatsächlich Vertrauen aufbauen konnte und persönliche Themen besprechen.

»Es sind keine Patienten. Es sind tatsächlich eher Klienten. Es liegt keine Erkrankung vor, zumindest keine diagnostizierte. Ich sehe mich als eine Art Coach.« Er schmunzelte und ich fand, seine Wangen hatten Farbe angenommen. Es war richtig, dass ich ihn zu keinem Gitarrenauftritt aufgefordert hatte. Wie es schien, stand er nicht gerne im Mittelpunkt. Trotzdem ließ ich ihn nicht so schnell von der Angel.

»Coach? Was ist das genau?«

»Ich kümmere mich um zahlreiche alltägliche Kleinigkeiten, mit denen sich manche Menschen schwertun und helfe ihnen, einen Weg zu finden, der ihnen entspricht. Angefangen von Fragen der sozialen Interaktion, über Farb- und Stilberatung für die Kleiderwahl, manchmal sogar für die Wohnungseinrichtung. Hin und wieder ein Knigge-Kurs. Solche Dinge.«

»Das klingt sehr sympathisch. Ich finde es schön, dass du Menschen hilfst. Mit meinen Torten will ich auch helfen. Ich weiß, es ist ganz etwas anderes, aber mir haben sie immer gutgetan und dir ja auch.« Ich hoffte, er würde sich auf den Themenwechsel einlassen. Denn inzwischen stand er nahezu stocksteif im Türrahmen und es war unverkennbar, dass er nicht länger über seinen Job sprechen wollte.

»Da gebe ich dir recht. Aber wenn wir schon von den positiven Eigenschaften deiner Torten sprechen. Was hast du uns heute mitgebracht?«

Ich erschrak für einen winzigen Moment und griff mir an die Stirn. »Vergessen! Zum Glück ist es nicht weit. Ich bin gleich zurück.« Mit diesen Worten stürmte ich zurück zur Haustür. Ich hörte Vincent hinter mir lachen. In wenigen Minuten war ich wieder zurück und trat erneut durch die Eingangstür in seine winzige Küche. Eine interessante Wohnung. Die anderen Räume waren großzügig geschnitten und toll eingerichtet. Der Eingang wirkte jedoch wie eine Fehlplanung, es gab kaum Platz für Schuhe und Jacken und man stand direkt im Geschehen, wenn man eintrat.

»Schon komisch, direkt in der Küche zu landen. Sowas habe ich noch nie gesehen«, sagte ich und hielt ihm den Karton mit unseren Tortenstücken hin. Er hob den Deckel und blickte hinein. Ich hatte uns Tarte Tatin eingepackt, das musste einfach sein. Dann noch eine Erdbeer-Sahne-Roulade, die wirklich zum Anbeißen aussah und zwei große Cookies, die perfekt schmeckten, wenn man sie in Kaffee tunkte.

»Ich bin gespannt, wofür du dich als Erstes entscheidest.« Ich musterte ihn, als er den Inhalt begutachtete.

»Ich frage mich, wie ich je darauf verzichten konnte.« Er schloss den Deckel und zog mich wieder in seine Arme, wie gestern unten an der Haustür. Alles in mir begann sofort zu kribbeln. War es jetzt soweit? Würde er mich küssen? Das Gedankenkarussell in meinem Kopf drehte sich wild, bis es sich wieder beruhigte. Vincents Blick mich beruhigte. Unsere Augen hingen ineinander versunken, seine waren so braun wie Schokolade und ließen mich genau so süß fühlen, wie wenn ich ein Stück aß. Pures Wohlfühlen. »Ich bin so froh, dass wir uns kennengelernt haben«, sagte er und ich freute mich über sein Kompliment. Ich lächelte und wollte ihm dasselbe sagen. Im letzten Moment fiel mir jedoch ein, dass er vorhin von den Süßigkeiten gesprochen hatte. War er nur deshalb froh?

»Du meinst, ich bin eine zuverlässige Quelle für Torten-Nachschub?«

Er lachte und drückte mich noch etwas näher, dann ließ er mich los.

»So ungefähr. Eigentlich habe ich dich zum Abendessen

eingeladen. Oder doch lieber gleich Kuchen?«, wollte er wissen und zog eine Braue hoch.

»Kommt darauf an. Kochst du so gut, wie ich backe, dann gerne Abendessen. Ich habe wirklich Hunger«, gestand ich und überlegte, ob das sexy war? Eine Frau, die Hunger hatte? Wahrscheinlich nicht. Ich musste dringend googeln, was flirttechnisch im Trend lag und wie man sich überhaupt verhielt. Was hatte er vorhin gesagt, womit er sich beruflich beschäftigte? Soziale Interaktion? Knigge? Vermutlich könnte ich mich direkt bei ihm auf die Liste für eine Beratung setzen lassen, wie sich eine moderne Frau zu verhalten hatte. Außerhalb des Jobs versteht sich. Im Bett ganz konkret.

»Wie könnte ich je so kochen, wie du bäckst.« Er nahm einen Topf aus dem Backrohr. Sofort roch es nach orientalischen Gewürzen. »Du hast eine jahrelange Ausbildung absolviert und sogar dein eigenes Café. Ich kann nur mit Kocherfahrungen in einer Männer-WG aufwarten und mit dem, was Kochbücher und Online-Apps mir beigebracht haben, damit ich als Single nicht verhungere.« Er wirkte sehr theatralisch, als er das sagte und ich lachte.

»Es riecht gut. Und du fällst nicht vom Fleisch. Ich bin also zuversichtlich. Du hättest mich wohl nicht eingeladen, wenn du glaubtest, es wäre nicht lecker genug, um mich zu beeindrucken, oder?«

Vincent hielt in der Bewegung inne und blickte mich für eine Weile nur an.

Sein Blick war intensiv, seine Körperhaltung offen und entspannt und um seinen Mund spielte ein Lächeln.

»Jetzt hast du mich erwischt«, sagte er und senkte den Blick für einen Moment und rührte im Topf um. »Schlimm?«

»Überhaupt nicht«, gestand ich ehrlich. »Ich freue mich über die Einladung.« Ich spürte die Hitze in meine Wangen steigen und das Kribbeln, das wieder aufflammte. In Wahrheit war das alles nur eine Show. Wir wussten beide, was wir eigentlich wollten. Zumindest ich wusste es. Ihn, nur ihn, einfach nur ihn. Und trotzdem standen wir etwa zwei Meter voneinander entfernt. Er rührte im Topf und ich sah ihm zu.

»Kann ich dir helfen?«, bot ich an. »Vielleicht den Tisch decken?«

»Gerne.« Er öffnete das Schranktürchen rechts neben seinem Kopf und ich sah darin die Hauptspeisenteller.

»Was gibt es denn?«, wollte ich wissen.

»Couscous«, murmelte er. »Ich hoffe, das schmeckt dir?« Er sah mich prüfend an.

»Sehr sogar.«

»Nach Anleitung kochen und Gemüse dünsten ist zum Glück keine Meisterleistung. Deshalb habe ich mich dafür entschieden.«

»Ich habe lange zu Hause gelebt. Und meine Mutter kocht die weltbeste Hausmannskost. Aber eben nur Hausmannskost. Ich stehe daher auf alles, was kein klassisches Rezept ist, das man in einem hiesigen Kochbuch finden kann.« Ich schnaubte. So lecker ein Wiener Schnitzel mit Pommes auch war, auch davon konnte man genug kriegen.

»Dann habe ich Glück, dass ich kein Gulasch gekocht habe?«

»Ich empfehle dir alles andere gerne, wenn du mich wieder einladen möchtest. Ich liebe orientalisch, italienisch, japanisch, was auch immer. Nur eben nichts von hier, wenn es geht.« Er schüttelte den Kopf und trug das Essen zum Tisch. Ich kam ihm mit den Tellern und dem Besteck nach.

»Wein? Bier? Was magst du?«

»Ich richte mich nach dir«, sagte ich.

»Ich finde, Weißwein sollte gut dazu schmecken. Ich persönlich bin jedoch ein Bierliebhaber. Egal bei was.«

»Dann trinken wir Bier.« Er nickte und verließ kurz den Raum und kehrte mit zwei gefüllten Gläsern zurück. Er prostete mir zu und dann tranken wir, bevor er mir auftrug. Er drapierte den Couscous als kleinen Berg, der an einen Maulwurfshügel erinnerte, der himmlisch duftete und mir richtig Appetit machte. Ich sah Blumenkohl, aber auch Ananasstückchen und noch etwas anderes. Etwas Undefinierbares. Ich stach mit der Gabel in eine dieser blassen kleinen Scheiben und war neugierig, um was es sich handelte. Es schmeckte süß. Sehr süß.

»Banane?«, fragte ich erstaunt.

»Die geheime Geheimzutat. Magst du es?«

»Du kochst ausgezeichnet« erwiderte ich, häufte immer wieder neu auf meine Gabel und entdeckte die verschiedenen Geschmäcker. Mal sehr salzig pikant, dann sauer, wenn sich zwischendurch eine Ananas in meinen Mund verirrte und unglaublich süß, wenn ich eine Banane auf meine Gabel spießte. Ganz zu schweigen von dem Genuss, wenn diese drei Geschmäcker in diversen Kombinationen vorkamen. Es schmeckte einfach sensationell. Am Ende hatte ich viel zu viel davon gegessen und fühlte mich wie der Wolf im Märchen *Der Wolf und die sieben jungen Geißlein*, nachdem ihm sein Bauch mit Steinen gefüllt worden war. Ich lehnte mich im Stuhl zurück, der ein bisschen knirschte und legte die Hände müde über meinen vollen Magen.

»Nachtisch?«, bot Vincent an und stellte die Teller zusammen.

»Sag bloß, du hast noch Hunger?« Ich stöhnte und schüttelte den Kopf. »Ich habe viel zu viel gegessen. Nachtisch schaffe ich nicht mehr.« Ich war froh, dass ich ein Stück Tarte Tatin heute bereits mit Nelli gekostet hatte. »Aber lass dich von mir nicht abhalten.«

»Keine Sorge. Ich bin mindestens so satt wie du. Scheint so, dass das mein erster kuchenfreier Tag seit Langem wird. Hast du Lust auf einen Spaziergang oder lieber gemütlich aufs Sofa?« wollte er wissen, während er das Geschirr abräumte und in die Küche trug. Ich stand auf und half ihm. Eigentlich wollte ich nach dem Essen nach Hause gehen. Ich war noch nicht bereit, mich in irgendetwas Intimes verstricken zu lassen. Das konnte nur böse für mich enden. Entweder fand er in Kürze heraus, dass ich mies küsste, kaum Erfahrung im Bett hatte und wahrscheinlich langweilig ohne Ende war, was darin resultieren würde, dass er mich nicht mehr treffen wollen würde. Das wäre zwar einerseits praktisch, dann könnte ich endlich aufhören, mir ständig den Kopf wegen ihm zu zerbrechen, andererseits wäre es auch unglaublich verletzend, denn er war mir nicht egal. Und mir war nicht egal, was er von mir dachte.

Ich wollte verdammt nochmal, dass er gut von mir dachte. Ich könnte ihm nicht jeden Tag im Café begegnen und wissen, dass er mich fad fand. Also musste ich endlich in die Gänge kommen und mir etwas Sexappeal zulegen. Die Couch schied aus, das könnte der Beginn einer Kuschelorgie sein, und wenn nicht, wäre es nur der Beweis dafür, dass er nicht auf diese Art an mir interessiert war, oder? Ich musste dringend einen Dating-Ratgeber lesen. War das kompliziert. Es musste also der Spaziergang sein, er könnte mich nach Hause begleiten, das wäre im Grunde perfekt, wenn der Abend dann jedoch nicht schon in fünf Minuten beendet wäre. Denn viel länger dauerte der Fußweg von hier bis zu mir nicht. Aber den Abend schon jetzt beenden, war das Letzte, was ich wollte. Nein, ich hatte noch nicht genug von ihm. Ich musste es also auskosten, solange es währte.

»Couch«, entschied ich deshalb trotz aller Befürchtungen und hoffte, keinen Fehler zu begehen. Keine Annäherung. Dafür war ich noch nicht bereit.

»Gute Wahl«, sagte Vincent. Ich überlegte, wie er das meinte. »Hast du eine Lieblingsserie?«, fragte er und schaltete den Bildschirm ein. Zu Hause wählte immer Mira die Serien aus und unser Geschmack deckte sich größtenteils, deshalb machte ich mir keine Gedanken. Aber nichts von dem, was ich zu Hause sah, würde hierher und zu ihm passen. Er schaute mich weiter fragend an.

»Das Übliche. Frauenserien. Nichts, was dir gefällt.«

»Verstehe.« Er lachte, suchte dann eine Serie aus und startete sie. »Ein Detektiv. Soll witzig und spannend sein. Ein

Freund hat mir die Serie vor Kurzem empfohlen. Ich bin bisher nicht dazu gekommen, sie mir anzusehen. Mal schauen, ob uns das gefällt«, sagte er und wir blickten zum Bildschirm. Wir saßen beide etwas steif auf der Couch, als befänden wir uns in der Kirche in der allerersten Reihe und der Pfarrer würde uns beobachten. Sein Knie berührte fast das meine und machte es mir nahezu unmöglich, mich auf die Serie zu konzentrieren. Ein Flirren lag in der Luft, als ob sich Gefühle elektrisch aufluden und die Luft in eine spannungsvolle Melasse verwandelten, die kaum tief in die Lunge gelangte. Ich atmete schwer und schien nicht genug Luft zu bekommen. Ich versuchte, mich zu entspannen und ließ mich in die Kissen sinken. Jetzt lümmelte ich mehr, als dass ich aufrecht saß und vermittelte ihm hoffentlich einen entspannten Eindruck. Vincent machte keine Anstalten, mir näher zu kommen. Glücklicherweise, wie ich erst dachte. Aber dann setzte das Gefühl der Zurückweisung ein und fühlte sich schlimmer an als die Nervosität, wenn er mir doch eindeutige Avancen machen würde.

»Und?«, fragte er nach einer Weile.

»Gut«, sagte ich und nickte zum Fernseher. Die Serie war wirklich spannend, obwohl ich mich mehr auf ihn konzentrierte, als auf das, was im Bildschirm vor sich ging. Dann legte er seinen Arm hinter mir auf der Rücklehne ab. Oh, wie ich mir wünschte, er würde ihn um mich legen. Mich näher drücken, dabei machte er es sich nur gemütlich. Aber dann spürte ich seinen Daumen, wie er sachte in meinem Nacken den Haaransatz streifte. Fast unmerklich strich er von der einen Seite zur anderen und wieder zurück. Langsam, fast zaghaft. So leicht, dass ich nicht wusste, ob ich lachen sollte, weil es mich ein wenig kitzelte, oder ob ich aufstöhnen sollte, weil es mir ein Schaudern über den Rücken jagte. Ich schob meine Schultern nach hinten, auch meinen Hals, einfach weil ich gar nicht anders konnte, weil ich mehr wollte. Wenn seine zarte Annäherung die Bitte um Erlaubnis war, dann war mein Gewicht, das ich nun gegen seine Hand stemmte, eine dezidierte Einladung. Und wenn ich mich noch vor zwei Minuten wegen seiner Zurückweisung gesorgt hatte, so sorgte ich mich jetzt wegen der eindeutigen Annäherung. In Wahrheit konnte er es gar nicht richtig machen. Egal, was er für mich empfand. Egal, ob Interesse oder Desinteresse. Ich würde immer verlieren. So oder so. Mein Herz sprang wild in meiner Brust auf und ab, mein Magen, der schon vom vielen Essen rebellierte, musste nun auch noch mit einer wilden Horde Schmetterlinge klarkommen, die wie aus dem Nichts in mir zum Leben erwacht waren. Und dann auch noch mein Atem. Ich musste mich konzentrieren, um leise zu atmen. Mein Nacken. Er berührte nur meinen Nacken, kein Grund, dermaßen außer Kontrolle zu geraten, dachte ich, als sein Arm sich vollends um meine Schultern schloss und seine Hand meinen Arm sachte hoch und runterfuhr und mich in unregelmäßigen Abständen drückte. Ich wagte es nicht, ihn anzusehen. Stocksteif saß ich da und starrte in den Fernseher. Den Handlungsstrang hatte ich längst aus den Augen verloren. Viel zu laut klopfte mein Herz und rauschte mein Blut. Irgendwann gab ich nach und ließ mich gegen seine Seite sinken. Ich blickte zu ihm und er lächelte mich an. Ich fand, er sah so nervös aus, wie ich mich fühlte. Seine Augen so schokobraun, dass ich mich wahrscheinlich nie daran satt sehen würde.

»Deine Augen sind wie Schokolade«, sprach ich meinen Gedanken aus, er lachte.

»Ich denke, das ist das schönste Kompliment, das ich je für sie bekommen habe«, sagte er ernst und wandte sich mir ein Stückchen mehr zu. Er legte seine Hand unter mein Kinn und streifte sachte darüber. Ich sah noch immer in seine verführerischen Schokoladen-Augen, aber sein Blick hing nicht mehr an meinem. Er hing etwas tiefer an meinen Lippen, dort wo ich jetzt seinen Daumen spürte. Mein Herzschlag beschleunigte sich, obwohl ich das nicht für möglich gehalten hätte. Dann wanderten auch meine Augen zu seinen Lippen. Rosafarben und weich hoben sie sich von seiner Gesichtshaut ab. Leicht geöffnet erlaubten sie einen Blick auf seine Zähne. Sein Daumen spielte noch immer an meiner Unterlippe. Der Arm um meine Schulter drückte mich näher zu ihm. In gleichem Maße, wie sich sein ganzer Körper dem meinen annäherte. Noch einmal sah ich in seine Augen, die noch immer an meinem Mund hingen, und noch einmal fokussierte ich seine Lippen, bevor ich meine Augen schloss und den Aufprall unserer Münder genoss. Salzig und süß verrieten sie, was wir vorhin gegessen hatten. Weich und warm widerspiegelten sie unsere Gefühle. Sanft und vorsichtig rangen wir miteinander und erforschten uns. Alles war neu, auch wenn es sich auf eine gewisse Art und Weise so anfühlte, wie es sich eben anfühlte geküsst zu werden, war es trotzdem etwas nie Dagewesenes. Mir kam es vor, als löste sich die Welt um mich auf. Da war keine Fernsehserie mehr, kein Ton oder Musik. Ich spürte weder das Sofa unter mir, noch nahm ich die Raumtemperatur wahr. Es schien als habe sich alles in pures Sein aufgelöst. Und übrig blieb dieser Moment, der losgelöst von allem existierte. Ich spürte nur seinen Mund und seine Hitze, die Bewegungen, die von ihm ausgingen. Sein Arm in meinem Nacken und seine Hand an meinem Kinn. Stützend, bestimmend, gebend, nehmend. Von allem ein bisschen. Bis sich diese Fülle an Eindrücken auflöste und wieder zurückfand in die Realität. Ich spürte wieder das Kissen in meinem Rücken, hörte den Protagonisten der Fernsehserie sprechen und spürte, wie Vincent seine Hand von meinem Gesicht löste. Die Umarmung blieb. Ich lächelte. Er auch. Dann sahen wir die Serie zu Ende, als ob nichts gewesen wäre. Ich kam mir vor wie ein Teenager, irgendwie unbeholfen und sprachlos. Meine Gedanken kreisten nur um ihn. Um seine Hand in meinem Rücken, um seinen Mund an meinen Lippen und alles was noch passieren könnte, wenn er sich mir ein weiteres Mal zuwenden würde. Aber so kam es nicht. Er begleitete mich zur Haustür. Den Kuchen behielt er bei sich. Er drohte mir damit, dass er nun keinen Grund hätte, mich morgen im Café zu besuchen, und ich lächelte still. Was sollte ich ihm auch antworten? Dass ich das nicht bedacht hatte? Dass ich die Torten unter diesen Umständen mitnehmen und in die Biotonne werfen würde, nur damit ich ihn morgen sehen könnte?

»Du schaffst es einen Tag ohne mich«, sagte ich stattdessen und legte meine Hand auf seinen Oberarm. Er fühlte sich gut an. »Außerdem wissen wir beide, dass du nicht wegen mir kommst, sondern wegen der Torten«, schob ich nach und blickte ihn genau an.

»Ja, da sind wir uns einig«, raunte er und hob mein Kinn erneut an, um mich zu küssen. Ein langer, warmer Kuss. Alles drehte sich. Seine Zunge in meinem Mund schien mehr zu wollen, als ich geben konnte. Und irgendwann schien sie nicht mehr nur zu wollen, sondern auch etwas zu geben. Ich krallte mich an seinen Oberarmen fest, weil ich glaubte zu fallen. Ich drückte mich an ihn und spürte doch nichts anderes als seine Hitze in meinem Mund. Hin und wieder seine Zähne, wie sie an meiner Unterlippe knabberten, mich aber gleich wieder entließen, um mir ganz andere Empfindungen zu schenken. Und als er sich löste, lachte er und schob eine lose Haarsträhne hinter mein Ohr.

»Es muss wirklich der Kuchen sein, der mich täglich in dein Café zieht«, sagte er mit rauer Stimme. Ich nickte. Ich wusste, ich würde jetzt keine Worte finden und wenn ich meinen Mund öffnen würde, würde er sich zu einem träumerischen Grinsen verziehen, das mindestens von dem einen bis zum anderen Ohr reichen würde. Ich machte also kehrt und versuchte mich an einem filmreifen Abgang. Nach ein paar Metern drehte ich mich nochmals um und winkte ihm zu. Dann waren es noch ein paar Schritte und ich verschwand mit zitternden Knien und zitternden Händen und mehr als schwer verliebt in der Seitengasse, die bald zu meiner Wohnung führen würde.

Kapitel 8

Am Folgetag kam er wie angekündigt nicht zu mir ins Café. Und obwohl ich es wusste und vorgewarnt war, empfand ich es als Zurückweisung und spürte die Einsamkeit, die sich in meinem Café ausbreitete, wenn er fehlte. Zum Glück tauchte er am Tag darauf wieder auf, obwohl ich fast nicht mehr damit gerechnet hatte. Als ich ihn durch die Tür treten sah, wieder ganz in Schwarz wie fast immer, und spürte wie mein Herz zu hüpfen begann, schimpfte ich mit mir selbst und versuchte die schlechte Meinung, die ich von Männern im Allgemeinen hatte, nicht länger auf Vincent zu übertragen. Bisher hatte es nur ein Mann in meinem Leben nicht richtig hingekriegt und das war mein Vater gewesen. Ich musste mir endlich Miras Worte zu Herzen nehmen und nicht alle in denselben Topf werfen. Ich würde mich also auf diesen niedlichen Kerl einlassen, der ungefähr genauso begeistert von meinen Torten schien wie ich. Und dann würde es entweder gut oder schlecht enden mit uns. Aber das wäre weder seine Schuld noch meine. Es wäre einfach der Lauf der Dinge. Wer traf denn schon gleich zu Beginn Mr. Right? Es gehörte dazu, sich ein paar Mal zu irren, bis man den Richtigen fand, nicht wahr? Und ich hatte mich noch nie geirrt, hauptsächlich deshalb, weil ich mich noch nie so wirklich auf jemanden eingelassen hatte. Aber an diesem Abend traf ich den Entschluss, es zu tun. Ich wollte ehrlich sein. Mit ihm, mit mir und mit allem, was die Zukunft bringen würde. Aber es fühlte sich kein bisschen gut an. Es fühlte sich zum Davonlaufen an. Das Einzige, was mich hinderte, schreiend alles hinter mir zu lassen, war dieser sexy Typ, der jetzt direkt vor mir stand, und abwechselnd von meinem Gesicht in meine Tortenauslage und wieder zurück blickte.

»Was sehe ich denn da Schönes?« schnurrte er und ich wusste beim besten Willen nicht, ob er von mir oder der Torte direkt vor ihm sprach.

»Schwarzwälderkirsch«, half ich ihm auf die Sprünge. Er schüttelte den Kopf und lachte so laut, dass Nelli zu uns blickte, bevor sie sich wieder in ihren Roman vertiefte.

»Bianca«, beantwortete er stattdessen seine eigene Frage. Ich lief rot an.

»Danke«, murmelte ich. »Weißt du schon, was du möchtest?« Sein Blick war mir unangenehm, und mir wurde immer heißer.

»Ich lass mich überraschen. Wir kennen uns jetzt lange genug. Das muss seine Vorteile haben.« Er zwinkerte mir zu und trat an den Tisch am Fenster, an dem er immer saß. Ich hatte mir angewöhnt, am Nachmittag, sobald er frei war, ein Reserviert-Schild hinzustellen, damit er ihn für sich hatte. Ich lächelte in mich hinein und beobachtete, wie er seinen Laptop herauszog und seine Kopfhörer aufsetzte. Dann richtete ich ihm eine Schwarzwälder-Kirsch-Torte, eine Nuss-Ecke und eine Kokosrolle. Ich brachte alles an seinen Tisch und servierte wie immer einen Kaffee dazu.

»Geht es dir gut?«, wollte er wissen und ich nickte.

»Dir auch?«

»Natürlich«, antwortete er und griff nach meiner Hand und knetete meine Finger. »Setz dich zu mir«, bat er mich, aber ich lehnte ab. Es waren zu viele Leute im Café und noch zu viele Tische sauber zu machen, Geschirr zu spülen und Vorbereitungen für den nächsten Tag in Angriff zu nehmen.

»Zu viel zu tun.« Ich nickte in den Raum.

»Es ist super, dass der Laden so gut läuft. Aber du musst dir dringend eine Aushilfe suchen. Wenn du keine Angestellte willst, dann zumindest jemanden, der stundenweise herkommen kann. Du brauchst Freizeit. Du kannst nicht jedes Wochenende durcharbeiten. Außerdem sehe ich von meiner Wohnung aus, wie früh du beginnst und wie spät du abends aufhörst. Das ist keine Dauerlösung.«

»Du spionierst mich also aus«, kokettierte ich, hörte aus ihm aber dieselbe Sorge sprechen wie aus Mira. Und ehrlich gesagt, wusste ich es ja selbst. Meine Kraftreserven neigten sich dem Ende. Motivation und Hingabe waren das eine, Disziplin und Durchhaltevermögen das andere. Dennoch war ich nur ein Mensch. Schlaf war ebenso wichtig wie Erholung. An Spaß, Pause und Ablenkung wollte ich gar nicht denken, wobei genau diese Dinge, seit ich Vincent kannte, mir immer mehr zu fehlen schienen, und ich genau das mit ihm erleben wollte.

»Schließlich ist das die einzige Möglichkeit, dich zu sehen. Ich kann dich nur hier im Café abfangen. Du hast kaum freie Zeitfenster.« Er klang belustigt, als flirte er, und trotzdem sprach er an, was ich auch wusste. Wenn ich ein Privatleben wollte, wenn ich etwas mit ihm gemeinsam wollte, dann musste ich eine Lösung finden. Platz für ihn sozusagen. Platz für uns, für ein Privatleben außerhalb des Cafés. In Wahrheit etwas, das nichts mehr mit Torten, Kuchen und Süßigkeiten zu tun hatte. Nur, dass ich sowas bisher nie in meinem Leben gewollt hatte. Es gab immer nur die Torten. Zuerst privat, weil sie eine Art Zufluchtsort für mich waren. Dann beruflich, zuerst in der Ausbildung, danach im Job und jetzt als selbstständige Unternehmerin. Etwas außerhalb der mir bekannten Welt aufzubauen, machte mir Angst. Einfach, weil es dieses Außerhalb bis jetzt nie gegeben hatte. Und jetzt kam es gleich im Doppelpack. Zeit für etwas Neues einplanen, und dieses Neue sollte Liebe sein? Hilfe! Das größte Risiko, das ich für möglich hielt. Die Durchfallquote lag in meinen Augen bei hundert Prozent. Es würde nicht klappen. Trotzdem würde ich es versuchen. Und wenn ich es für ihn tat, weil ich in ihn verliebt war und mehr von ihm wollte. Dann stimmte das nur zur Hälfte. Denn ich tat es auch für mich. Ich war es mir schuldig herauszufinden, wer ich war oder sein könnte, wenn ich nicht ständig in der Backstube stand. Ich hatte mein Hobby zum Beruf gemacht. Und jetzt war es an der Zeit, ein neues Hobby zu finden. Vielleicht würde ich es lieben, mit ihm spazieren zu gehen. Vielleicht schlössen wir ein Abo fürs Fitnesscenter ab. Oder ich begänne vielleicht, mit ihm gemeinsam wieder Gitarre zu spielen. Der Gedanke gefiel mir.

»Ich kümmere mich um eine Aushilfe. Du hast recht. Mehr Zeit wäre toll.« Ich vermied, ihm zu sagen, dass vor allem mehr Zeit mit ihm toll wäre, und aktuell mein vordergründiges Ziel.

»Bis dahin hast du mich am kommenden Wochenende hier im Café an der Backe«, sagte er und lächelte mich an. »Ich bin die Aushilfe, bis du jemand Passenden gefunden hast. Was hältst du davon?« In meinem Kopf überschlugen sich die Gedanken. Ich wollte ihn näher kennenlernen und er sollte auch mich näher kennenlernen. Das war die Voraussetzung für etwas Ernstes. Das war die Basis. So fing es doch an, oder?

»Weil ich tatsächlich jede freie Minute hier verbringe, bis ich eine Mitarbeiterin habe, wäre das eine tolle Idee«, erwiderte ich. Dennoch zweifelte ich, ob es für ihn wirklich die beste Idee war, seine Freizeit in meiner Backstube zu verbringen und zu arbeiten, anstatt sich zu erholen. »Und du bist sicher, dass du dein freies Wochenende bei mir hier vergeuden willst?« Ich betrachtete ihn genau.

»Vergeuden? Es wäre wohl eher ein Privileg. Oder lässt du jeden mithelfen?« Er zog eine Augenbraue hoch und musterte mich. Ohne eine Antwort abzuwarten, sprach er weiter. »Wenn ich dafür eine Woche lang gratis Kuchen bei dir bekomme. Dann ja, dann helfe ich dir aus.«

»Tische putzen, Boden wischen, hinten die Backstube in Schuss halten. Das ist der Deal.«

»Klingt, als wäre es hinzukriegen.« Ich lachte kopfschüttelnd.

Wenn wir das überständen, zusammenarbeiten, anstelle eines Dates, dann sagte das viel über uns aus.

»Also eine Woche gratis Kuchen. So machen wir es. Aber jetzt mache ich mich an die Arbeit und du genießt deine heutige Ration.« Ich entzog ihm meine Hand und sah noch, wie er sich den Kopfhörer über die Ohren schob, ein viel zu großes Stück Torte in den Mund schob und mit aufgeblähter Wange aß.

Die nächsten Tage verliefen ähnlich. Er kam meistens zwischen vier und fünf Uhr vorbei und entschied sich nur selten für eine spezielle Torte. Größtenteils wählte ich für ihn und ich hatte den Eindruck, dass er alles mochte. Ich hatte bisher keine spezielle Vorliebe ausmachen können, egal welche Kompositionen ich ihm auf die Teller legte. Manchmal konzentrierte ich mich nur auf fruchtige Dinge, manchmal nur auf Schokolade. Aber seine Reaktion veränderte sich nie. Selbst dann nicht, wenn ich alles wild mischte und sich die verschiedenen Geschmacksrichtungen nicht unbedingt unterstützten, schien es ihm zu schmecken. Das faszinierte mich. Wirklich. An manchen Tagen, wenn es ruhiger war und ich Zeit hatte, wagte ich mich an neue Kreationen, Torten, die ich noch nie zuvor gebacken hatte und mir selbst ausdachte, nur um ihm eine Reaktion zu entlocken, die jedoch immer ausblieb. Sehr spannend, fand ich.

Am Samstag stand er um zehn Uhr vormittags bei mir im Gastraum.

Nur, dass er eben nicht als Gast hier war, sondern als Aushilfe. »Dass du wirklich kommst.« Ich schüttelte erstaunt den Kopf. »Du kannst jederzeit abbrechen und nach Hause gehen, das weißt du«, sagte ich und trat hinter dem Tresen hervor.

Er umarmte mich und küsste mich. Lange und ausgiebig, als wolle er gar nicht mehr aufhören. Ich löste mich und räusperte mich kurz. Ich wollte nicht, dass ein Gast mich so sah. Andererseits, was wäre denn dabei? War das nicht mein Credo? Ich wollte ein nahbares Verhältnis zu meinen Gästen. Ich wollte, dass das hier ein Ort der Unterhaltung war, des Verständnisses, und das sollte nicht nur für meine Gäste gelten, sondern auch für mich. Das war es doch, was mich von einem Café wie dem am Marktplatz unterschied. Dass ich jemand war, den die Gäste kennenlernen konnten, wenn sie wollten und dem sie sich öffnen konnten. Ich fragte die meisten Gäste, die mehrere Male kamen, nach ihrem Namen und begann eine Unterhaltung mit ihnen, wenn es die Zeit zuließ. Es war erstaunlich, wie viele Menschen gerne von sich erzählten und Privates preisgaben. Und noch viel erstaunlicher war, wie viele Menschen mit Problemen und Herausforderungen zu kämpfen hatten, die man ihnen nicht ansah. Egal ob Scheidung, Depressionen, Burn-out, unerfüllter Kinderwunsch oder verhauene Prüfung. Es gab so viel, was sie mir erzählten und ganz oft wusste ich gar nicht, was ich sagen sollte. Bis ich endlich verstand, dass ich nichts sagen musste. Es ging nur darum, zuzuhören. Wenn ich das tat, fühlte ich mich besser. Dann wurde mir wieder bewusst, dass ich nicht die Einzige war, die mit Problemen zu kämpfen hatte und manchmal unglücklich war. In Wahrheit hatte jeder eine Geschichte und sein Päckchen zu tragen. Niemand war perfekt. Alle machten Fehler. Jedem passierte etwas, das er nicht wollte. Und ich hatte das Gefühl, dass es jetzt für mich darum ging, was ich aus der Vergangenheit machte, die ich erlebt hatte und nicht verändern konnte. Natürlich könnte ich ewig misstrauisch sein, andererseits könnte ich Mut beweisen und es darauf ankommen lassen, was für einen Mann ich finden würde. Aber die Gespräche bestanden nicht immer nur aus Negativem und Problemen. Meine Gäste teilten auch ihre schönen Momente mit mir. Menschen, die sich verlobt hatten, schwanger waren, eine Beförderung erhalten, ein Jubiläum gefeiert hatten. Ich erhielt Anfragen, Geburtstags- und Hochzeitstorten zu backen, das freute mich unglaublich. Eigentlich hatte ich nie vorgehabt, das als Geschäftsmodell anzubieten, aber die Nachfrage war da und *Nein* sagen konnte ich nicht. Warum sollte ich jemandem einen Geburtstagskuchen verweigern?

»Ich komme gerade, und du sprichst schon vom Gehen«, unterbrach Vincent meine Gedanken und stahl sich nochmals einen kleinen Kuss.

»Also wenn du so auf die Arbeit brennst, dann geh nach hinten und versuche, die Backstube in Schuss zu halten«, forderte ich ihn auf. Dabei lächelte ich provokativ und stemmte meine Arme fest in die Hüften, um meine Autorität zu unterstreichen. Ich erntete ein erneutes Lächeln, dann verschwand er nach hinten. Ich hatte in den letzten Stunden mehrere Torten fertig verziert, nun lagen allerhand Spritzbeutel, Spatel,

Tortenplatten und was es sonst noch so brauchte auf der Arbeitsplatte in der Backstube herum. Er würde einiges zu tun haben. Ich war gespannt auf den heutigen Tag und darauf, ob wir es miteinander aushalten würden.

Die ersten Gäste trudelten ein und ich richtete meine ganze Aufmerksamkeit auf sie und vergaß sogar manchmal, dass mein Freund da war. War er mein Freund? Sagte man das überhaupt noch so? Es klang nach Jugend und Unverbindlichkeit. Lebensgefährte? Auf keinen Fall, das war definitiv das falsche Wort. Und wieder wurde mir bewusst, dass ich noch immer nicht gegoogelt hatte, wie man sich denn heutzutage in Sachen Dating verhielt. Eines war jedoch klar: Kein normaler Mensch würde mir empfehlen, den angehimmelten Schwarm zur Zwangsarbeit zu verpflichten. Wie sollte das bitte dazu beitragen, dass er mich toll fand? Er war eigentlich nur hier, um mehr Zeit mit mir zu verbringen, aber in Wahrheit hatte ich keine Zeit für ihn. Er war nur eine gratis Arbeitskraft und spätestens heute Abend würde er bemerken, dass ich ihn ausnutzte. Ich profitierte von seiner Hilfe, aber was hatte er davon? Worauf hatte ich mich da nur eingelassen? Das gehörte wohl eher in die Kategorie, wie werde ich ihn schnellstens wieder los – indem ich ihn für mich schuften lasse. Ich sollte ihn nach Hause schicken und ihm anbieten, abends mit ihm essen zu gehen. Hatte er das nicht beim ersten Date sogar selbst vorgeschlagen?

Ich riss mich zusammen, konzentrierte mich auf die Bestellung des Ehepaars und brachte ihnen alles an ihren Tisch.

Am Nachmittag staunte Nelli nicht schlecht, als sie durch

die Tür, die Einblick in die Backstube gewährte, hin und wieder Vincent sah, der Dinge von da nach dort beförderte.

»Es nimmt also Gestalt an zwischen euch?«, fragte sie und nickte in Richtung der Backstube.

»Ich weiß nicht. Er wollte helfen.« Ich zuckte mit den Schultern. »Ich denke, ich hätte ablehnen sollen.«

Wir hatten, seit er da war, tatsächlich fast nur beruflich miteinander gesprochen. Ich sagte ihm, was zu tun war, und er fragte immer wieder mal nach, wenn er nicht genau wusste, was ich wollte.

Das Einzige, das persönlich war und schön und einen Beobachter merken lassen würde, dass wir privat miteinander zu tun hatten, waren die Küsse, die er mir jedes Mal schenkte, wenn ich nach hinten zu ihm in die Backstube kam. Wenn ich es eilig hatte, war es ein kurzer Schmatz, der auch genauso klang, und mich zum Kichern brachte. Konnte ich mehr Zeit erübrigen, und es warteten keine Gäste auf mich, drängte er mich an die Wand und hielt mich mit seinen Händen an der Taille fest. Und obwohl ich dann gefangen war zwischen seiner Wärme und der Kälte der Wand, war es so, als befände ich mich in der Schwerelosigkeit. Sein Mund legte sich auf meinen, sanft und weich und ich wusste genau, dass er Sahnetorte gegessen hatte, denn er schmeckte süß, als er mich eroberte und seine Sanftheit immer wilder wurde und ungeduldiger. Das Kribbeln hatte sich längst in ein Summen verwandelt, das von meinem Magen in meine Lungen hochgestiegen war und mir den Atem raubte. Seine Schultern fühlten sich stark an, wenn ich meine Hände in sie vergrub, und sein schwarzes

Haar, das ich jetzt nicht vor mir sah, weil ich meine Augen geschlossen hatte und mich ihm in vollen Zügen hingab, fühlte sich weich an, als ich seinen Nacken kraulte. Oh, ich wünschte, wir wären woanders. Ich wünschte, wir wären an einem privaten Ort. Einem Ort, der uns mehr erlauben würde als nur einen Kuss.

»Ich muss wieder«, hauchte ich in seinen Mund.

»Natürlich«, raunte er. »Hauptsache, du kommst wieder.« Der Blick, den er mir dabei zuwarf, war so klar und rein, beinhaltete weder Aufforderung noch Bedauern.

Ich wusste, ich würde diese Backstube heute kein einziges Mal, ohne von ihm geküsst zu werden, betreten oder verlassen. Und sein Blick stellte klar, dass das alles war, was er wollte. Weder mehr noch weniger. Er bereute nicht, hier zu sein. Sein Lächeln versicherte mir, dass er wirklich gerne hier war. Damit konnte ich leben. Das könnte sogar der wichtigste Grund sein, warum ich leben wollte. Ich schüttelte den Kopf und kicherte.

»Was?«

»Das fragst du noch«, gab ich zurück und verließ die Backstube.

Was hatte er nur mit mir gemacht? Er hatte mir sprichwörtlich den Kopf verdreht. Dabei wollte ich mich doch nie verlieben. Und hier war ich. Verliebter als je zuvor in meinem ganzen Leben!

Der Tag war mit seiner Hilfe so kurzweilig gewesen und die Arbeit nur halb so anstrengend.

»Wir sind alleine«, rief ich nach hinten in die Backstube,

nachdem der letzte Gast das Café verlassen hatte. Normalerweise war das immer Vincent, nur heute eben nicht. Daran könnte ich mich gewöhnen. Dass er irgendwann kein Gast mehr wäre, der kommt und geht. Dass er irgendwann nur noch Vincent wäre. Mein Freund. Er trat nach vorne zu mir und sah sich um.

»Dann aufräumen und Feierabend?«, fragte er und ich nickte.

»Du machst hinten weiter und ich kümmere mich um hier vorne, dann komme ich zu dir.« Er nickte und verschwand wortlos in der Backstube. Wir funktionierten schon wie ein eingespieltes Team. Den Gastraum hatte ich schnell im Griff, da ich fortlaufend die Tische abgeräumt und sauber gemacht hatte. Am Abend nahm die Reinigung der Kaffeemaschine und das Ausräumen der Kühltheke am meisten Zeit in Anspruch. Zum Schluss waren dann noch alle Oberflächen zu reinigen und natürlich der Boden. »Sieht gut aus«, sagte ich, als ich etwas später nach hinten zu Vincent in die Backstube trat. Er hatte den ganzen Tag den Überblick behalten und mitgearbeitet. Normalerweise wartete hier ein Berg Geschirr auf mich und dementsprechend verschmutzte Arbeitsflächen. Heute sah es tipptopp aus. »Danke.«

»Alles sauber. Die Spülmaschine läuft, die kannst du dann morgen in der Früh ausräumen. Der Rest sollte passen. Dann sind wir fertig«, sagte mein Mitarbeiter.

»Leider nein. Naja, was heißt hier leider. Nun kommt mein Lieblingsteil. Ich backe Kuchen und Torten.«

»Bist du deshalb abends immer so lange hier?«

»Es kommt immer darauf an, was ich während der Arbeitszeit schon schaffe. Und wie viel dann noch für den Abend übrigbleibt.«

»Dann helfe ich dir«, schlug er vor.

»Ehrlich gesagt kannst du mir beim Torten backen kaum helfen. Aber ich schätze dein Angebot. Deine Unterstützung heute hat mich allerdings überzeugt, dass es wirklich besser funktioniert, wenn noch jemand mithilft. Ich werde definitiv eine Mitarbeiterin einstellen.«

»Das heißt, mehr Zeit für uns?«, raunte er und zog mich in seine Arme und küsste mich, wie er mich schon den ganzen Tag geküsst hatte. So wie man es eigentlich nicht tun sollte, wenn man seinen Körper oder sein Gehirn noch für irgendetwas Sinnvolles benötigte.

»Noch ist es nicht so weit. Du gehst jetzt und ich backe«, erwiderte ich und löste mich aus seinen Armen.

»Okay, dann war es das für mich?«, fragte er und wirkte etwas verdutzt.

Es schien, als wollte er noch länger bleiben, als habe er auf den Feierabend gewartet. Auch wenn er sich heute regelmäßig bedient hatte, hatte er sich doch eine Belohnung verdient.

»Noch nicht ganz. Wir gönnen uns jetzt noch einen Kuchen. Und dann bekommst du dein Trinkgeld.«

»Ich arbeite unentgeltlich«, erinnerte er mich.

»Ich weiß«, schmunzelte ich. »Du bekommst eine Woche gratis Kuchen anstelle einer echten Bezahlung. Aber Trinkgeld ist der schönste Teil davon, im Gastgewerbe tätig zu sein.«

Er hielt mich am Arm zurück, als ich zurück ins Café wollte, um zur Kasse zu gehen. »Ich habe eine bessere Idee«, sagte er. »Ich bin für eine Bezahlung in Naturalien.« Er zog mich an sich und küsste mich erneut.

Ich kicherte und schüttelte den Kopf über seine Hartnäckigkeit, nichts annehmen zu wollen. Irgendwann packte er mich hart an den Hüften und hob mich hoch auf die Arbeitsplatte. Vor Schreck gab ich einen kleinen Schrei von mir und riss die Augen auf. Aus seinen schokobraunen Augen blickte er mich an, irgendwie ernst und wachsam. Keine Ahnung, wie mein Gesichtsausdruck auf ihn wirkte. Mein Herz flatterte, mein Körper war stocksteif, und der Rest von mir komplett nervös. Er drängte sich mit der Hüfte an die Kante der Arbeitsplatte und schob meine Beine so weit auseinander, dass er sich zwischen sie stellen konnte, und zog mich dann zu sich. Wir waren nun fast auf Augenhöhe, die Perspektive hatte sich verändert. Seine Finger strichen sachte und immer wiederkehrend über meine Schenkel, während unsere Blicke ineinander versanken. Ich hörte ihn atmen, und auch mich selbst. Meine Hände lagen noch immer an seinen Oberarmen, bis ich sie löste und an seine Seiten legte und mich näher an ihn drückte, meinen Kopf anhob und mehr von ihm wollte. Ich fand seinen Mund, und auch wenn der Kuss von mir ausging, spürte ich bald nur noch seine Zärtlichkeit, die sich auch in dem Griff widerspiegelte, der sich um meine Schenkel lockerte und meinen Hüften entlang nach oben glitt. Dort am Hosenbund verharrten seine Finger. Wartend, zögernd und ohne, dass ich etwas bemerkt hätte, weil sein Kuss so intensiv war und so berauschend. Erst als ich seine warmen Hände an meinen Seiten spürte, Haut auf Haut, kein Stoff, der uns trennte, geriet der Kuss und alles, was er hineinlegte, in den Hintergrund, und ich spürte nur noch seine Fingerspitzen und Handflächen, die sich langsam auf die Reise begaben, um meinen Rücken zu erkunden, und mir mit den sanften Berührungen einen Schauer nach dem anderen über die Haut jagten. Während ich versuchte, seine Hände und die Positionen, die sie einnahmen, genau zu verfolgen, hüllten mich seine Berührungen wie in einen Mantel aus Wärme ein und mit einem Mal kam es mir gar nicht mehr so vor, als lägen seine Hände auf mir, sondern als wären es Federn, die mich sachte berührten oder von der Sonne aufgewärmter Sand, der über Haut rieselte. Es fühlte sich auch so an, als verstriche jemand eine herrliche Mousse au Chocolat auf meinem Rücken. Als wäre ich ein fluffiger weicher Tortenboden aus Biskuit und er die Creme, die alles versüßte. Was? Was waren das für Gedanken? Mit einem Mal landete ich wieder in der Realität. In meiner Backstube und eingehüllt in Vincents Küsse und Berührungen. Und dann zog ich mich zurück. Ich lächelte ihn an. Er sah verträumt aus.

»Wo bist du mit deinen Gedanken?«, platzte ich heraus, während ich noch in dem Gefühl von weicher süßer Mousse auf meiner Haut schwelgte. Er zog seine Stirn kraus, bevor er lächelte.

»Bei dir«, raunte er und beugte sich erneut zu mir.

»Weißt du was? Ich muss noch Torten backen.« Erneut kam mir Mousse au Chocolat in den Sinn. Ich müsste alle Zutaten hier haben, überlegte ich und schmunzelte. Morgen würde es Mousse au Chocolat geben, so viel stand fest. Ich schob mich von der Arbeitsplatte und wollte ihn zur Tür führen.

»Ich dachte, es gibt noch Kuchen? War das nicht der Plan?« Vincents Miene spiegelte wie vorhin wider, dass er mehr von diesem Abend erwartete. Hatte ich ihn falsch eingeschätzt? Ging es nur darum? Hatte er deshalb geholfen? Ich erinnerte mich an meinen Vorsatz, nicht alle Männer für Monster zu halten. Mira hatte ich sogar gesagt, Vincent wäre ein Held. Also musste ich ihm auch so begegnen. Ich atmete durch. Außerdem wollte ich mir die Chance geben, endlich etwas Ernstes zu wagen, nicht immer wegzurennen, bevor es überhaupt begann.

»Können wir es einfach langsam angehen?«, fragte ich deshalb geradeheraus. Wenn ihn das störte, könnte er auf der Stelle kehrt machen, flüchten und sich nie wieder blicken lassen. »Oder findest du das altmodisch?« Ich musste endlich recherchieren, wie so etwas heute ablief. Wahrscheinlich hüpfte man gleich beim ersten Date miteinander ins Bett. Warum auch nicht, es war ja nicht so, als würde man daran sterben. »Ich habe schon so lange für das Café geschuftet, irgendwie habe ich das mit den Dates verlernt«, spuckte ich die Wahrheit endlich aus. So! Und jetzt konnte er denken, was er wollte. Ein Kunde mehr oder weniger würde den Erfolg des Cafés nicht schmälern. Und ein Mann mehr oder weniger, der mich enttäuschte, fiel auch nicht ins Gewicht. Ich konnte ihn nicht ansehen. Es war einfach nur mega peinlich und kindisch noch dazu. Obwohl ich mich davon zu überzeugen versuchte, dass über Gefühle zu sprechen und ehrlich zu sein, nie kindisch wäre. Dennoch kam ich mir vor wie jemand, dessen Entwicklung im letzten Jahrhundert stecken geblieben war. Wie hätte Vincent auch ahnen sollen, dass die erwachsene Frau, auf die er sich einließ, die zudem genug Selbstvertrauen aufbrachte, ein Café zu eröffnen, in Wahrheit ein Schwächling war, sobald es um Romantik ging oder um mehr. An das Wort Beziehung wollte ich gar nicht denken.

»Verlernt?«, hakte er nach, und das Lächeln in seiner Stimme war nicht zu überhören. »Wenn du mich fragst, halte ich dich für einen Vollprofi.« Er kam ein paar Schritte auf mich zu und nahm meine Hände in die seinen. »Das willst du jetzt nicht hören, weil es nicht großartig romantisch klingt. Vielleicht hat es mit Urinstinkten und Jagdtrieb zu tun, obwohl ich mich für moderner halte, als alten Theorien nachzuhängen. Aber wie du bist und was du machst, fühlt sich gut für mich an.« Er lächelte und führte meine Hand an seinen Mund. Dieses Mal küsste er sie wirklich. Nicht wie bisher, wo es nur eine Andeutung geblieben war. Aus irgendeinem Grund schickte diese harmlose, absolut unschuldige Geste ein Prickeln durch meinen Körper, dass sogar meine Beine zitterten. »Ich bitte dich um ein Date, du sagst *Nein.* Dann gehen wir endlich aus und du bist so zurückhaltend, dass ich das zwischen uns für Freundschaft halten könnte. Aber in meiner Wohnung, als ich dich geküsst habe, hast du dich in diese sexy Frau verwandelt, die definitiv etwas von mir will. Nur damit ich die letzten Tage irgendwo in der Stammkundenecke herumlungerte. Und jetzt, den ganzen Tag küssen wir uns und du reagierst auf mich, und das eben, auf der Ablage, das war heiß, das war verdammt heiß. Und jetzt sagst du mir, du hast es verlernt? Ganz ehrlich. Du kennst jeden einzelnen Knopf, den du drücken musst. Ich hänge in dieser verrückten On-off-Schleife und warte im Stand-by-Modus.«

Ich schüttelte den Kopf und verstand kein Wort. »Was?«

»Du hast den Dreh voll raus. Klischeealarm, aber Männer wollen jagen, und immer, wenn ich dich endlich fange, entwischt du mir wieder.«

»Es ist also gut, dass wir es langsam angehen?« Ich verstand nicht ganz, was er sagte.

»Ich habe dir gerade erklärt, dass du es nicht verlernt hast. Du bist ein Vollprofi, du brauchst dich für nichts zu entschuldigen. Ich genieße jede Minute mit dir«, sagte er und trat näher. Er ließ meine Hände los und umfasste meine Taille. »Und natürlich können wir es langsam angehen lassen. Ich bin erwachsen und kein ungeduldiger Teenie mehr. Ich habe keine Eile, ehrlich. Ich weiß ein mehrgängiges Menü zu schätzen, wenn du verstehst. Auch die Pausen dazwischen, die zum Verdauen nötig sind und die Vorfreude steigern.« Er hauchte mir einen unschuldigen Kuss auf die Stirn und ich fröstelte. »Allerdings würde ich es nicht langsam angehen nennen. Ich würde es lieber als Genussreise bezeichnen«, raunte er in mein Ohr. »Ich könnte mir ja von Zeit zu Zeit einfach ein neues Stück von dir erobern«, schlug er vor. »Letztens war es dein Mund, heute die samtige Haut an deinem Rücken. Ich könnte mir sehr gut vorstellen, mich nächstes Mal deinen Armbeugen entlang bis zu deinen Schultern vorzuarbeiten.

Mit den Händen, den Lippen, dem Mund.« Seine Stimme klang rau, eine Mischung aus Flüstern und Raunen. Sie schien hin und her zu flattern in diesen beiden Spektren, je nachdem, wie er seine Worte betonte. Aber unabhängig davon, wie seine Stimme klang, ließen mich seine Worte zittern. Hatte ich jemals etwas so Anregendes erlebt? Ein Mann, der seine Pläne offenbarte. Und dann griff er erneut nach meinen Händen, drehte sie so um, dass er auf meine Handflächen blickte, und drückte mir einen Kuss auf meinen Puls. So sanft. So elektrisierend. So unwiderstehlich.

»Möchtest du noch Kuchen?«, fragte ich und versuchte das Prickeln, das sich in mir ausbreitete zu stoppen. Er lachte auf und ließ meine Hände los.

»Ja, Kuchen funktioniert auch. Solange er so süß ist wie du, sollte es klappen.« Ich stürmte in den kleinen Kühlraum, in dem ich meine Torten aufbewahrte und wählte eine fruchtige Aprikosen-Joghurt-Torte für uns aus.

»Bitte sehr.« Ich überreichte ihm seinen Teller und setzte mich auf den Boden. Zum Stehen waren meine Füße heute einfach zu müde. Die Arbeitsfläche schied als Sitzgelegenheit aus, seit er mich so heiß und sexy geküsst hatte, dass ich wahrscheinlich nur daran denken könnte, wenn ich mich jetzt darauf niederlassen würde. Und nach vorne ins Café gehen wollte ich nicht. Das würde die Leute in der Fußgängerzone nur verwirren, denn es war ja geschlossen. Schließlich konnten die Passanten nicht ahnen, dass die Cafébetreiberin mit ihrem Freund eine private Party feierte. Auf dem Boden zu sitzen, war okay für mich. Meine Mutter und ich hatten früher immer gemeinsam am Küchenboden sitzend Kuchen gegessen. Oft direkt beim Backrohr, das noch leise rauschte und Restwärme ausstrahlte, während wir in den hellerleuchteten Hohlraum starrten und den noch viel zu heißen Kuchen aßen. Ich spürte Vincents Schulter an meiner, als er sich zu mir setzte. »Alte Familientradition«, erklärte ich ihm.

»Fruchttorte?« fragte er.

»Nein. Am Boden sitzen und Kuchen essen. Meistens direkt aus der Kuchenform. Sie von der einen Seite, ich von der anderen.« Ich lachte über das Bild, das ich vor meinem inneren Auge sah. Ein Zwetschgen-Streuselkuchen. Er sah aus, als hätte ihn ein Hamster angeknabbert. Oder unzivilisierte Monster. Aber so hatten wir es gemacht. Wir hatten gebacken, weil wir einen Kuchen wollten. Und kaum war er aus dem Ofen, verschlangen wir ihn. Es schien keine Zeit dafür zu geben, den Kuchen aus der Form zu lösen oder ihn auf Teller zu tun. Es ging nicht darum, gemütlich zusammenzusitzen oder den Kuchen optisch schön in Szene zu setzen. Es ging darum, das Loch zu füllen, dass in uns beiden klaffte. Und zwar so schnell wie möglich. Wir saßen mit dem Rücken zur Wand, in unserem Schoß die dick gefütterten Topfhandschuhe, damit wir uns nicht verbrannten. Wie Minenarbeiter schaufelten wir Ladung um Ladung auf unsere Gabeln und bohrten Tunnel und Hohlräume in den Kuchen, bis am Ende ein krümeliges Schlachtfeld zurückblieb, das nichts mehr mit dem Foto im Kochbuch gemeinsam hatte. So war es gewesen und es hatte sich jedes Mal gut angefühlt.

»Wer?«, fragte er. »Mit wem hast du Kuchen gegessen?«

»Oh!« Hatte ich das nicht erwähnt? »Mit meiner Mutter.« Der wahrscheinlich unglücklichsten Frau der Welt. Zumindest damals. Inzwischen nicht mehr. Inzwischen ging es ihr besser. Viel besser. »In Wahrheit bin ich nicht alleine kuchensüchtig. Ich denke, meine Mutter hat mich auf den Geschmack gebracht. Die Ehe meiner Eltern schien nicht so gut zu funktionieren, wobei sie es offenbar gut vor mir verbergen konnten, denn ich habe kaum etwas davon mitbekommen. Irgendwann stand die Trennung an, ich steckte mitten in der Pubertät, war also alt genug, meine Freizeit so zu verbringen, wie ich wollte, und deshalb hing ich nach der Schule lieber bei Freundinnen ab. Damit aber keine von ihnen, oder gar deren Eltern mitbekamen, dass zu Hause etwas schieflief, verbrachte ich meine Zeit auch in Cafés. Meine Freundinnen dachten also, ich wäre zu Hause, während meine Eltern dachten, ich wäre bei meinen Freundinnen. Hin und wieder, wenn mir alles zu viel wurde, schwänzte ich sogar den Unterricht nur um Torten zu essen, das Einzige was manchmal wirklich half. Oft ging mein ganzes Taschengeld dafür drauf.«

»Das Café am Marktplatz«, sagte Vincent leise. Ich blickte zu ihm und beobachtete, wie er sich ein Stück der Torte in den Mund schob.

»Und? Gut?«

»Lecker wie immer.« Ein kleines Schmatzen war zu hören. Ich freute mich, dass er meine Kuchen mochte. Auch darüber, dass er die Leckereien manchmal viel zu schnell in sich hineinstopfte, statt sie richtig zu genießen. Aber auch das war ein Kompliment.

»Du hast mir erzählt, es sei um Frust, die Schule und die Jungs gegangen«, knüpfte er an ein Gespräch an, das wir vor einiger Zeit im Café geführt hatten. Die Nachlässigkeit, die in seiner Stimme lag, täuschte mich nicht darüber hinweg, dass er sich sehr bewusst darüber war, um was für persönliche Dinge es gerade ging. Um Themen, die Gewicht hatten. Zumindest für mich.

»Ich möchte jetzt nicht über meine Familiengeschichte und meine verkorkste Sicht auf Männer sprechen«, schnaubte ich. »Es passt jetzt nicht. Aber irgendwann muss ich ehrlich sein.« Ich bemerkte, dass er aufgehört hatte zu essen.

»Verkorkste Sicht auf Männer?«, wiederholte er und studierte mein Gesicht.

Es war mir unangenehm. Ich schaufelte mir etwas Kuchen in den Mund. Je schneller ich ihn aus der Backstube hatte, umso besser.

»Was meinst du damit? Das ist ein schwieriger Begriff. Jeder lebt in einer anderen Welt. In Wahrheit haben wir alle weniger gemeinsam, als wir annehmen.«

Mir fiel ein, dass er Psychologie studiert hatte. Wahrscheinlich war es nicht unbedingt die beste Wahl, mit einem Kerl auszugehen, der einen analysieren konnte. Vor allem dann nicht, wenn es genug zu analysieren gab. Wahrscheinlich hatte ich mehr unfertige Baustellen, als mir bewusst war. »Ich hatte ganz vergessen. Das ist ja dein Job«, sagte ich. Keine Ahnung, ob das positiv für mich war, weil er vielleicht Verständnis für meine Situation aufbringen würde, oder negativ, weil er wusste, dass es kompliziert werden würde.

»Das hat nichts mit meinem Job zu tun. Vielleicht ein bisschen was mit meiner Ausbildung. Aber beruflich kümmere ich mich um ganz andere Dinge«, stellte er klar.

»Stimmt. Coach. Soziale Interaktion. Da bin ich aber auch nicht so weit weg. Ich habe mich dafür entschieden, Kuchen zu backen, anstatt mich mit meinen Eltern oder mit Jungs auseinanderzusetzen.«

»Und du glaubst, du bist die Einzige, die das so gemacht hat?« Ich zuckte mit den Schultern und sah zu, wie er wieder zu essen begann. »Wie, glaubst du, kommen die meisten Leute durch ihre Jugend? Etwa mit unfassbar vielen Erfolgserlebnissen?« Er schnaubte. »Alle verlieben sich und werden enttäuscht. Alle haben nervige Eltern. Alle haben Streit zu Hause. Und die Schule? Der Einstieg in den Beruf? Alles Neuland und ein unergründliches Minenfeld. Fehltritte sind da kaum zu vermeiden. Niemand wird erwachsen, ohne ein paar schwierige Erfahrungen mit im Gepäck zu haben, die einen beeinflussen. Klar, die einen kommen mit leichtem Gepäck durch und andere schlagen sich mit schwerer Last herum. Trotzdem geht es nicht nur darum, was jemand erlebt hat, sondern auch darum, wie man damit umgeht. Und da unterscheiden sich Menschen maßgeblich. Es gibt Personen, die gehen mit harten Schicksalsschlägen besser um als andere, die viel weniger einstecken mussten. Eine objektive Bewertung ist also kaum möglich. Es ist immer ein individuelles Erleben. Und am Ende ist niemand verkorkst. Sondern jeder einfach nur in seiner eigenen Realität festgefahren. Aber zum Glück, gibt es Methoden, um auszubrechen«, endete er.

Sein Teller war inzwischen leer.

»Und diese Methoden lehrst du?«

»Nein. Ich habe mich auf etwas anderes spezialisiert.«

»Und was genau?«

»Das erzähle ich dir ein anderes Mal. Jetzt lasse ich dich Kuchen backen.«

»Stimmt. Ich sollte loslegen, sonst stehe ich bis Mitternacht hier. Danke für deine Hilfe.« Ich stand auf, brachte ihn zur Tür und küsste ihn zum Abschied.

An diesem Abend war ich früher zu Hause als üblich. Die Mithilfe von Vincent hatte mir gut zwei Stunden Arbeit erspart. »Dann hat er sich gut gehalten?«, wollte Mira wissen.

»Klar«, antwortete ich und dachte weniger an die Teller, die er in den Geschirrspüler gestellt hatte, als an seine Hände an meiner Taille. »Er ist definitiv der Held, für den ich ihn gehalten habe.«

»Vor Kurzem hieltest du ihn allerdings noch für ein Monster. Wie alle Männer. Aber schön, dass du das endlich hinter dir lassen kannst.«

»Ich danke dir, dass du mir das immer und immer wieder klar gemacht hast. Ich war echt auf dem Holzweg mit dieser Einstellung. Trotzdem stehe ich jetzt vor einem Problem.«

»Vor welchem?«

»Ich habe ihm heute gesagt, dass ich es langsam angehen will, und er findet das in Ordnung. In Wahrheit ist mein Problem aber nicht die Geschwindigkeit, sondern meine Unerfahrenheit.«

Mira wusste bestens über meine Männerbekanntschaften Bescheid, die selten waren und nie lange hielten.

»Ob er mich morgen vernascht oder in drei Wochen spielt ja gar keine Rolle. In beiden Fällen bin ich wahrscheinlich einfach nur langweilig.«

Mira schüttelte den Kopf. »Also ganz ehrlich, darüber denkt jede Frau nach, wenn sich etwas Neues mit einem Kerl anbahnt. Und wahrscheinlich geht es den Männern ähnlich. Wir wollen uns doch alle von der besten Seite zeigen und am liebsten perfekt sein. Und natürlich eine Granate im Bett.« Sie spielte mit ihren Haaren und wirkte gar nicht mehr so souverän wie sonst immer. »Das, was dem einen Kerl gefällt, mag der andere vielleicht gar nicht. Ich denke, es geht weniger darum, was du falsch oder richtig machst. Es geht darum, Menschen zu finden, Männer zu finden, die dich so mögen, wie du bist.«

»Du bist und bleibst eine Romantikerin.« Ich lachte. Ihr war nicht mehr zu helfen. »Du hast recht. Ich weiß. Trotzdem.«

»Es gibt keine allgemeine Norm, wie du dich verhältst und was langweilig, normal oder aufregend ist. Das entscheidet am Ende jede selbst.«

»Bitte keinen Lehrvortrag über Toleranz und *wir dürfen im Bett alle machen, was wir wollen*. Ich habe keine Ahnung, was ich will, und ich würde gerne wissen, was er will und mich daran orientieren.«

»Das klingt sehr feministisch. Das sollten wir direkt in ein Essay packen und publizieren.«

»Ich hatte in den letzten Jahren leider keine Zeit für einen Selbstfindungstrip, um meine sexuellen Energien zu entdecken und meine Vorlieben zu erkunden, wenn du das meinst.«

»Das sollte kein Problem sein. Das könntet ihr ja zusammen entdecken.«

»Schon klar. Aber das hilft mir nicht.«

»Ich würde mich einfach nicht stressen. Lass es laufen. Du weißt, was sich richtig anfühlt. Ganz einfach.«

»Klingt nur so. Ist es aber nicht.« Seufzend ließ ich mich ins Sofakissen plumpsen.

»Liebesfilm?«, schlug Mira vor.

»Unbedingt. Vielleicht lerne ich etwas.« Wir lachten beide. Später verzog ich mich in mein Zimmer und googelte. Heute hatte ich Zeit dafür. Oder vielleicht war es mir nun endlich wichtig genug. Jedenfalls gab ich den Begriff *Dating Tipps* im Suchfeld ein. Es gab unzählige Treffer. Ich wischte mit dem Daumen über den Touchscreen meines Handys, um mir einen Überblick zu verschaffen, und klickte dann auf eine Homepage, die darüber aufklären wollte, wie Männer tickten. Genau das Richtige für mich. Die Webseite war in verschiedene Kapitel unterteilt und sah wie ein Ratgeber aus. Es gab eine Art Psychotest, um herauszufinden, welche Art Mann zu einem passte. Und fast hätte ich begonnen, die Fragen zu beantworten, bis mir klar wurde, dass ich gar nicht wissen wollte, wer grundsätzlich zu mir passte. Ich hatte meine Wahl bereits getroffen. Vincent. Ich wusste, dass wir zueinander passten, das musste mir kein Test mehr bestätigen. Wir liebten beide Torten, das war es, was uns zusammengeführt hatte, und seither konnte nichts die Chemie zwischen uns zerstören. Ich hatte andere Fragen, wichtigere Fragen. Was ein Mann anziehend fand, zum Beispiel. War die Antwort das gängige Klischee wie kurzer Rock und Dekolleté oder ging es um andere Werte? Das interessierte mich. Die Welt hatte sich in den letzten Jahrzehnten verändert. Oder war alles beim Alten geblieben, wenn es um diese Dinge ging? Kam Liebe in der Hinsicht nicht aus der Mode? Wie brachte man jemanden dazu, dass er sich verliebte? Schließlich gab es in der echten Welt keinen Liebestrank, den man dem Angebeteten unterjubeln konnte. Dabei hätte ich täglich die beste Gelegenheit ihm etwas in die Torte zu schmuggeln, nur funktionierte es eben nicht so. Die Frage, die mich am meisten interessierte, war: Wie hielt man einen Mann? Wahrscheinlich war das die wichtigste Frage von allen und gleichzeitig wohl auch die dümmste. Würde die Antwort irgendwo im Internet zu finden sein, läge die Scheidungsrate bestimmt nicht so hoch. Ich scrollte also weiter auf der Homepage und fand eine Art Frage-Antwort-Katalog, anhand dessen man erkennen konnte, ob die aktuelle Beziehung oder das Dating überhaupt sinnvoll war oder von Erfolg gekrönt sein würde. Auch hier bezweifelte ich, dass die Befragung zielführend sein könnte. Was verstand man denn überhaupt unter Erfolg? Das müsste man zuerst definieren. Wenn man sich einen One-Night-Stand wünschte, ginge man ein Date anders an, als wenn jemand auf der Suche nach einem Ehepartner war. Die Inhalte auf dieser Seite wirkten sehr oberflächlich auf mich. Dennoch scrollte ich weiter nach unten.

Es gab Beispiele, wie man Telefonate führen oder Textnachrichten schreiben konnte. Vorschläge, wer sich zu welchem Zeitpunkt bei wem melden sollte und wie man auf verschiedene Dinge reagieren konnte. Ich kam mir völlig fehl am Platz vor. Das wirkte alles so künstlich, als ob es ein Spiel wäre und nicht etwas Einmaliges, das zwischen zwei Menschen passierte und aus dem Moment heraus geboren war. Einzigartig und nicht in eine Schublade zu stecken. Die Tipps vermittelten den Eindruck, man könnte die Kunst des Datings meistern, könnte den Gegenpart, wenn man alle Facetten des Spiels beherrschte, sozusagen manipulieren. Mein Herz schlug schneller. War das wirklich so? War es das, was ich die ganzen Jahre über verpasst hatte? Dass alle nach diesen Regeln spielten und nur ich nichts davon wusste? Hatte nicht sogar Nelli etwas Derartiges angedeutet? Ein Kuss beim dritten Date, erwähnte sie neulich. Sogar als sie jung war, schien es ähnliche Spielregeln gegeben zu haben. Die Scheidung meiner Eltern hatte also wahrscheinlich nicht nur mein Männerbild beeinträchtigt, sondern mich vielleicht auch darum gebracht, die natürliche Dynamik zwischen Mann und Frau zu verstehen und die entsprechenden Regeln zu verinnerlichen. Als hätte man mich darum gebracht, meine Muttersprache zu erlernen. Und jetzt stand ich da, mitten im Chaos, und verstand kein Wort. So war es. Ich hatte einfach keine Ahnung, wie es wirklich lief!

Der Rest der Google-Suche verlief ähnlich enttäuschend.

Ich fand Ratschläge, die mir weismachen wollten, ich wäre

perfekt und müsste mich überhaupt nicht verändern und könnte stolz auf mich sein. Tipps, die darauf abzielten, meine Authentizität in den Vordergrund zu stellen, ehrlich und offen für das Gegenüber zu sein. Ich fand zwar, dass das schön klang, aber so einfach war es in Wirklichkeit doch nicht. Was war das schon für ein Ratschlag? Sei du selbst? Nun, wer war ich denn? Das war doch eine Frage, die man sich nicht direkt selbst beantworten konnte. Oder zumindest nicht so schnell, oder warum genau besuchten denn so viele westliche Menschen plötzliche indische Ashrams, um sich selbst zu finden? Gleichzeitig fand ich im Web auch Tipps, die genau auf das Gegenteil abzielten. Die klar machten, dass der erste Eindruck zählte und Kleiderwahl und Make-up eine Rolle spielten. Dass man den richtigen Ort wählen sollte, über die Witze des Partners lachen, denn Humor sei ein starkes und verbindendes Element, wenn es um Dating, Partnerschaft und Liebe ging. Ich wurde darauf hingewiesen, dass Blickkontakte von Bedeutung sind, aber auch kleine Berührungen, und wieder hatte ich den Eindruck, es ginge um Manipulation und nicht um das, was echt war. Letztendlich ließ mich die ganze Google-Dating-Suche nur verwirrter zurück als zuvor.

Ich schlief diesen Morgen eine Stunde länger als üblich, weil ich gestern alles vorbereitet hatte und daher nicht so viel in der Backstube zu tun war. Als ich aufsperrte, vermisste ich Vincent. Er war nur für einen Tag hier gewesen, trotzdem kam mir die Backstube leer vor, immer wenn ich nach hinten ging. Ich hoffte, die Gäste sahen es mir nicht an, dass mir dauernd die Röte in die Wangen schoss, wenn ich an Vincent dachte und die Küsse, die er mir aufgedrückt hatte. Als Nelli ins Café kam, gab es zumindest eine Zeugin dafür, was gestern hier geschehen war und heute noch immer in mir nachbebte.

»Einen Kaffee bitte und zwei Tortenstücke. Eines für dich und eines für mich«, sagte sie kurz angebunden, zeigte mit dem Zeigefinger auf eine Nusstorte und entfernte sich mit einem Lächeln an den Tisch ganz hinten, der inzwischen zu ihrem Stammtisch geworden war. Ich hatte sie noch nie woanders sitzen sehen. Und wieder schweiften meine Gedanken zu Vincent, der immer am Fenster saß, auch er hatte sich nie einen anderen Platz ausgesucht. Mit Nellis Bestellung auf dem Tablett trat ich an ihren Tisch, stellte alles vor ihr ab und setzte mich zu ihr.

»Und? Wer hat diese hübsche Torte gebacken?«, fragte sie und sah mich aus wachen Augen an. Ihre Finger zitterten mit der Gabel in der Hand, die über dem Tortenstück schwebte.

»Als ob ich je jemanden an meine Torten lassen würde«, schnaubte ich. »Natürlich ich.« Nelli lachte und stach in ihre Nusstorte, wie ich auch. »Du glaubst doch nicht, dass er das hinbekommen würde. Ich habe doch nicht zum Spaß so lange gelernt.«

»Du hast das auf jeden Fall zum Spaß gelernt. Es sieht zumindest nicht so aus, als würde dich jemand zum Tortenbacken zwingen.« Nelli hatte recht, denn mit dem Café lebte ich ja meinen Traum.

»Stimmt. Ich mache das freiwillig. Eine Aushilfe brauche ich trotzdem. Ich werde jemanden einstellen.«

Nelli nickte. »Das ist gut so. Du kannst das nicht alles alleine stemmen. Noch bist du jung und gesund. Aber wenn dich mal eine Grippe erwischt, kannst du den Laden dicht machen. Dafür brauchst du eine Lösung. Außerdem, eben weil du jung bist, zählen doch auch andere Dinge. Wie Vincent.«

»Ich weiß. Ich will mich jetzt auch mehr um mein Privatleben kümmern. Beruflich habe ich endlich erreicht, was ich wollte. Es fühlt sich nur komisch an, die Prioritäten zu verändern. Ich habe den Eindruck, ich weiß gar nicht mehr, wie das funktioniert. All die Jahre habe ich tagsüber gearbeitet und abends gelernt und geübt. Die Wochenenden waren für komplizierte Tortenkreationen reserviert und hin und wieder für ein nettes Abendessen mit meiner besten Freundin. Aber mehr Zeit blieb mir nie.«

»Das ist in Ordnung. Das Leben ist verschiedenen Phasen unterworfen. Ich finde es schön, dass du dich so sehr auf deine Torten fokussiert hast. Das ist dein Talent.« Wie zur Bestätigung stach Nelli erneut in ihr Kuchenstück. »Sei stolz, mit wie viel Hingabe du dir das aufgebaut hast.«

Nelli ließ ihren Blick durchs Café schweifen und ich folgte ihr. Es sah gemütlich aus. So, wie ich es mir immer vorgestellt hatte. Ein großes Wohnzimmer, mit viel Platz für viele Menschen. Und die meisten Gäste, die heute hier bei mir im Café saßen, kannte ich inzwischen.

Es war eine schöne Gewohnheit geworden, mit allen regelmäßig zu plaudern und zu erfahren, was in ihren Leben gerade passierte. Manche würden es Kundenbindung nennen, aber das war mir zu gewinnorientiert. Mir ging es wirklich um die Menschen. Um das Miteinander, die Verbundenheit. »Das bin ich«, gab ich zu. »Und jetzt ist es Zeit, mir außerhalb davon etwas aufzubauen.« Es tat gut, über die Dinge zu sprechen, die ich plante, die vor mir lagen. So wie ich jahrelang über dieses Café gesprochen hatte und mich manchmal selbst für verrückt hielt, weil es fast unmöglich schien, die Idee in Realität umzuwandeln. Und jetzt kam es mir genauso unrealistisch vor, eine Zukunft mit Vincent anzustreben. »Ich möchte herausfinden, wer ich bin, wenn ich nicht in der Backstube stehe. Was für eine Art Mensch und welche Art Frau«, erzählte ich Nelli. Dabei kamen mir die Dating-Tipps von gestern in den Sinn. Ich wusste noch nicht mal, ob ich lieber mit einem humorvollen Mann oder mit einem ernsthaften liiert sein würde. Jemand, der lieber am Meer Urlaub machte oder in den Bergen. In Wahrheit wusste ich so wenig. Vielleicht wäre es sinnvoll, als Erstes mich selbst zu daten statt irgendeinen Mann. Aber diesen Moment hatte ich verpasst. Nun datete ich Vincent. Und das mit voller Absicht. Ich war verliebt. Ich wollte es hinkriegen. »Es war schön, gestern den ganzen Tag mit Vincent zu verbringen. Das will ich gern öfter tun«, sagte ich und es fühlte sich gut an. Zwar verstärkte es die Angst, dass er es plötzlich anders sehen würde. Es machte aber auch die Freude größer. »Nur eben nicht immer im Café. Ich würde gerne mit ihm ins Freibad gehen. In ein Restaurant. Vielleicht ein verlängertes Wochenende wegfahren.« So machte man es doch? Und dafür musste ich nicht einmal Google fragen, da reichten die Liebesfilme, die ich mir mit Mira ansah, um das zu wissen. Ich blickte nach draußen in den sommerlich warmen Nachmittag, ich sollte mit ihm händchenhaltend spazieren gehen und Eis essen. Das war es doch, was Liebespaare taten. Selbst wenn mich die Dating-Recherche gestern nicht weitergebracht hatte, wusste ich doch zumindest eines. Ich konnte nicht meine ganze Zeit in diesem Café verbringen und erwarten, dass sich außerhalb des Torten-Kosmos etwas ergeben würde. Eine Beziehung aufzubauen, brauchte Zeit. Zeit, die ich mir nehmen musste. Für Dates, für Gespräche und um Dinge mit ihm zu erleben.

»Das klingt schön«, sagte Nelli. »Eine junge Liebe, die entsteht.« Sie blickte versonnen in den Raum und dachte bestimmt an ihren Mann.

»Wie hast du dich denn in deinen Mann verliebt?«, fragte ich sie. »Oder ist das zu persönlich? Entschuldige bitte.«

»Oh, ich erzähle die Geschichte gerne. Ich war mit meinen Freundinnen abends in einem Tanzlokal. Natürlich waren auch junge Männer dort. Die meisten Frauen interessierten sich für eine Gruppe Männer, die sich optisch so sehr von den bekannten Gesichtern in der Stadt unterschieden wie der Tag von der Nacht. Italiener, das war schnell klar. Man hörte sie fast durch das ganze Lokal. Sie zogen die Aufmerksamkeit auf sich durch ihr hitziges Temperament, ihre modische Kleidung, und durch ihr attraktives Aussehen. Dunkle Haare, dunkle Haut. Sie schienen moderner und gepflegter gekleidet und ihr ganzes Auftreten war von einer Souveränität geprägt, die ich bis dahin noch nie bei Männern wahrgenommen hatte. Natürlich ging es allen Frauen gleich, zumindest denen, die ohne männliche Begleitung im Lokal waren. Sie hingen mit den Blicken an den jungen Männern und schwirrten um sie herum wie Motten um das Licht«, erzählte sie verschmitzt. »Ich war so schüchtern und jung damals. Ich warf aus der Ferne verstohlene Blicke auf sie, mehr nicht. Ich hätte mich nie an den Tisch der jungen Männer gewagt oder gar den offenen Blickkontakt gesucht.« Sie kicherte. Ich versuchte, mir Nelli als junge Frau vorzustellen und überlegte, sie nach einem Foto zu fragen. Ich rätselte, ob ihre Haare ursprünglich blond oder braun gewesen waren, denn jetzt glitzerten sie silbern, fast weiß und waren kurz geschnitten.

»Und dann sprach er mich an. Von hinten kam er an mich herangetreten. Und beobachtete dasselbe wie ich: junge Frauen, die die Männer anhimmelten. Er erklärte mir, dass Männer viel lieber erobern würden, als erobert zu werden. Dass das Teil des Spiels wäre, und auch was es heißen würde zu flirten. Natürlich lief ich knallrot an. Und am Ende unseres Gesprächs fragte er nach meinem Namen und ob ich wieder einmal hier sein würde. Ich sagte ihm meinen Namen und bestätigte, dass ich fast jedes Wochenende da sein würde. Und so nahm die Sache ihren Lauf. Ein paar Wochen später, als ich schon fast nicht mehr daran glaubte, ihn je wiederzusehen, war er wieder da und er bat mich um ein Rendezvous.« Sie zuckte mit den Schultern, ein Lächeln auf ihren Lippen. »So fing es an.« Am liebsten hätte ich sie aufgefordert weiterzusprechen. Es klang wie der Vorspann zu einem guten Film. Aber ich wusste ja schon ungefähr, was geschehen würde. Sie hatten geheiratet und eine Familie gegründet und jetzt saß sie hier, alleine, und blickte auf ihr Leben zurück.

»Wart ihr glücklich?«, fragte ich.

»Meistens. Wir waren nicht immer einer Meinung und unser Temperament unterschied sich sehr. Aber wir waren glücklich. Er hat mich immer auf Händen getragen.« Jetzt blickte sie fast wehmütig in die Ferne. Ich dachte an Mira, sie würde dahinschmelzen bei dieser Geschichte. Ebenso, wie ich es gerade tat. Das wünschte ich mir. Auf Händen getragen werden, war so anders als das, was meine Mutter erlebt hatte.

»Das klingt schön.«

»Das war es auch. Du wirst schon sehen, du findest auch noch dein Glück«, meinte sie zuversichtlich und blickte hinüber zum leeren Tisch am Fenster, der hoffentlich bald besetzt werden würde. Ich warf einen Blick auf die Uhr. Es konnte jeden Moment so weit sein.

»Du kannst es kaum erwarten ihn wiederzusehen«, stellte Nelli fest. »Das ist ein gutes Zeichen. Ein sehr gutes sogar. Und bis er kommt, machst du dich an die Arbeit. Du hast hier noch genug zu tun.« Sie stellte unsere beiden Kuchenteller zusammen und stapelte das Geschirr auf dem Tablett zusammen. Mit einer winkenden Geste entließ sie mich von ihrem Tisch, als habe sie mir zuvor eine Audienz gewährt, die nun vorbei war. Ich schmunzelte in mich hinein, aber sie hatte schon recht, ich hatte noch einiges zu erledigen.

Vincent musste eingetreten sein, als ich gerade hinten in der Backstube war, denn als ich wieder nach vorne kam, saß er bereits an seinem Stammplatz. Er strahlte mich an und winkte mich zu sich.

»Was darf es heute sein?«, fragte ich ihn gut gelaunt und überlegte, was ich ihm anbieten konnte.

»Ein Kuss wäre schön«, sagte er prompt und brachte mich damit ordentlich aus dem Konzept. Sein Lächeln schien aufrichtig und überhaupt nicht verlegen, obwohl noch einige Gäste hier waren. Auch Nelli.

»Schaumküsse habe ich momentan leider nicht im Sortiment«, versuchte ich abzulenken und kicherte. Mein Magen kribbelte, als ich auf seine Reaktion wartete.

»Da habe ich ja Glück. Ich habe nicht von Schaumküssen gesprochen.« Er stand auf und zog mich in seine Arme. Eine Weile sah er mich prüfend an und zögerte, bis ich vorsichtig nickte. Warum sollte ich länger widerstehen? Ging es mir nicht darum, mit meinen Kunden etwas zu teilen? Nicht, dass ich ab jetzt alle meine männlichen Kunden küssen würde. Aber sie sollten teilhaben dürfen an den Dingen, die mir wichtig waren, so wie sie mich teilhaben ließen. Es war ja nicht so, dass sich in meinem Café keine verliebten Pärchen küssten. Warum sollte für mich eine Ausnahme gelten? Ich wollte echt sein. Mit meinen Gästen, mit Vincent, und auch mit mir selbst. Ich reckte mich ihm also entgegen, schloss die Augen und wartete auf den magischen Moment, der die wachsende Anspannung in mir lösen würde. Genau so war es, als seine Lippen auf meine trafen und jegliche Gedanken, die bis zu diesem Moment noch in meinem Kopf herumschwirrten, auslöschten. Als wir uns lösten, sahen wir uns für einen Moment in die Augen. Seine, so braun wie Schokolade, würden mir wohl immer das Gefühl geben, am richtigen Ort zu sein.

»Ich verzichte heute auf deine Tortenauswahl, wenn du nachher zum Abendessen kommst«, schlug Vincent vor. Seine letzte Einladung war ein gemütlicher Abend gewesen.

»Was, wenn nicht?«, kokettierte ich und genoss seine Hände auf meinem Rücken, die mich so nahe an ihn pressten, dass ich seine Atmung an meiner Vorderseite spürte.

»Dann muss ich dich nochmal küssen. Hier. Vor allen. Das willst du doch nicht«, flüsterte er mit rauer Stimme, und ich dachte an Nellis Ehemann, der ihr etwas von Jagen erzählt hatte, wie auch Vincent es mir erklärt hatte.

»Nein, das wäre sehr unprofessionell«, gab ich zu und löste mich von ihm. »Ich komme gerne. Du kochst gut. Und ich habe Hunger.« Meine Antwort entlockte ihm ein Lächeln. War das Flirten? Ich musste dringend weiter recherchieren, wie es funktionierte.

»Du kommst also wegen des Essens?«, raunte er ungläubig.

»Und wegen des Desserts. Das bringe ich gerne mit.«

»Da sage ich nicht nein.« Vincent zog eine Augenbraue hoch.

»Ich meinte Kuchen!«, stellte ich klar. »Bis später.« Ich entfernte mich von ihm und als ich mich umdrehte, sah ich ihn die Fußgängerzone überqueren und in seine Wohnung gehen. Nelli lächelte und stand auf.

»Es ist so schön, euch beide zusammen zu sehen«, meinte sie und tätschelte meine Hand, bevor auch sie das Café verließ.

An diesem Abend hatte ich mehr als ein Déjà-vu.

Erst räumte ich das Café auf, dann ärgerte ich mich über

mein Outfit, dann fiel mir ein, dass ich beim letzten Mal die Torten vergessen hatte, und packte sie rasch ein. Endlich klingelte ich bei ihm und stand kurz darauf wieder in dieser winzigen Küche, die eigentlich ein Vorraum hätte sein sollen.

»Vielen Dank für die Einladung«, sagte ich, als ich ihm den Karton mit den Kuchen und Torten überreichte.

»Ich freue mich, dass du dir Zeit nimmst«, entgegnete er und führte mich zum Tisch. Dieses Mal war er gedeckt. Mit Untersetzern und Servietten und sogar einer Kerze. Ich schluckte. Heute sah es nach einem Date aus.

»Schön sieht es aus. Du hast dir Mühe gemacht«, lobte ich. Formulierte man das so? Hätte ich besser nichts sagen sollen? Genau deshalb brauchte ich Nachhilfe. Im kleinen Einmaleins des Datings.

»Freut mich. Sieht hübscher aus als letztens. Da hatte ich keine Zeit dafür. Aber heute lief alles nach Plan, und das Essen ist auch schon fertig.« Er öffnete den Kühlschrank und nahm eine große weiße Schale heraus. Er rührte darin und schöpfte mit einer Kelle den Inhalt in zwei kleinere Schälchen, die er an den Tisch trug. Ich sog Luft ein, um eine Idee davon zu bekommen, um was es sich handeln könnte, roch aber nichts. Dann brachte er kross gebackenes Brot und setzte sich. »Gazpacho«, erklärte er. »Ich hoffe, das magst du. Perfekt für so einen Sommertag.«

»Ich liebe Gazpacho. Zum ersten und letzten Mal direkt in Sevilla gegessen«, sagte ich und dachte an den sonnigen Marktplatz, der vormittags um elf bereits vor Hitze geglüht hatte, und wie Mira und ich in ein Café geflüchtet waren, das im Schatten lag. Dort bestellten wir diese kalte Suppe, weil wir die Hitze kaum ertrugen. An diesem Vormittag hätte ich schwören können, dass es nichts Besseres auf der Welt gab als Gazpacho.

»Du warst in Sevilla?«, fragte Vincent.

»Ja, ein paar Tage. Ich machte mit meiner besten Freundin eine Andalusienrundfahrt. Südspanien ist wunderschön.«

»Dann bin ich gespannt, wie du meine Suppe findest.«

»Gut«, befand ich, nachdem ich einen Löffel voll gekostet hatte. »Sehr gut sogar.«

»Aber nicht so gut wie in Spanien?«

»Ehrlich gesagt, kann ich mich nicht mehr erinnern, wie sie geschmeckt hat. Aber wann schmeckt zu Hause etwas so gut wie im Urlaub?«

Nach dem Essen setzten wir uns mit einer Tasse Kaffee und der Tortenauswahl, die ich mitgebracht hatte, ins Wohnzimmer auf sein Sofa. Eigentlich wollte ich nach dem gemeinsamen Essen gehen, aber es war noch zu früh und ich fand es unhöflich, mich so schnell zu verabschieden. Die Suppe hatte nicht so satt gemacht wie letztens der Couscous, und wir hatten noch Platz für den Nachtisch. Irgendwann legte Vincent seine Kuchengabel zur Seite und nickte zur Gitarre. Bevor ich reagieren konnte, war er aufgestanden, holte sie und begann zu spielen. Eine Melodie, die ich noch nie gehört hatte, aber schön klang. Ich lehnte mich in die Kissen zurück und beobachtete seine Finger, wie sie die verschiedenen Akkorde griffen und dem Gitarrenhals entlang in verschiedenen Formationen auf die

Saiten trafen. Es sah so einfach aus, als würden sie gemütlich tanzen. Dabei wusste ich, wie schwierig es zu Beginn war, sich die einzelnen Akkorde überhaupt einzuprägen. Und selbst, wenn man sie kannte, war es eine weitere Herausforderung, die Fingerkuppen sauber auf die Saiten zu legen, um einen klaren Ton zu produzieren. Ganz zu schweigen vom flüssigen Spielen. Das Umgreifen von einem Akkord zum nächsten war manchmal einfach, wenn der neue Griff dem vorhergehenden ähnelte. Einen Finger heben oder verschieben, das ging schnell und ohne große Probleme. Einen gänzlich neuen Griff sauber auszuführen, ohne den flüssigen Rhythmus des Songs zu unterbrechen, erforderte eine gewisse Übung und Routine, die Vincent definitiv hatte. Ich ließ mich von den harmonischen Klängen einhüllen, die meditativ wirkten, aber nichts Fernöstliches an sich hatten. Die Finger seiner rechten Hand zupften die Saiten, und ich überlegte, ob ich dieses Zupfmuster in der Musikschule gelernt hatte, konnte mich aber nicht erinnern.

»Das klingt wunderschön«, sagte ich nach einer Weile, und er blickte für einen kurzen Moment zu mir auf, bevor er seinen Blick wieder der Gitarre und dem Fußboden unter seinen Füßen zuwandte, als wäre dort ein unsichtbares Notenblatt für ihn deponiert. Aber er spielte aus dem Kopf und ich kannte das Gefühl. Manchmal buk ich Torten genauso. Zumindest die, die ich für mich zubereitete. Es schien, als gäbe es in mir einen Ort, der sich so anfühlte, als läge er außerhalb von mir. Einen Ort, an den ich gehen konnte, und alles fand, was ich brauchte, um das abzurufen, was nötig war, um eine Torte zu backen. Wenn ich Vincent jetzt beobachtete, wusste ich, er hatte auch so einen Ort. Ein friedlicher und einfacher Ort. Die Harmonie, die er dort fand, strahlte er jetzt aus und ich wusste, dass wir eine weitere Gemeinsamkeit hatten. Nicht nur dass ich gerne buk, und er es genoss, Torte zu essen. Nein, er liebte es, Gitarre zu spielen, und ich würde ihm gerne ewig dabei zuhören. Und dann wurde mir etwas klar. Entweder würde das zwischen uns in einem *für immer und ewig* enden oder in einem Liebeskummer, so groß wie die Welt.

»Was ist das für ein Lied?«, fragte ich leise. Ich wollte es zu Hause downloaden, um es zu hören, wenn ich alleine war.

»Mein Song. Selbst komponiert.« Ohne sich stören zu lassen, spielte er weiter und begann zu singen. Es waren keine Worte, die er wiedergab. Er erhob seine Stimme zu einer Art Summen oder Murmeln. Manchmal waren es Laute und Silben, die sich zu etwas verbanden, das ein Wort hätte sein können, aber ohne Bedeutung blieb. Ich hatte nie etwas Schöneres gehört. Niemals zuvor. Ich bekam Gänsehaut und nach einer Weile kam es mir vor, als trügen die Melodie und auch seine Stimme alle Belanglosigkeiten von mir ab, wie die einzelnen Lagen bei einer Zwiebel entfernt werden konnten. Und am Ende blieb nur noch mein innerster Kern. Die ganzen Bestrebungen, die ich mit dem Café verfolgte, die ganze Arbeit, die ich hineinsteckte.

Warum? Sollte ich nicht lieber Zeit mit Freunden verbringen und das Leben genießen? Worum ging es denn im Leben? Was wollte ich wirklich? Wollte ich nur dieses Café und war es das jetzt? Was wollte ich noch? Wer war ich wirklich? Und je länger er spielte, umso deutlicher wurde die Erkenntnis, dass ich nicht wusste, wer ich war und was ich wollte. Und immer klarer trat das eine große Gefühl hervor, das schon immer tief in mir schlummerte und das ich unter all der Arbeit und den Torten und der Kraft, die sie mir gaben, versteckt hatte. Es war Angst. Wenn ich es recht bedachte, musste ich feststellen, dass ich nahezu vor allem Angst hatte. Angst, verlassen zu werden. Angst, nicht gut genug zu sein. Angst zu versagen. Und je länger ich mich in dieser Gedankenspirale befand, umso mehr erkannte ich, dass ich ebenso viel Angst vor dem Leben hatte wie vor dem Tod. Es war zum Verzweifeln, denn ich wusste nicht, was ich tun sollte, wo ich einen Ausweg finden würde. Und mir war bewusst, dass ich einfach so weitermachen würde wie bisher. Plötzlich traten mir Tränen in die Augen. Vincent konnte nicht wissen, wie sich dieser Moment für mich anfühlte. Er spielte dieses Lied bestimmt oft. Seine Finger kannten das Zupfmuster und sein Kopf die Melodie. Aber ich? Mir hatte noch nie jemand etwas vorgespielt. Und alles, was er in diesen Song legte, war so persönlich und berührte mich so tief, dass ich überhaupt nicht wusste, wie ich damit umgehen sollte. Ich wusste nur, dass ich ihn liebte. Einfach so. Aus heiterem Himmel. Ein ganz klar zu identifizierendes Gefühl. Ein Moment mit so immenser Bedeutung. Ich hatte gar keine andere Wahl, als ihn zu lieben. Vorsichtig blinzelte ich die Tränen weg und fuhr mir unauffällig mit den Händen über meine Wangen.

Irgendwann war es vorbei. Das Weinen und auch sein Gitarrenspiel.

»Du hättest mich unterbrechen sollen«, sagte er und musterte mich, dann stellte er die Gitarre zurück auf den Ständer. »Manchmal vergesse ich die Zeit.«

»Noch nie hat jemand für mich gespielt. Es war großartig. Ich danke dir.« Ich hätte ihm nicht erklären können, was sein Song in mir auslöste.

»Du wirkst traurig.« Er legte mir seine Hand auf mein Knie. Die Berührung war wohltuend.

»Dein Song«, versuchte ich zu erklären. Auf eine gewisse Art und Weise war ich noch immer an diesem reinen Ort, an den mich Vincents Musik versetzt hatte, an dem nur die wesentlichsten Dinge von Bedeutung waren. Mir war jetzt so vieles klar. Eigentlich gab es nur eine Wahrheit und die lautete, dass wir alle sterben würden. Niemand wusste, wann. Und das machte mir Angst. Ich schmiedete Pläne und dachte an die Zukunft. Aber alles, was im Jetzt passierte, übersah ich, weil ich zu viel Angst davor hatte, mich damit auseinanderzusetzen. Ich dachte die ganze Zeit nur daran, dass Vincent mich verletzen würde, dass es schlecht enden würde. Und mit einer hohen Wahrscheinlichkeit würde es so kommen. Warum sollte genau er der Richtige sein? Aber ich zog nie in Erwägung, dass es die beste Zeit meines Lebens sein könnte. Dass es gut gehen könnte. Zumindest für eine Zeit. Selbst wenn es in einer Trennung enden würde, könnte es zuvor doch eine Phase meines Lebens sein, auf die ich irgendwann gerne zurückblicken würde. Wer wusste schon, was die Zukunft bringen würde. Vielleicht Krankheit und Krieg, vielleicht Unheil und Not. Ich könnte doch einfach mitnehmen, was ich kriegen konnte.

Was, wenn ich mein Leben einfach genießen würde? Ohne Wenn und Aber. Ohne ständig über alles nachzudenken und Pläne zu schmieden. Einfach leben. Mitten im Jetzt. Jeden Moment. Ein Schauer überkam mich. Mein Herz klopfte. So musste es sich anfühlen. Und dann erhob ich mich kurz und trat zwei Schritte auf Vincent zu, setzte mich auf seinen Schoß und legte meine Handflächen an seine Wangen. Mein Blick hielt den seinen gefangen, bis ich irgendwann meine Augen schloss und mich zu ihm beugte und ihn küsste. Am liebsten hätte ich laut geschrien *Ich liebe dich! Ich liebe dich!* Aber ich ging davon aus, dass nur ich eine Art spirituelles Erwachen erlebt hatte. »Ich sollte gehen«, sagte ich nach einer Weile. In der Konditorei wartete noch Arbeit auf mich und zu Hause eine weitere Internetrecherche. Ich wollte es verdammt nochmal richtig machen. Keine Ausflüchte mehr und keine Schüchternheit.

»Ich habe dir letztens etwas versprochen«, raunte er. Seine Stimme klang rau und seine Hände lagen noch immer an meiner Taille und kneteten sie sachte. Dann griff er nach meinem Arm und begann mein Handgelenk zu küssen. Mit seiner Zungenspitze kleine Kreise und Spiralen zu zeichnen, nur um dann wieder mit den Lippen die Hand zu liebkosen. Was sich anfangs eigenartig anfühlte und sogar ein bisschen kitzelte, wurde mit der Zeit immer angenehmer und intimer. Er knabberte sich einen Weg bis zu meiner Armbeuge, um auch dort küssend und leckend innezuhalten, bis sich eine Gänsehaut über meinen gesamten Körper zog und ich schauderte.

Er lachte kurz auf und sah mich an. »Fühlt sich gut an, es

langsam angehen zu lassen, nicht wahr?«, meinte er selbstbewusst. Ich nickte nur, weil es sich einfach gut anfühlte. Nie hatte jemand für mich Gitarre gespielt. Und genau so wenig hatte sich jemals jemand meinen Armen so lange so ausgiebig gewidmet. Seit wann galt die Armbeuge als erogene Zone? Denn das war sie. Definitiv. Sonst würde mein Körper nicht so reagieren, wie er es gerade tat. Gleichzeitig weich und kribbelig, heiß und kalt. Ich hatte den Impuls, mich auf Vincent zu winden, bis ich mich ganz und gar in allem verkrochen hatte, was ihn ausmachte. Er machte ein kleines schmatzendes Geräusch, während er sich einen Weg zu meiner Schulterbeuge bahnte und von dort jeden Zentimeter bis zu meinem Nacken mit Küssen bedeckte. Vincent ließ seine Nase sachte über die Kurve zwischen Hals und Schlüsselbein gleiten und ich hörte, wie er meinen Duft einsog. Irgendwann ließ er meinen Arm los und griff nach meiner anderen Hand. Ich sah ergeben zu, wie sich sein Mund meinem Arm näherte. Noch immer zitterte ich auf seinem Schoß vor Hitze und Kälte und staunte über das, was hier vor sich ging und warum ich so sehr auf etwas reagierte, was eigentlich harmlos und nahezu unschuldig war.

Kapitel 9

Noch am selben Abend, nachdem ich in der Backstube alles für den morgigen Tag vorbereitet hatte, fand ich endlich Zeit mich um meine Flirt-Recherche zu kümmern. Ab jetzt wollte ich es richtig angehen. Ich gab im Google-Suchfeld das Wort *Flirten* ein. Dass ich als Erstes einen Wikipedia-Eintrag fand, bestätigte mir, dass meine Suche gar nicht so abwegig war und wahrscheinlich sogar gesellschaftlich relevant. Wir Menschen waren soziale Wesen, der Drang sich zu verbinden, zu vernetzen und in Kontakt zu treten, war tief in uns angelegt. Die weiteren Suchergebnisse waren Webseiten mit denselben oberflächlichen Informationen wie bei meiner letzten Recherche. Auf einer Seite wurde zum Beispiel erklärt, was man bei einem Flirt tun sollte und was nicht. Aber ich konnte den Grundgedanken nicht nachvollziehen. Der Beitrag ging davon aus, dass man sich gewisse eigene Verhaltensweisen während des Flirts verbieten sollte, um vom Gegenüber als attraktiv wahrgenommen zu werden. Gleichzeitig wurde eine Fülle von möglichen Verhaltensweisen vorgeschlagen, die beim anderen Part Interesse schüren könnten. Aber das ergab in meinen Augen einfach keinen Sinn. Warum sollte ich so tun, als wäre ich jemand anderer, nur um eine Person von mir zu überzeugen? Am Ende wäre der Flirt erfolgreich? Was war das für ein Erfolg? Irgendwann kam doch die Wahrheit hervor und dann? Ernüchterung. Ich hatte den Eindruck, es wurde alles immer komplizierter und gleichzeitig immer manipulativer. Wie kriege ich ihn? Wie halte ich ihn? Die Antwort schien einfach. Halte dich an die Regeln und alles ist gut. Aber was war, wenn ich mich nicht an die Regeln halten wollte und einfach ich sein? Hieß das dann zwangsläufig, alleine bleiben zu müssen? Ich verstand nicht, warum ich mir ein bestimmtes Verhalten verbieten sollte, wenn es doch zu mir gehörte, nur weil es beim Gegenüber nicht gut ankommen könnte. Wäre es nicht sogar besser, exakt dieses einzigartige Verhalten zur Schau zu stellen und so gleich zu Beginn die Spreu vom Weizen zu trennen? Damit würde ich diejenigen, die in Wahrheit nichts mit mir anfangen konnten, abschrecken und andere, die mich für das schätzten, was ich war, anziehen. Aber dieses Konzept verfolgte der Blog, den ich gerade gefunden hatte, überhaupt nicht. Die angebotenen Tipps wurden eher als Norm präsentiert, die für jede und jeden gelten sollten. Skeptisch zog ich eine Augenbraue hoch und scrollte weiter nach unten. Es gab zwei Möglichkeiten. Entweder war ich mit meiner Ansicht auf dem Holzweg oder der Verfasser dieses Blogs. Wenn ich mir allerdings die vielen Likes und Follower ansah, schien es eher so, als läge ich falsch mit meiner Einschätzung. Ich setzte also meine Recherche fort, in der Hoffnung, noch etwas anderes zu finden, das in meinen Augen hochwertiger, vielleicht sogar wissenschaftlich fundiert war und nicht nur vage und oberflächliche Botschaften vermittelte. Plötzlich entdeckte ich eine Webseite und erstarrte. Ich musste mehrmals hinschauen, bis ich verstand, dass mir Vincent entgegenblickte. Ein Foto von Vincent. Hitze schoss mir in die Wangen und Übelkeit überflutete mich. Meine Finger zitterten, als ich das kleine Bild, das mir als Youtube-Video vorgeschlagen wurde, größer zoomte. Das war er. Eindeutig. Vincent. Dann erst fiel mir die Textzeile ins Auge *Flirten für Anfänger*. Völlig verwirrt drückte ich aus Reflex auf den Play-Button. Mein Herz hämmerte frenetisch gegen meinen Brustkorb und ich drehte den Lautstärkenregler an meinem Smartphone bis zum Anschlag hoch, weil ich befürchtete, das Dröhnen in meinen Ohren könnte die Tonspur des Videos übertönen. Aber so war es nicht. Vincent war laut und deutlich zu verstehen. Seine Stimme klang warm und sicher und strahlte dieselbe Souveränität aus, wie wenn er mit mir sprach. Ein bitteres Gefühl machte sich in mir breit. Er stellte sich weder mit Namen vor noch ging er darauf ein, was er exakt tat oder mit dem Video bezweckte. Vincent kam sofort zur Sache und klärte über die größten Fehler beim Flirten auf. Er sagte beim Flirt sei es nicht das Ziel, ein informatives Gespräch mit dem Gegenüber aufzubauen, sondern in einen angenehmen Kontakt zu kommen. Er lieferte ein Beispiel, und ich musste zugeben, ich verstand, was er meinte, dennoch hatte ich das Gefühl, diesen Mann, den ich dort im Video sah, nicht zu kennen. Das war nicht mein Vincent. Er sah zwar so aus, und er klang auch so, aber alles andere hatte nichts mit der Person zu tun, die ich in den letzten Wochen in meinem Café kennengelernt hatte. Seine

Körperhaltung und Körpersprache unterschieden sich so sehr von dem Erscheinungsbild, das ich wahrgenommen hatte, dass es mich erschreckte. Dieser Kerl hatte nichts mit dem Mann zu tun, den ich geküsst und in den ich mich verliebt hatte. Ich drückte auf Pause, mir war schwindelig. Ich war komplett verwirrt. Trotzdem griff ich schon nach wenigen Sekunden erneut nach dem Handy und sah mir das Video zu Ende an. Ich kam mir vor wie eine Schaulustige, die bei einem Autounfall einfach nicht wegsehen konnte, sondern sich das Blut und die verbeulte Karosserie bis ins letzte Detail einprägen wollte. Ich wusste, es würde nichts ändern, ob ich das Video nun zu Ende sah oder nicht. Aber ich konnte nicht loslassen, nicht aufhören und ich versuchte dringend zu verstehen, was gerade passierte. Während ich mir Vincents Flirt-Tipps anhörte, versuchte ich, seine Worte mit dem in Verbindung zu bringen, wie er sich mir persönlich in den letzten Wochen gezeigt hatte, aber es gelang mir nicht. Er hatte definitiv nicht mit mir geflirtet, zumindest nicht, wenn ich seinen Video-Beitrag zugrunde legte. Was bedeutete das nun? Dass er kein Interesse an mir hatte? Sonst hätte er doch geflirtet, oder? Andererseits waren die Verabredungen von ihm ausgegangen, die Einladungen und die Küsse. Ich verstand es einfach nicht. Warum veröffentlichte er Flirt-Tipps auf Youtube?

Als das Video zu Ende war, schlug mir Youtube sofort ein Folgevideo vor. Natürlich wieder eines von Vincent. Klar gab es mehr Videos, warum überraschte mich das? Mir fiel ein, wie Youtube funktionierte und dass man einen Kanal brauchte, um Videos hochzuladen. Also klickte ich in diesen rein. Es traf mich wie ein Blitz, als ich die Anzahl der hochgeladenen Videos sah und die Anzahl der Abonnenten. Ich scrollte den Feed nach unten, und Video um Video reihte sich aneinander. Ich überflog die Überschriften, die allesamt mit Dating, Flirten und Beziehungen zu tun hatten. Als Erkennungszeichen immer das Foto von Vincent. Bei jedem Video. Es bestand kein Zweifel, dass das sein Kanal war. Er hatte mir erzählt, dass er digital arbeitete, Menschen half, ein Coach war. Da hatte er aber großzügig übertrieben. Was er anbot, war keine Hilfe, hier ging es um billige Abzocke und Humbug und schleimige Dating-Tipps. Ich schloss die Seite und legte mein Handy weg. Es war spät und ich musste morgen früh raus, deshalb löschte ich das Licht und versuchte zu schlafen. Nur dass mir das kaum möglich war. Ich war hellwach, mein Herz klopfte noch immer, und mein Verstand versuchte zu verstehen, was das sollte. Änderte es etwas? Es kam mir so vor, als würde ich ihn nicht mehr kennen. Andererseits hatte er nichts Böses getan, mir auch nicht direkt etwas verheimlicht. Aber offen war er eben auch nicht. Ich konnte nicht erklären, warum ich mich betrogen fühlte. Das war doch ein guter Grund ihm nicht mehr zu vertrauen, oder? Wie sollte ich jetzt bitte einschlafen? Ich spielte eine Weile mit dem Gedanken, bei Mira ins Zimmer zu platzen, aber das wäre fies. Sie schlief bestimmt schon, und sein Youtube-Kanal würde sich über Nacht nicht in Luft auflösen. Es genügte also, wenn ich mir morgen mit ihr gemeinsam den Mund über ihn zerriss. Wenn ich Glück hätte, wäre es vielleicht nur ein Traum.

Ich schloss meine Augen und versuchte einzuschlafen. In Gedanken hörte ich seine Stimme, wie sie charmant erklärte, was er zu einer Frau sagen würde, die er auf einer Party träfe. Was er sagte, klang nicht nach ihm, und trotzdem war es seine Stimme, und vor meinem inneren Auge blickten mich seine schokoladenbraunen Augen an.

Der nächste Morgen kam viel zu früh, ich war wie gerädert, die wenigen Stunden Schlaf hatten mir keine Erholung gebracht. Gefühlt hatte ich kein Auge zugetan. Meine Gedanken hatten eine Endlosschleife gedreht und ich musste mich zusammenreißen, um nicht nach meinem Smartphone zu greifen und mir weitere Videos von Vincent anzusehen. Es hatte alle meine Willenskraft gebraucht, dieses Vorhaben auf heute zu verschieben. Im Eiltempo stürzte ich in meine Backstube und machte mich schneller denn je an die Arbeit, damit ich vor der regulären Öffnungszeit des Cafés noch Zeit haben würde, mich seinem Kanal zu widmen und alles aufzusaugen, was Vincent an Dating-Weisheiten zu verbreiten hatte. Vielleicht würde ich danach schlauer sein und herausgefunden haben, wie ich mich so in ihm hatte täuschen können. Ich ärgerte mich. Über ihn und über mich. Zu allem Unglück wollten mir die Tortenverzierungen heute auch nicht gelingen. Wobei das noch gelinde ausgedrückt war. In Wahrheit war heute der erste Tag in meinen Leben, an dem ich keine Lust auf Backen und Verzieren hatte.

Das war mir in all den Jahren noch nie passiert und es ärgerte mich fast noch mehr als seine doofen Videos. Dass ich wegen eines Mannes, wegen eines fiesen Lügners, meinen Job nicht mehr machen wollte. Warum hatte er solchen Einfluss auf mich? Ich fuhr mit der Palette in die Schale mit der Schokoladenganache und verteilte die Masse auf der Torte, die vor mir stand. Eine simple Schokotorte, so wirkte sie zumindest, geschmacklich war sie jedoch eine Wucht. Verschiedene Schoko- und Nougatnuancen auf mehrere Schichten verteilt, verliehen dem braunen Backwerk, das wenig spektakulär aussah, einen Facettenreichtum, der auch den letzten Skeptiker von Schokolade als Allheilmittel für jegliche Sorgen überzeugen würde. Ich verteilte alles gleichmäßig und drehte den Teller, um eine ebenmäßige Oberfläche zu erzeugen. Mit Schokosahne dressierte ich kleine Häubchen auf die Torte und setzte am Ende selbstgemachte Mokka-Pralinen auf. Sie sah schön aus, bedachte man, wie schwer mir die Arbeit heute von der Hand ging. Ich freute mich schon, die Torte anzuschneiden und mich von ihrer Süße und Bitterkeit trösten zu lassen. Mal schauen, ob die Heilkraft auch heute bei mir wirken würde. Ich trug die Torte in die Auslage nach vorne ins Café und sah mich prüfend um. Es war alles vorbereitet. Guten Gewissens zog ich mich zurück und setzte mich auf den Boden in meiner Backstube. Etwa dort, wo ich neulich gesessen hatte, als Vincent ausgeholfen hatte. Es war schön mit ihm gewesen. Er hatte mir versprochen, es langsam angehen zu lassen. Meine Gedanken schweiften zu den Küssen gestern Abend in seinem Wohnzimmer. Das passte nicht zu den Videos. Ich zückte mein Smartphone, klickte auf Youtube und rief seinen Kanal auf. Ein Teil von mir hoffte, dass ich den Feed nicht finden würde, dass er nicht mehr existieren würde. Dass sich alles nur als Traum herausstellen würde. Aber so war es nicht. Die Videos waren noch da. Mit Vincent. Ganz klar zu erkennen. Auf jedem Bild. Ich sah mir die Überschriften der Videos genauer an. *Tipps fürs Online-Dating, Finde deine Traumfrau, Eine Frau ansprechen* – und so ging es immer weiter. Wie man eine Frau in einem Club klarmachte oder sich auf Social-Media-Plattformen verhielt. Die Tipps waren manipulativ von vorne bis hinten. Es ging nur darum, jemandem etwas vorzuspielen, um zu bekommen, was man wollte. Es ging nicht um Wahrheit oder Gefühle oder gar um Liebe. Ich scrollte mich durch den ganzen Feed und machte mir ein Bild über die Chronologie. Dann fand ich den aktuellsten Beitrag.

Mir blieb fast das Herz stehen.

Wenn ich bis dahin noch in irgendeiner Form gehofft hatte, dass Vincent mir nichts Böses wollte und es ehrlich mit mir meinte, war diese Hoffnung nun endgültig zerstört. *Sicherheit vermitteln, wenn sie es langsam angehen will*, lautete die Überschrift des neuesten Videos. Meine eigenen Worte klangen in meinen Ohren. Es langsam angehen. Er hatte es sogar befürwortet und mir versichert, dass es nicht langsam wäre, was wir täten, sondern absolut in Ordnung. Er verkaufte es mir als etwas Wertvolles, mit Vorfreude verbunden, und gab mir damit ein gutes Gefühl. Und lullte mich damit weiter ein, wie ich jetzt wusste. Es kam mir so vor, als folgte auch er einem Rezept wie ich, wenn ich Kuchen buk, um am Ende das beste Resultat zu erzielen. Meine Finger zitterten und mein Herz raste. Ich hörte das Blut in meinen Ohren rauschen und hätte am liebsten laut geschrien. Als die Wut abflaute, setzte Scham ein. Ich hatte ihm vertraut. Vielleicht fiel das anderen leichter als mir. Aber für mich war es harte Arbeit gewesen und hatte mehr mit ihm zu tun gehabt als mit mir selbst. Er hatte es geschafft, dass ich ihm vertraute, es war nicht aus mir selbst gekommen. Und ich hatte den Eindruck gehabt, er wäre anders und ich könnte loslassen, so wie Mira es mir immer wieder nahegelegt hatte. Ich sollte doch endlich an das Gute glauben, der Liebe begegnen und ein bisschen Spaß haben. Auch ihr hatte ich vertraut. Aber sie war es nicht, die mich jetzt enttäuschte. Das war nur Vincent. Und natürlich ich selbst.

Als die ersten Gäste das Café betraten, steckte ich mein Handy weg und versuchte, nicht mehr an Vincent zu denken. Was nahezu ein Ding der Unmöglichkeit war, aber ich gab mir Mühe und hatte den Eindruck, dass es mir hin und wieder sogar gelang.

»Hallo, das sieht ja wieder traumhaft aus«, sagte Nelli und ließ ihren Blick über die Auslage schweifen. Ihre Ankunft signalisierte mir, dass bald Vincents übliche Besuchszeit war. Auch er würde kommen. Natürlich würde er kommen. Mein Magen verkrampfte sich immer mehr. Ich konzentrierte mich auf Nelli und ihren unschlüssigen Blick in die Auslage. Manchmal war ich nicht sicher, wie viel Aufmerksamkeit die Gäste meinen Kreationen wirklich schenkten. Niemandem schien heute aufzufallen, wie lieblos die Torten dekoriert waren und dass ich mich nur um das Nötigste bemüht hatte.

Einerseits war es befreiend zu wissen, dass ich mir die Latte selbst unnötig hochlegte und meine Kunden gar nicht denselben Anspruch hatten. Gleichzeitig bedeutete es aber auch, dass offenbar niemand bemerkte, welche Meisterleistungen ich hin und wieder vollbrachte. Für mich war es auch bedrückend, wenn dieser traurige Anblick in der Auslage noch immer die Herzen meiner Kundinnen höherschlagen ließ. Meine Gäste wussten nicht, worauf sie bestehen sollten, und womit sie sich keinesfalls zufriedengeben sollten. Andererseits war ich heute froh darüber, dass es scheinbar niemandem auffiel, wie wenig meine Auslage das erfüllte, was sie meinem Anspruch nach erfüllen sollte.

»Das freut mich«, wandte ich mich höflich an Nelli, obwohl ich ihre Meinung überhaupt nicht teilte. »Was sticht dir denn besonders ins Auge?«

»Oh, die Schokotorte mit den herrlichen Pralinen.«

»Das ist eine gute Wahl. Lass dich von den verschiedenen Nuancen im Inneren überraschen. Sie ist wirklich lecker.«

»Setzt du dich wieder zu mir?«, fragte Nelli und ich sah ihre Augen glücklich leuchten. Sie schätzte meine Gesellschaft und ich ihre. Aber heute hatte ich keine Lust auf fröhliches Geplauder. Außerdem würde sie nachfragen und ich hatte nicht vor zu lügen. Es genügte, dass Vincent log. Ich lehnte also ab. Natürlich hätte ich ihr die Wahrheit sagen können, aber ich wollte vor einer Kundin nicht schlecht über einen anderen Kunden sprechen. Das gehörte sich nicht. Außerdem war ich mir noch immer nicht klar darüber, wie ich mich Vincent gegenüber verhalten sollte, wenn er heute ins Café käme. Ich hoffte, er würde einfach nicht kommen. Das war aber unrealistisch.

»Hast du schon eine Annonce in der Zeitung aufgegeben?«, fragte Nelli und blickte sich im Café um. »Sonst häng doch einfach mal einen Aushang hier im Café auf. Und an der Tür. Vielleicht meldet sich jemand.«

»Gute Idee! Das mache ich«, sagte ich und wandte mich der Kaffeemaschine zu, um ihr Getränk zuzubereiten.

In Wahrheit brauchte ich keine Aushilfe mehr, jetzt wo sich die Sache mit Vincent erledigt hatte. Eine Beziehung war es ja nicht, dafür kannten wir uns viel zu kurz. Aber es war auch mehr als einfach Freundschaft gewesen. Wie nannte man es, wenn man am Anfang stand und die Funken spürte, die immer zu sprühen begannen, wenn man sich nahe war? Und wenn man plötzlich eine gemeinsame Zukunft vor Augen hatte und sie mit einem Mal ganz deutlich sah. Das alles war mit ihm zum Greifen nahe gewesen. Als er gestern Gitarre gespielt hatte, zog unser mögliches gemeinsames Leben vor meinem inneren Auge vorbei. Alles, was noch kommen würde. Manchmal flackerten mir Bilder von Nelli und ihrem Mann durch den Kopf und ich hatte das Gefühl, uns verbände etwas. Aber jetzt war alles anders. Ich war wieder alleine und das hieß, ich würde mich auf meine Torten konzentrieren. Vielleicht war es auch gut so. Besser ich steckte all meine Kraft und Energie in diesen Ort. Mein Café und meine Torten würden mich nie enttäuschen. Hier war ich gut aufgehoben. Vincent hätte mich nur davon abgehalten, mich zu hundert Prozent meinem Café zu widmen und das wäre falsch. Vielleicht sollte ich ihm sogar dankbar sein, dass ich mich nun nicht weiter in etwas verstricken ließ, das am Ende nie so wertvoll für mich sein könnte wie dieses Café.

Den ganzen Tag schon hielt ich mich in den wenigen freien Minuten, die ich hatte, zurück, um nicht nach meinem Handy zu greifen und in eines seiner Videos zu klicken. Keine Ahnung, warum ich das wollte, ich konnte es nur als pure Neugierde abtun, vielleicht sogar als einen selbstzerstörerischen Akt. Stattdessen langte ich nach einem Biskuitboden, zerbröselte ihn und mischte ihn dann mit einer Topfen-Marillen-Creme. Aus der entstandenen Masse formte ich kleine Kugeln. Eisgekühlt und mit Schoko überzogen würden sie das perfekte Sommer-Special des morgigen Tages werden.

»Das sieht gut aus. Was ist das?«, fragte die Stimme, die ich wünschte, nie wieder zu hören. Aber mein Körper strafte mich Lügen, denn er reagierte wie immer. Schmetterlinge flatterten in meinem Magen und Hitze stieg mir in die Wangen. Und mir war immer noch nicht klar, wie ich mich verhalten sollte. Ich hielt mir vor Augen, dass ich erwachsen war und im Grunde nichts Schlimmes vorgefallen war. Viele Menschen veröffentlichten Videos auf Youtube. Dating-Ratschläge zu verbreiten, war nicht gerade ein Verbrechen.

»Danke. Es sollte auch lecker schmecken. Marillenbällchen werde ich es nennen.« Ich biss mir auf die Zunge, um ihm nicht vorzuschlagen, dass er morgen davon kosten sollte. Im Idealfall würde er mich nie wieder besuchen.

»Klingt gut. Und was empfiehlst du mir für den Moment?«

Endlich schaffte ich es, zu ihm hoch zu sehen. Er sah aus wie immer. In schwarz gekleidet, die halblangen Haare lässig hinter die Ohren geklemmt und ein strahlendes Lächeln auf den Lippen. Er sah mich an, als wäre ich der Mittelpunkt der Welt und als würde er jedes Wort ehrlich meinen, das er sagte.

»Vielleicht falsche Spiegeleier?«, schlug ich vor, obwohl ich ihm am liebsten die Wörter verlogener Dating-Coach um die Ohren gehauen hätte. Leider gab es das nicht in Rezeptform und als Süßigkeit ausgearbeitet. Aber vielleicht läge es an mir, etwas zu kreieren, das diesen Ausdruck widerspiegelte.

»Was ist das?«, wollte er wissen und ich zeigte zu dem Plundergebäck, das mit einer süßen Topfencreme und einer halben Marille belegt war. Es sah zwar überhaupt nicht wie ein echtes Spiegelei aus, aber wenn man den Namen und die Optik miteinander in Verbindung brachte, wusste man, warum es so hieß.

»Schmeckt gut«, beteuerte ich. »Fruchtig.«

»Gut. Dann nehme ich das gerne.« Er schlenderte mit den Händen in den Hosentaschen zu seinem Tisch am Fenster.

Mit Herzklopfen und zitternden Fingern bereitete ich seinen Kaffee zu. Ich könnte ihn auch einfach abblitzen lassen, wenn er mich bitten würde, mich zu ihm zu setzen oder mit ihm auszugehen, überlegte ich. Das wäre eine Maßnahme, wie ich es am besten anstellen sollte, den Kontakt zwischen uns abzubrechen. Irgendwann würde er verstehen, dass es vorbei ist. Andererseits wollte ich, dass er nicht mehr ins Café kam, heute sollte das letzte Mal sein, also musste ich klar und deutlich sagen, was los war.

Kurz und schmerzlos. Wie ein Pflaster abreißen. Hauptsache schnell.

»Danke«, sagte er, als ich seinen Teller und die Kaffeetasse vor ihm abstellte. Er schob seinen Laptop zur Seite und klappte ihn zu. Zumindest wusste ich jetzt, woran er arbeitete. Wahrscheinlich spionierte er Leute in der Fußgängerzone aus, oder mich und meine Gäste, um irgendwelche Tipps aus dem beobachteten Verhalten abzuleiten. »Holst du dir auch noch etwas?«, fragte er und lächelte mich fürsorglich an.

Ich schüttelte den Kopf. Er ging so selbstsicher davon aus, dass ich mich zu ihm setzen würde, wie an all den vergangenen Tagen. Aber wie sollte er auch auf die Idee kommen, dass es heute anders sein könnte? Vermutlich ging er davon aus, dass ich die Videos nie entdecken würde. Plötzlich wurde mir klar, dass ich es ihm nie sagen durfte, sie gesehen zu haben. Damit würde ich nur preisgeben, dass ich Dating-Tipps recherchiert hatte. Was für ein Armutszeugnis! Das durfte er nie erfahren! Denn damit wäre klar, dass ich wegen ihm danach gesucht hatte. »Nein. Heute nicht«, antworte ich und atmete tief durch. Meine Beine und Arme kribbelten, als liefen Tausende von Ameisen durch mich hindurch. Ich zog nun doch den Sessel neben ihm hervor und setzte mich, obwohl ich nicht vorhatte, es in die Länge zu ziehen. »Hör zu. Ich weiß, das kommt jetzt überraschend, aber ich finde, wir beenden unsere privaten Treffen einfach.« Ich gab mir Mühe, den Blick von der Tischplatte zu lösen und ihn anzusehen. In Wahrheit hatte ich nicht nur keine Erfahrung mit Beziehungen und Dates, sondern ebenso wenig, wie man Schluss machte.

»Ich verstehe nicht«, sagte er und starrte mich ernst an. Das wäre der richtige Moment, mein Handy herauszuholen und ihm seinen Kanal zu zeigen. Vielleicht würde er mir dann eine Antwort darauf geben, was das sollte. Warum er fremden Menschen Tipps gab, sich für andere zu verbiegen. Und vielleicht würde er mir erklären, wie er sich für mich verbogen hatte, damit ich mich bereit erklärt hatte, mit ihm Kuchen am Marktplatz zu essen und in seine Wohnung zu kommen. Bisher hatte es sich nicht nach einem Zwang angefühlt oder nach etwas, das ich nicht gewollt hatte. Aber nach allem, was ich nun über ihn wusste, musste es eine Art magischer Trick gewesen sein oder eine professionelle Manipulation.

»Ich habe einfach viel Arbeit. Es wäre unfair dir gegenüber«, gab ich stattdessen vor, weil ich das Heft in der Hand behalten wollte. Wenn ich behauptete, es läge an mir, würde er irgendwann aufgeben und das Feld räumen. Ich wollte ihm nichts vorwerfen, das würde ihn nur wütend machen und gäbe ihm die Macht, mir zu erklären, dass er sich ändern würde und alles anders werden würde, und dann müsste ich ihm eine weitere Chance geben. Was ich nicht wollte, darum diese Lüge, um ihn loszuwerden. Er musste weg. Er musste gehen. Das war das Einzige, was zählte.

»Aber du stellst doch jemanden ein. Mach dir keine Sorgen, so lange halten wir das doch aus. Ich helfe dir auch wieder am Wochenende«, schlug er vor und legte seine Hand auf meine und lächelte mich an.

Er wirkte vollkommen ehrlich, und ich wollte ihm so gerne glauben. Aber bald würde er ein neues Video online stellen.

Wahrscheinlich mit dem Titel *Wie kriegt man eine überarbeitete Frau rum* oder so ähnlich. Ich seufzte. »Ich weiß nicht, wie ich es dir auf eine freundlichere Art sagen soll. Aber ich will mich nicht mehr mit dir treffen. Es hat nichts mit der Arbeit zu tun. Es passt einfach nicht. Nimm es, wie es ist.« Ich stand auf. Vincent sah mich verdutzt an, erwiderte aber nichts, als ich zurück zur Theke ging und an meinen Marillenbällchen weiterarbeitete. Ich warf ihm hin und wieder verstohlen einen Blick zu und sah, wie er seine Sachen zusammenpackte und das Café verließ. Das falsche Spiegelei hatte er nicht angerührt. Der Appetit war ihm offenbar vergangen. Wie mir. Nahezu im selben Moment, als Vincent das Café verließ, stand Nelli bei mir an der Theke.

»Das sieht ihm aber gar nicht ähnlich, dass er seinen Kuchen einfach stehen lässt«, bemerkte sie und sah mich eine Weile an. Ich könnte lügen und so tun, als wüsste ich nicht, was los war, oder ich könnte die Wahrheit sagen, auch auf die Gefahr hin, dass ich bald losheulen würde. In Gedanken war es einfacher gewesen, ihn gehen zu lassen. Ihn jetzt verschwinden zu sehen, tat weh. Und es bestätigte nur, dass ich mich zu früh und zu schnell emotional auf ihn eingelassen hatte, während er offenbar null involviert war. Kein Widerwort hatte er mir entgegengebracht oder um uns gekämpft. Er hatte nichts hinterfragt oder versucht, mich umzustimmen. Für ihn war es offenbar einfach, loszulassen und zu gehen, was mir wiederum bestätigte, dass es von Anfang an ein Spiel war. Ich war sein Versuchskaninchen gewesen, jemand der ihm einen Anreiz bot für neue Inhalte für seinen Kanal. Und nun würde er zur nächsten Frau gehen, dort seine Sprüche ausprobieren und die Ergebnisse dann auf seinem Youtube-Kanal zum Besten geben. Das war doch mal ein Jobprofil! Kein Wunder, dass er nicht sagen konnte, was er beruflich machte.

»Ja, es bekam ihm wohl nicht so gut, als ich ihm sagte, dass ich ihn nicht mehr treffen will«, eröffnete ich Nelli. Spätestens morgen wüsste sie es sowieso, wenn er sich plötzlich nicht mehr blicken lassen würde. »Nicht die feine Art, mit seinen Stammkunden umzuspringen, nicht wahr?«, murmelte ich und versuchte zu lächeln und die Tränen, die sich in meinen Augen sammelten zu ignorieren.

»Was hat er denn angestellt? Gestern war doch noch alles in Ordnung.« Nelli wunderte sich über mein Verhalten ihm gegenüber und interessierte sich für die Erklärung. Ich stieß zitternd einen Atemstoß aus. Also los.

»Ich will dich nicht anlügen. Aber ich bin nicht sicher, inwieweit ich dich in die Dinge zwischen uns einweihen darf. Ist privat. Andererseits eben auch nicht.« Er hatte schließlich veröffentlicht, was zwischen uns lief oder nicht lief.

»Das ist anständig von dir. Trotzdem würde ich dir gerne helfen und dafür sollte ich wohl Bescheid wissen. Neugierig bin ich von Natur aus schon immer gewesen, das muss ich zugeben. Komm, setz dich zu mir an den Tisch. Um diese Uhrzeit kommt niemand mehr, und dort drüben steht ein leckerer Kuchen, den dein bisheriger Lieblingskunde einfach hat stehen lassen, und den isst jetzt einfach du.« Nelli ging davon und holte den Teller und die Tasse von Vincents Platz und stellte alles auf ihren Tisch. Ich kam ihr nach und setzte mich. »Der arme Junge. Es muss ihn ja wirklich schlimm erwischt haben. Ich habe beobachtet, wie er deine Leckereien sonst immer verschlingt. Heute nicht zuzugreifen, sieht ihm nicht ähnlich. Also erzähl.«

»Erinnerst du dich, dass ich dir sagte, dass ich ein paar Tipps für Datings und Rendezvous brauche?«

»Ja.« Nelli zog ihre Stirn kraus, weil sie offenbar nicht wusste, worauf ich hinauswollte.

»Nun, niemand konnte mir helfen, also habe ich gegoogelt.«

»Ich weiß, das ist praktisch. Ich schätze das sehr«, meinte Nelli, und ich fragte mich, was sie so im Internet suchte.

»Und da habe ich ihn gefunden«, sagte ich vorsichtig und meine Wangen glühten heiß. Keine Ahnung, warum es mir peinlich war. Es müsste ihm peinlich sein.

»Das ist doch heutzutage normal. Was hast du denn gefunden? Facebook, Instagram, was hat man denn noch alles?« Nelli überlegte, und mir dämmerte, dass sie etwas anderes vor Augen hatte als ich.

»Nein, ich habe nicht ihn gegoogelt, also nicht seinen Namen. Das würde ich nie tun. Das fände ich total komisch«, entgegnete ich.

»Echt? Also ich habe dich schon lange gegoogelt. Nicht, dass du online viel hergibst, aber das Instagram-Profil deiner Konditorei gefällt mir.«

»Danke.« Ich war perplex und versuchte, mich zu sammeln. Sie hatte mich gegoogelt? Sie googelte auch andere? Sie behauptete, das wäre normal? Schon wieder etwas, das ich googeln könnte, *sollte man andere Menschen googeln?* Manchmal kam ich mir echt wie eine Außenseiterin vor, die nicht wusste, wie es lief.

»Also, jedenfalls, ich habe Dating-Tipps gesucht. Weil ich es nett mit ihm fand und weil ich mich von meiner besten Seite zeigen wollte. Und dann fand ich plötzlich diese Videos von ihm. Er ist so etwas wie ein Dating-Coach«, gab ich peinlich berührt zu.

»Ein Dating-Coach?«, hakte Nelli nach. »Und das ist ein Beruf?« Sie schüttelte den Kopf. »Was es heutzutage für Berufe gibt.«

»Zu mir hat er gesagt, er sei eine Art Coach und helfe Menschen, die sich mit sozialer Interaktion schwertun. Eine nette Umschreibung für ein Rendezvous. Außerdem klang es hilfsbereit und sinnvoll, was er machte. Und jetzt? Ich finde es schäbig. Er erklärt Männern, wie man bei einer Frau landet und sie abschleppt.« Mit jedem weiteren Gedanken an das, was er machte, kam es mir billiger und ekelhafter vor. »Ich meine, er sagt er habe Psychologie studiert. Er könnte doch genauso gut etwas Sinnvolles machen. Aber er hat sich für etwas entschieden, das einfach nur geschmacklos ist«, sagte ich und wagte es kaum, Nelli anzusehen.

»Das klingt wirklich nicht sonderlich sympathisch. Dabei wirkte er immer so anständig.«

»Zum Glück siehst du das auch so, und ich bin nicht die Einzige, die er getäuscht hat. Ich fühle mich so hintergangen. Als wäre ich die dümmste Kuh der Welt.« Nelli legte ihre Hand auf meine.

»Das geht vorbei«, beschwichtigte sie. »Was meinst du, wie oft ich mich so gefühlt habe? Und natürlich alle meine Freundinnen.« Sie lachte und verdrehte die Augen. »Ich weiß, es nützt dir jetzt nichts. Aber Männer neigen dazu, Dinge in den Sand zu setzen. Sogar die besten von ihnen. Gerade bei Frauen, bei denen sie es ernst meinen. Ach, ich könnte dir Dinge erzählen.« Sie schüttelte den Kopf und blickte versonnen in den Raum.

»Sogar die besten von ihnen?«, hakte ich nach. »Wenn sie es ernst meinen?«

»Ich weiß nicht, was Vincent treibt und warum er dir nichts von den Videos gesagt hat. Meine Erfahrung ist, dass Männer manchmal etwas länger brauchen, erwachsen zu werden, und hin und wieder nicht verstehen, wie viel Fingerspitzengefühl gefragt ist.«

»Nimmst du ihn in Schutz?«

»Nein. Dating-Videos sind vermutlich geschmacklos. Ich weiß es nicht. Aber es muss doch einen Grund dafür geben, dass er sie produziert. Er ist doch so nett.«

»Nein. Er wirkt nur nett und er sieht so aus. Er ist der sprichwörtliche Wolf im Schafspelz, und zum Glück habe ich es noch erkannt, bevor ich mich weiter auf ihn eingelassen habe.«

»Und was wirst du jetzt machen?«, fragte Nelli.

»Nichts.« Ich zuckte mit den Schultern. »Ich habe die Sache heute beendet. Es gibt nichts weiter zu tun.«

»Wie hat er reagiert? Hat er Stellung bezogen? Was sagt er zu den Videos?«

Nellis Verstand arbeitete trotz ihres Alters auf Hochtouren, das musste ich ihr lassen. Sie hatte die Situation gut im Blick.

»Ich habe ihm nichts von den Videos gesagt. Was denkst du denn? Er darf nie erfahren, dass ich ihn gegoogelt habe. Dass ich den Kanal gefunden habe, weil ich nach Dating-Tipps gesucht habe.«

»Er weiß also nicht, wie er heute zu seiner Abfuhr kam? Ich bin mir nicht sicher, ob ich dir recht geben soll, weil ich verstehe, dass du dich nicht in eine verletzbare Position bringen wolltest, oder ob ich dich tadeln soll. Er hätte die Wahrheit verdient, oder soll ich sagen, du hättest sie verdient. Denn wenn er alles wüsste, könnte er sich zumindest rechtfertigen. Und mit viel Glück würde sich alles als Missverständnis aufklären und ihr könntet beide weiter glücklich sein. Ihr seid doch glücklich gewesen?«

Jetzt klang sie fast wie Mira. Hauptsache, es war romantisch, das war das Wichtigste. Und je mehr Drama in eine Liebesgeschichte gepackt war, umso besser dann das Happy End, nicht wahr?

»Wir waren glücklich. Zumindest ich. Aber für ihn war es nur eine Show. Er hat sich heute von mir abservieren lassen, ohne auch nur ein Wort zu sagen. Wie sehr kann er also an mir hängen?«, konterte ich.

»Ich sehe, es ist kompliziert. Wirklich kompliziert«, gab Nelli zu.

»Das ist es. Und vor allem ist es vorbei.«

Ich nahm den Teller mit dem falschen Spiegelei, das er bestellt und nicht gegessen hatte, und stand auf, um es in den

Biomüll zu werfen. Natürlich konnte ich es nicht essen. Mir war der Appetit ebenso vergangen wie ihm.

An diesem Abend stand ich noch lange in der Backstube und buk so viele Tortenböden, wie ich es schon lange nicht mehr getan hatte. Wieder einmal war ich dankbar für diesen Ort und für diese Beschäftigung. Einerseits war es so einfach, einen Teig zu rühren, und andererseits erforderte es doch meine ganz Aufmerksamkeit, damit das Ergebnis am Ende perfekt sein würde. Tortenböden verziehen einem keine Fehler. Sie waren schnell zu hart oder kompakt, gingen nicht auf oder wurden speckig, wenn nur ein bisschen in der Zubereitung nicht stimmte. Der Geruch von Süße lag in der Luft und immer, wenn die Böden im Ofen buken, machte ich mich daran, die Cremen zu rühren und kühl zu stellen. Hin und wieder vergaß ich Vincent. Und das fühlte sich gut an. Der Impuls, seine Videos anzusehen, hatte nachgelassen, und auch das Bedürfnis, mit Mira zu sprechen. Das Gespräch mit Nelli hatte mir gutgetan. Wahrscheinlich war das Schlimmste schon überstanden. Als ich die Backstube verließ, fiel ich zu Hause nur noch müde ins Bett.

Kapitel 10

Der folgende Tag unterschied sich kaum von jedem anderen Arbeitstag. Ich bereitete alles vor und kümmerte mich um meine Gäste. Nelli sprach nicht viel, als sie heute ins Café kam und bat mich auch nicht, bei ihr zu sitzen, was mir nur recht war. Ich hatte keine Lust, mich in meinem Liebeskummer zu suhlen. Lieber griff ich die Angewohnheit wieder auf und verzierte meine Torten vorne im Café, wo alle es sehen konnte.

»Das sieht wunderschön aus«, hörte ich eine vertraute Stimme. Mit ihm hatte ich heute ganz und gar nicht gerechnet. Ich blickte auf. Mein Herz pochte. Ich freute mich, Vincent zu sehen. Ein lächerlicher Impuls, als wäre die Information, dass er ein Betrüger war, noch nicht an allen Stellen meines Körpers angekommen. Offenbar vor allem nicht in meinem Herzen, das vor Freude auf und ab sprang wie ein Hündchen, dessen Herrchen nach einem langen Arbeitstag endlich nach Hause kam. Er sah gut aus, wie immer. Nur trug er heute kein schwarzes Outfit, sondern hatte ein grünes Polo-Shirt angezogen. Wie damals, als wir das erste Mal ausgegangen waren. Ich hatte den Eindruck, er wirkte müde. Wenn das bedeutete, dass er eine schlaflose Nacht hinter sich hatte, freute mich das. Nicht weil ich ein schlechter Mensch war und ihm Böses wollte. Sondern nur deshalb, weil es vielleicht hieß, dass ihm das, was wir hatten, doch nicht ganz egal gewesen war. Es würde beweisen, dass ich mich nicht komplett in ihm getäuscht hatte.

»Warum bist du hier?«, blaffte ich. »Ich habe mich doch klar ausgedrückt?«

»Ja. Das hast du«, sagte er und blickte mich eindringlich an, als warte er auf mehr. Als glaubte er, er könnte meine Gedanken lesen und womöglich den richtigen Zugang zu mir finden. »Ich darf aber doch einfach nur ein Kunde sein, oder?« Dabei zog er eine Hand aus seiner Hosentasche und fuhr sich durch die Haare.

»Natürlich«, erwiderte ich. Ich konnte professionell sein. Es würde mich vielleicht umbringen, aber ich konnte ihm selbstverständlich Torte servieren und so tun, als hätte er mir nie etwas bedeutet und als würde er mir auch jetzt nichts mehr bedeuten.

»Danke«, sagte er.

»Was darf es sein?«, fragte ich höflich.

Ich mimte die perfekte Gastgeberin, aber ich würde ihm sicher keine Empfehlung aussprechen, und die Zeit für seine Probierstücke war auch abgelaufen. Wenn er in den vergangenen Wochen glaubte, seine Spielchen mit mir spielen zu können, sollte er sehen, wie gut auch ich spielen konnte. Ich war die geborene Schauspielerin. Das war das Spiel, das ich seit meiner Kindheit spielte. Eine Maske aufsetzen, so tun, als wäre ich glücklich und lächeln. Immer lächeln. Oh, das konnte ich.

»Vielleicht die Obsttorte«, sagte er zögernd. In meinen Augen traf er einfach irgendeine Wahl. Er hatte weder genau in die Auslage geschaut noch lange überlegt. Aber mir sollte es recht sein. Er konnte essen oder nicht essen, was er wollte. Hierherkommen oder nicht kommen. Mich anlügen oder es lassen. Ich hatte nichts mehr mit ihm und seinem Leben zu tun.

»Kaffee dazu?«, fragte ich, obwohl ich wusste, dass er immer Kaffee trank. Aber dieser liebevolle und aufmerksame Service gehörte der Vergangenheit an. Er bekam, was er bestellte, und das garantiert ohne Spezialbehandlung serviert. Mal sehen, wie lange er sich hier noch wohl fühlte. Im Idealfall nur noch für kurz.

»Bitte«, sagte er, dann wandte er sich ab und ging zu seinem Tisch. Er sah nicht auf, als ich kam und alles vor ihm abstellte. Ich sagte kein Wort und entfernte mich. Im Vorbeigehen fing ich Nellis Blick ein. Ich konnte ihn nicht wirklich deuten, hatte aber den Eindruck, dass sie mein Verhalten unreif fand. Vielleicht hatte sie recht. Ich hatte keine Ahnung, wie ich mich jetzt richtig verhielt. Sollte ich Vincent wirklich zur Rede stellen und auf die Videos ansprechen? Es würde definitiv Mut erfordern, das zu tun, und es nicht zu tun, schien mir der leichtere Weg. Sagte das alleine nicht schon aus, dass es der richtige Weg war? Stimmte das? War der richtige Weg immer der schwierige und der leichte Weg immer der falsche? Ich hatte schlichtweg keine Ahnung und war einfach nur froh, als niemand mehr im Café war und ich die letzten Handgriffe in der Backstube erledigt hatte, bevor ich nach Hause ging.

»Ich habe gekocht«, rief Mira, als ich direkt in meinem Zimmer verschwand.

»Keinen Hunger«, gab ich zurück und hoffte, sie hörte mich gut genug durch die verschlossene Tür. Aber es war gelogen. Ich hatte sehr wohl Hunger. Ich merkte es an den Kopfschmerzen und an meinem verspannten Nacken und auch daran, dass ich einfach müde war. Ich sollte etwas essen. Aber allein der Gedanke bescherte mir Übelkeit. Es schien, als hätte ich einen Knoten im Magen, der sich niemals mehr auflösen würde.

»Dann setz dich doch einfach so zu mir. Ich habe dich schon ewig nicht mehr zu Gesicht bekommen«, bat Mira, als sie meine Zimmertür öffnete und eintrat.

»Okay«, raunte ich, was hätte ich ihr auch entgegensetzen können. Außer der Wahrheit, dass ich niemanden sehen wollte und mit der Welt fertig war. Aber spätestens, wenn ich es ausgesprochen hätte, würde Mira die Gelegenheit beim Schopf packen und mehr erfahren wollen. »Pizza?«, fragte ich, als ich in die Küche kam. »Bei der Hitze?« Heute war es wieder warm gewesen, und die schwüle Luft hing noch immer zwischen den Häuserzeilen. Mir war eher nach Salat oder vielleicht nach Bruschetta, aber bestimmt nicht danach, den Backofen anzuwerfen. An Gazpacho wollte ich gar nicht denken. An Vincent noch weniger.

»Geht schnell und schmeckt lecker«, meinte Mira nur und schob mir einen Teller vor die Nase. Ich griff tatsächlich nach Messer und Gabel und begann zu essen. Das warme Gebäck tat trotz der Hitze gut, auch der salzige Geschmack der Oliven auf meiner Zunge. »Erzähl, was ist los, ich kenne dich. Immer wenn du dich in Luft aufzulösen scheinst und nichts mehr zu besprechen hast, ist etwas im Busch«, drängte Mira. Dabei schnitt sie sich ein kleines Eckchen ihrer Pizza ab, und der Käse, der goldbraun über allem lag, zog Fäden, als sie die Gabel zum Mund führte.

»Stimmt«, gab ich zu.

Ich konnte ihr ohnehin nichts vormachen, also packte ich aus. Mira wusste fast alles über mich, warum sollte ich jetzt aufhören, ihr zu erzählen, was los war. Sie musste die Wahrheit wissen. Nicht nur wegen mir und weil wir Freundinnen waren. Es lag in meiner Verantwortung, sie zu warnen. Sie ging so blauäugig auf Männer zu und sah überall nur Herzen und Romantik. Das musste ich dringend ins richtige Licht rücken. »Monster und Helden, erinnerst du dich?«, fuhr ich fort. »Der Typ, den ich zum Helden erklärt habe, voreilig, weil du behauptet hast, alle Männer wären welche, und ich auf dem falschen Dampfer mit meinen Vorurteilen war. Nun ja, wie ich seit Neuestem weiß, gehört er definitiv in die Kategorie Monster.« Jetzt war es raus. Ich stocherte an meiner Pizza herum, weil ich Mira nicht ansehen wollte, und war gespannt, was sie jetzt sagen würde. Ich hatte nicht vor, sie komplett zu desillusionieren, aber ich wollte sie zumindest zur Vorsicht mahnen.

»Das war ja klar, dass du irgendwann einen Rückfall erleidest«, sagte sie lachend. »Ein Monster also? Warum?«

Ihr Lachen machte mich wütend. »Ein Lügner. Gefällt dir der Ausdruck vielleicht besser?«

»Er hat dich angelogen?« Miras Lächeln war jetzt verschwunden und ihre Miene wirkte ernster, sogar besorgt. »Und das verletzt dich?« Sie zog eine Augenbraue hoch und schnaubte. »Wir alle lügen manchmal. Ich sage nicht, dass es in Ordnung ist. Ich sage nur, es macht uns nicht zu schlechten Menschen.«

»Du lügst mich also an?«, hakte ich nach.

»Du mich etwa nicht? Wenn ich dich frage, wie es dir geht. Oder ob mein Essen immer schmeckt.«

»Du sprichst von Höflichkeitsfloskeln und Notlügen. Das ist etwas anderes.«

»Vielleicht. Vielleicht auch nicht.«

»Wie philosophisch. Wir müssen nicht darüber sprechen. Du wolltest es wissen. Ich brauche nicht deine Erlaubnis, auf ihn sauer zu sein und mit ihm Schluss zu machen. Ich meine, wir waren nie richtig zusammen, Schluss machen trifft es daher nicht. Aber ich habe ihm gesagt, dass ich ihn nicht mehr sehen will.« Offenbar hatte er das noch nicht verstanden, da er heute trotzdem im Café aufgetaucht war, aber das würde sich bald ändern.

»Weswegen hat er denn gelogen?« Ich hielt meinen Zeigefinger hoch, eine Geste, um ihr zu signalisieren, dass sie abwarten sollte. Dann stand ich auf.

»Ich hole mein Handy«, sagte ich und ging in mein Zimmer, nahm es und kam wieder zurück in die Küche. Während ich lief, öffnete ich seinen Youtube-Kanal, scrollte wahllos durch die Videos und hielt ihr das Display hin. Sein Bild zu sehen, tat noch immer weh. Im Café war es leichter gewesen, ihm gegenüberzutreten, dort hatte ich zumindest gesehen, dass es ihm nicht gut ging. Dass auch er litt, zumindest ein bisschen und nicht nur ich. Die Videos strahlten etwas anderes aus. Er lächelte, er schien glücklich, es kam mir vor, als wollte er mich mit Absicht verhöhnen. Natürlich wusste ich, dass es Aufnahmen waren, zum Teil welche, die schon lange zurücklagen. Dennoch hatte ich den Eindruck, es würde jetzt gerade passieren. Als ob er jetzt glücklich war und über mich lachte.

»Hier. Sein Kanal mit Dating-Videos. Sehr vertrauenswürdig. Besonders wertvoll ist die aktuelle Aufnahme, in der er erklärt, wie man es langsam angeht«, stieß ich bissig hervor, während ich beobachtete, wie sie mit ihrem Finger dem Bildschirm entlang auf und abfuhr und hin und wieder etwas länger verweilte, bevor sie erneut scrollte. »Übrigens war ich es, die es langsam angehen wollte. Und dann packt er das gleich in ein Video.« Ich war wütend. Jetzt wo ich es aussprach, merkte ich erst, wie viel Wut ich noch immer empfand. »Würdest du das jetzt als Notlüge bezeichnen oder wie lautet hier der philosophische Ansatz?«, fragte ich Mira. Ich plumpste auf meinen Stuhl zurück. Der Appetit auf Pizza war mir allerdings vergangen.

»Scheiße«, stöhnte Mira langgezogen. »Aber du wusstest, dass er die Videos macht, oder? Du ärgerst dich, weil er Themen aus deinem Privatleben verwendet.«

»Wie? Nein! Das ist es ja. Ich hatte keine Ahnung.«

»Er hat dir nicht gesagt, dass er Dating-Videos macht? Über was habt ihr denn gesprochen? Ich meine, das muss er doch sagen. Hast du gesehen, wie viele Follower er hat. Das kann er doch nicht verheimlichen. Nicht bei dem Thema.« Sie schnaubte. »Und philosophisch betrachtet? Der Mann ist was für die Mülltonne. Ich gebe dir ausnahmsweise recht.«

»Danke.« Zunächst war ich erleichtert, aber nach einer Weile traf mich die Enttäuschung. Ich hätte mir gewünscht, dass sie mich davon überzeugte, es lohne sich trotzdem mit Vincent zusammen zu sein. Denn in Wahrheit wünschte ich mir das. Alles in mir sehnte sich nach ihm. Er war nett und lustig. Gleichzeitig hatte er die nötige Ernsthaftigkeit, die zum Leben dazugehörte, wenn ich an die Gespräche dachte, die sich um seine Gesundheit drehten und um die seines Bruders oder auch um mein Café. Und es gab noch etwas anderes. Eine Art Verletzlichkeit, die sich zeigte, als er Gitarre spielte und auch, als er davon sprach, warum er begonnen hatte, jeden Tag bei mir Torte zu essen. Was in diesen Momenten aus ihm hervorbrach, hätte ich als echt und ehrlich bezeichnet. Als wahrhaftiger als alles andere. Aber diese Einschätzung lag so daneben, dass es wehtat.

»Im aktuellsten Video geht es aber nicht ums *Langsam angehen*«, sagte Mira jetzt. »Offenbar gibt es schon ein Neueres.« Sie verdrehte die Augen und hielt mir das Handy hin. »Nicht, dass es dich freut, aber du solltest es wissen.« Ich blickte auf das Display meines Handys und sah sein lächelndes Gesicht, darunter die Überschrift des neuen Beitrags.

»*Was tun, wenn sie Schluss macht*«, las ich laut und schob

ein Schnauben hinterher, das den Stich in meinem Herzen nicht lindern konnte, aber zumindest ein Schluchzen unterdrückte. Mein Finger zuckte zum Play-Button und das Video ging los. Es schien mir eine Art Reflex zu sein. Vielleicht war das menschliche Gehirn nicht darauf ausgerichtet, einen Play-Button zu ignorieren. Zuerst ertönte der Jingle, bevor das Intro mit einer stimmungsvollen Aneinanderreihung von Bildern begann. Ein Mann, der immer nur in Teilen erkennbar war, bereitete sich einen Kaffee zu, schlenderte dann in sein Büro und setzte sich hinter seinen Schreibtisch. Alles in Großaufnahme, schnell geschnitten, passend zur Musik und immer ohne Gesicht. Hoffnung keimte auf, vielleicht handelte es sich doch um einen anderen Mann. Aber dann hörte ich seine Stimme und sah ihn. Vincent.

Tränen verschleierten mir den Blick und ich sah das Bild am Display nur noch in verschwommenen Farbmustern. Mein Hals schmerzte beim Schlucken, so dick war der Kloß, der sich inzwischen gebildet hatte. Am liebsten wäre ich in mein Zimmer gerannt und hätte mich zum Weinen auf mein Bett geworfen. Aber diese Blöße wollte ich mir vor Mira nicht geben.

»Er war also heute bei dir im Café, verstehe ich das richtig? Ich habe mir hier also gerade seinen Masterplan angehört, wie er dich zurückgewinnen will?«, fragte sie und ich nickte. »Hey. Das wird wieder.« Mira legte das Smartphone aus der Hand und kniete sich zu meinen Füßen und strich sachte über meinen Rücken, als sie meine Tränen sah.

»Ich habe ihm gestern gesagt, dass es vorbei ist. Und war überzeugt, dass er heute nicht kommen würde. Aber was soll ich tun. Es ist ein Café, jeder darf es besuchen.« Außerdem wollte ich mich nicht wie ein eingeschnapptes Kleinkind aufführen. Und selbst wenn er nicht mehr ins Café käme, er lebte gegenüber, ich würde ihn wahrscheinlich so oder so wiedersehen, wenn auch nur flüchtig und spontan. Trotzdem würde es schrecklich sein. Er hatte ja nicht nur eine mögliche gemeinsame Zukunft verbaut und die schöne Zeit, die wir hatten, mit einem Schlag in den Dreck gezogen. Was er getan hatte, ging tiefer. Er hatte mich darin bestätigt, dass ich verletzbar war, leicht angreifbar und unfähig, auf mich aufzupassen. Ich fühlte mich als Opfer, wusste nur noch nicht so genau, wem oder was ich zum Opfer gefallen war. Dennoch schmerzte die neue Wunde sehr. Mit der Zeit würde sie sicher heilen, aber eben nur bis zu einem gewissen Grad, und jedes Mal, wenn ich ihm begegnen würde, jetzt oder in der Zukunft, würde alles wieder aufbrechen.

»Am liebsten würde ich von hier wegziehen. Ihn nie wieder sehen«, stieß ich hervor, wohl wissend, dass diese Option ausgeschlossen war, seit ich das Café eröffnet hatte. Ich konnte es nicht aufgeben und auch nicht wegziehen.

»Genau!«, schnaubte Mira. »Weil du alles, wofür du in den letzten Jahren gearbeitet hast, mir nichts, dir nichts aufgeben würdest, nur weil er ein Idiot ist. Sicher nicht!« Sie stand auf begann den Tisch abzuräumen. »Da wissen wir uns anders zu helfen. Als Erstes Martini und dann Kuchen. Du hast doch etwas mitgebracht?«

Ich schüttelte den Kopf. Ich war nicht in Stimmung für Süßes gewesen. »Ich kann keinen Kuchen mehr sehen«, stöhnte ich.

»Als du gestern Schluss gemacht hast, hast du ihn nicht mit den Videos konfrontiert, nehme ich an, sonst hätte er heute wohl kein neues veröffentlicht, oder?«

»Stimmt. Wie hätte ich es ihm auch sagen sollen? Dann hätte er erfahren, dass ich nach Dating-Tipps gesucht habe. Der Account läuft nicht unter seinem Namen. Hätte ich seinen Namen gegoogelt, wäre ich nicht darauf gestoßen.«

»Jetzt weißt du zumindest, dass es nur eine weitere Strategie ist, in deinem Café abzuhängen und dir das Gefühl zu vermitteln, dass er für dich da ist, wie er es so nett in seinem Video erklärt. Ganz verständnisvoll und so rührend«, sagte Mira und klimperte dabei überdeutlich mit ihren Wimpern und verstellte ihre Stimme. »Wir schreiben ihm unter das Video einen nett gemeinten Rat und klären ihn darüber auf, dass das, was er als Aufmerksamkeit und in der Nähe bleiben beschreibt, um sein Interesse zu bekunden, auch als Stalking durchgehen kann. Vielleicht hilft ihm diese Sichtweise ja, dein Café zu meiden.« Jetzt war Mira in Fahrt. »Und dann rufe ich gleich noch ein paar Freundinnen vom Yoga-Kurs an und erzähle es auch ein paar meiner Kolleginnen. Er wird ein paar gepfefferte Kommentare erhalten. Das ist nicht mehr zeitgemäß, was er da von sich gibt.«

»Danke für deine Hilfe. Aber es ist ein öffentliches Café.«

»Du hast gesagt, du willst ihn nicht mehr sehen. Er hat diese Grenze zu akzeptieren, alles andere ist ein Graubereich.

Er darf nicht ständig an den Orten auftauchen, an denen du dich aufhältst. Natürlich sprechen wir von öffentlichen Orten, deinem Heimweg vielleicht. Er darf sich dort aufhalten, jeden Tag, zu jeder Zeit. Das ist kein Verbrechen. Nur in dem Moment, wo du klarmachst, dass du es nicht willst, und er es trotzdem tut, dann ...« Mira hielt inne.

»Ich weiß schon. Ich spreche morgen nochmal mit ihm. Es fühlt sich nicht gut an, wenn er sich im Café aufhält. Ich werde mich deutlicher ausdrücken.«

»Ich finde, du solltest ihm auch sagen, dass du von den Videos weißt. Es ist nicht peinlich. Überhaupt nicht. Es geht nur darum, dass er wissen soll, dass du ihn durchschaut hast. Und dass du seine Strategie kennst. Und dass er nicht ins Café kommen muss, um dich zurückzuerobern, weil du ihn einfach nicht willst. Er soll wissen, dass er verloren hat und keine neuen Videos hochladen soll, wie man eine Frau zurückgewinnt. Er muss einfach wissen, dass er verspielt hat, und dann das Weite suchen.«

»Wahrscheinlich hast du recht. Aber ich habe nicht den Mut, mit ihm zu sprechen. Mir ist das trotzdem peinlich.«

»Soll ich morgen ins Café kommen? Zur Unterstützung?«

»Das wäre ja noch schlimmer! Auf keinen Fall«, stieß ich hervor.

»So viel zu echter Freundschaft«, murrte Mira und schüttelte den Kopf.

»Du weißt schon, ich werde einen roten Kopf haben und mich wie ein Kleinkind benehmen. Nichts, das du jemals bezeugen solltest.«

»Okay, verstanden. Aber du rufst mich hinterher an.«

»Ich komme danach nach Hause und bringe Torte mit. Kochst du wieder?«

»Deine Lieblingsspeise?«

»Das wäre super«, sagte ich und half ihr beim Saubermachen.

Kapitel 11

Der nächste Tag begann schon katastrophal. In der Nacht hatte ich kaum geschlafen, weil ich nervös war und mir ständig das Gespräch, das ich mit Vincent führen würde, in meinem Kopf zurechtlegte. Das größte Problem bereiteten mir dabei nicht die Worte, die ich sagen würde, sondern das, was er antworten würde. Er könnte sich entschuldigen und dann? Was sollte ich dann tun? Ihm vergeben? Es bestand auch die Möglichkeit, dass er wütend würde und darauf bestehen könnte, weiter mein Café zu besuchen. Er könnte aber auch ein Hass-Posting auf seinem Kanal über mein Café veröffentlichen. Ich konnte einfach nicht einschätzen, ob er ein Mann war, den man besser nicht verärgern sollte. Vielleicht hätte ich doch Mira ins Café bitten sollen. Aber ich wollte mich erwachsen verhalten und versuchte, diese Ängste abzuschütteln. Vincent würde sich zivilisiert verhalten, so wie ich mich auch normal verhalten würde. Wir hatten schon vorher Gespräche geführt, die gut verlaufen waren, auch wenn sie nicht so einen heiklen Inhalt gehabt hatten. Ich wollte mir einreden, dass ich ihn kannte, aber ich fürchtete, dass das eben nicht der Fall war.

»Hallo«, grüßte Vincent und riss mich unerwartet aus meinen Gedanken. Wie gestern hatte ich sein Eintreten nicht bemerkt, weil ich mit mir selbst beschäftigt war. Ich blickte überrascht zu ihm hoch. Ein Teil von mir hatte gehofft, dass er vielleicht nicht mehr kommen würde. Dass sich alles von selbst regelte und kein Gespräch mehr nötig wäre. Wieder trug er ein dunkelgrünes Poloshirt anstatt des üblichen schwarzen. Mein Herz schlug schneller, jetzt da er vor mir stand, und es hatte nichts mit dem Gespräch zu tun, das wir bald führen würden und damit, dass ich ihn nie wiedersehen wollte. Genau genommen hatte es mit dem exakten Gegenteil zu tun. Im Grunde wollte ich ihn weiter küssen und mich in seiner Umarmung verlieren.

»Was darf es sein?« Ich flüchtete mich in meine professionelle Rolle und war stolz, dass meiner Stimme das Unbehagen nicht anzuhören war.

»Ähm. Ich weiß nicht. Was empfiehlst du mir?« Gehörte das zu seiner Strategie? Ich hatte nicht alles verstanden, was er im gestrigen Video erklärte, weil meine Gedanken ständig zu dem Mann geschweift waren, der für mich gekocht und auf der Gitarre gespielt hatte und der nicht viel gemeinsam zu haben schien mit dem Kerl im Video, der hinter einem dunklen Holzschreibtisch saß, den ich erst kürzlich in natura bewundert hatte.

»Alle sind gut«, entgegnete ich kurz angebunden. Entweder schaffte er es heute, allein eine Wahl zu treffen, oder er könnte wieder nach Hause gehen. Unter anderen Umständen hätte ich ihm selbstverständlich meinen aktuellen Favoriten ans Herz gelegt. Ich hatte Schaumrollen gebacken. Sie waren luftig und leicht, unglaublich süß und passten perfekt zum heutigen Sommertag. Es war warm draußen und die Sonne strahlte am wolkenlosen Himmel. Manchmal hörte man sogar hier mitten in der Innenstadt das Vogelgezwitscher. Glücklicherweise kam immer wieder ein leichter Lufthauch auf, der ein bisschen Kühlung brachte und schweißtreibende Schwüle verhinderte. Diese Sommertage waren mir am liebsten. Sie fühlten sich so leicht an, als könnte ich auf der Wärme und dem kühlenden Luftzug schweben.

»Dann bitte eine Schaumrolle«, bestellte Vincent. Konnte er meine Gedanken lesen?

»Die sind neu, oder?« Ah, so viel zum Gedankenlesen. Er war einfach nur aufmerksam. Ich hatte seit der Eröffnung noch nie welche gemacht. Deshalb fiel seine Wahl auf diese Leckereien.

»Nein, von vorgestern«, antwortete ich schnippisch. Natürlich waren sie neu und vor allem frisch gebacken. »Willst du sie trotzdem?«, fragte ich provokant. Er schnaubte und senkte seinen Blick.

»Gerne und bitte eine Tasse Kaffee dazu.« Er steuerte seinen Stammplatz an und setzte sich. Als ich mit der Bestellung direkt an seinem Tisch stand, hob ich den Blick.

Ich musste ihn ansehen, schließlich wollte ich ein Gespräch mit ihm beginnen. »Bitte schön«, sagte ich und stellte den Teller mit der Schaumrolle und die Kaffeetasse vor ihm ab. Ich klang schnippisch und unhöflich, der gekränkte Unterton in meiner Stimme war nicht zu überhören. Nicht die beste

Voraussetzung für ein gutes Gespräch. Ich räusperte mich und setzte mich ihm gegenüber an den Tisch. Er starrte mich an, als täte ich etwas ganz Unmögliches. »Darf ich?« Dieses Mal hatte ich meine Stimme besser unter Kontrolle.

»Natürlich«, erwiderte er und beäugte mich skeptisch.

»Ich hatte gesagt, dass es vorbei ist. Und ich habe nicht damit gerechnet, dass du weiter in mein Café kommst. Ich kann es dir nicht verbieten, aber irgendwie versteht es sich doch von selbst, nicht wahr?« Ich redete um den heißen Brei herum. Er lehnte sich in seinem Stuhl zurück, der ein knarrendes Geräusch von sich gab. Die Stühle waren neu, sie sollten nicht so klingen. Ich würde den Möbelbauer kontaktieren müssen.

»Daran habe ich nicht gedacht«, entgegnete er und musterte mich weiter. Alles an ihm wirkte ehrlich. Wenn ich es nicht besser wüsste, würde ich ihm glauben. Im Video hatte er seine Gedanken jedoch offengelegt. Auch wenn ich nur die Hälfte davon mitbekommen hatte, wusste ich doch, um was es ihm Kern ging. Er wollte im Spiel bleiben, den Ball in seinem Feld halten. Das waren seine Worte gewesen.

»Ist das so?« Ich überlegte, ob ich es ihm einfach sagen sollte oder besser mein Handy auf den Tisch knallen und das Video abspielen.

»Ist es dir lieber, wenn ich nicht mehr komme? Ich meine, ich verstehe, wenn du es beenden willst. Oder ehrlich gesagt, verstehe ich es nicht. Und ich dachte, ich richte keinen Schaden an, wenn ich einfach hier bin. Ich habe gehofft, du gibst mir vielleicht noch eine Chance, wenn du siehst, dass ich es langsam angehen kann. Ich meine, wirklich langsam. Wenn wir es zuerst als Freunde versuchen wollen. Vielleicht mit weniger Treffen, bis du eine Mitarbeiterin hast. Ich denke, du wirst nicht ewig so eingespannt sein und vielleicht versuchen wir es dann erneut.«

»Und warum würdest du das tun wollen?«, hakte ich nach. Damit er weiterhin in seinen Videos von mir und seinen Spielzügen, die er an mir versuchte, berichten konnte?

»Das fragst du mich ernsthaft?« Sein Tonfall war ungläubig und seine Stirn lag in Falten, auch wenn das nur ein Erahnen war, weil seine Haare ihm fast in die Augen fielen. Ich mochte den verspielten Look, der ihn so jung wirken ließ. Es schien, als legte er kaum Wert auf Styling und würde es der Natur überlassen, wie sich sein Äußeres ergab.

»Ja. Ich hätte gern eine Antwort.« Ich staunte, dass es so einfach war, ihm die Wahrheit zu entlocken.

»Ich bin alt genug, um zu wissen, wenn sich etwas richtig anfühlt.« Er seufzte. Er sah mich nun nicht mehr an. »Als du sagtest, du willst es langsam angehen lassen, habe ich geantwortet, dass ich kein ungeduldiger Teenager mehr bin. Es geht mir nicht darum, schnell zum Schuss zu kommen und meinen Spaß zu haben, wenn du verstehst. Ich meine, ich weiß nicht, was das zwischen uns ist und wohin es führt, aber ich kann nicht einfach loslassen. Da ist etwas, das sich richtig anfühlt, das ich weiterführen möchte. Und mir dafür alle Zeit der Welt zu nehmen, fühlt sich so an, als wäre es genau das, wofür das Leben da ist. Zeit miteinander zu verbringen, egal wie kitschig es jetzt klingt.« Das hatte er schön gesagt und ich wollte *Ja* rufen und jubeln und klatschen, denn ich empfand so ähnlich. Das war es, was auch ich zwischen uns gespürt hatte. Und das war es, was so in meinem Magen schmerzte, nachdem ich die Videos gesehen hatte. Denn es war alles nur Show, alles nur gelogen.

»Gut. Weil du mir hier deine Lügen als Wahrheit verkaufen willst, versuche ich es ausnahmsweise mit Ehrlichkeit, denn bisher habe ich, zugegeben, auch geflunkert, wenn es darum ging, dich loszuwerden. Aus Höflichkeit wohlgemerkt, während du es aus bloßem Eigennutz tust. Aber ich denke, die Höflichkeit können wir uns in Zukunft sparen. Ich erwarte, dass du nach unserem Gespräch dieses Café verlässt und nie wieder betrittst. Und ich erwarte, dass das in privatem Rahmen passiert und eine Sache zwischen uns beiden ist und niemand anderen etwas angeht. Ich will das nicht öffentlich geteilt wissen«, sagte ich im Hinblick auf seinen Video-Account. Mit so etwas musste ich mich als Jungunternehmerin noch nie befassen. Stets standen meine Torten im Vordergrund, aber in Wahrheit war das Leben viel komplizierter. Genaugenommen war das mein Problem. Ich hätte es gerne einfach. Ich hätte gerne eine heile Welt mit tollen Eltern, perfekten Freunden, einem Traumjob und natürlich einem edlen Ritter an meiner Seite. Das klang schon fast nach Mira.

»Was?«, brachte Vincent hervor. Ihm versagte die Stimme und sein Gesicht war blass. Sein ungläubiger Blick ruhte auf mir. Und ich hielt ihm stand. Ich wich nicht aus und konzentrierte mich darauf, nicht zu blinzeln. Ich konnte das. Es würde nicht mehr lange dauern, dann wäre es vorbei.

»Ich habe deine Videos gesehen«, platzte ich heraus. Ich war es leid, das Gespräch in die Länge zu ziehen. »Nicht alle, es sind viel zu viele. Aber ein paar davon. Vor allem die beiden aktuellsten«, fuhr ich fort und ließ ihn keine Sekunde aus den Augen. Er war in seinem Stuhl weiter zurückgewichen und seine Schultern waren nach unten gesunken. Die schokobraunen Augen fixierten mich noch immer. »Wie man es langsam angeht und wie man reagiert, wenn sie Schluss macht«, zitierte ich. »Ungefähr so lauteten die Titel. Das erinnert mich doch sehr an das, was wir beide miteinander erlebten.« Ich wartete auf eine Reaktion, auf eine Entschuldigung oder vielleicht sogar einen Vorwurf. Aber er saß nur da und starrte mich an. »Ich gehe davon aus, dass dir klar ist, warum ich diese Sache nun beende?« Dann stand ich auf, es gab nichts mehr zu sagen.

»Wie hast du mich gefunden?«, stieß Vincent hervor, und ich sah ihn für einen Moment entgeistert an. Wenn er die Chance hätte, mir eine einzige Frage zu stellen, bevor ich seinen Platz verlassen würde, hätte ich nie mit dieser gerechnet. Darum ging es nicht. Er hätte fragen müssen, warum es mich störte, vielleicht auch warum es mich überraschte, aber doch nicht, wie ich ihn gefunden hatte.

»Ist das wichtig?«

»Nein«, gab er zu und schüttelte den Kopf. »Aber ich verstehe es nicht.«

Er sah verletzt aus und verloren, und ich musste mich daran erinnern, dass es nur eine Show war und ich mit jedem Wort mehr Gefahr lief, ihm Stoff für ein neues Video zu liefern. Er konnte von mir halten, was er wollte. Es war doch klar, wer hier gerade Mist gebaut hatte.

»Ich habe nach Dating-Tipps gesucht«, erklärte ich. Seine Augen weiteten sich. »Das braucht dich nicht zu überraschen. Du weißt, dass ich zu viel arbeite. Nicht erst, seit ich das Café eröffnet habe. Und ich wollte mich dir von meiner besten Seite zeigen. Ich habe es ernst mit uns gemeint, so ernst, dass ich es richtig machen wollte. Jedenfalls ist das der Grund, warum ich dich und deinen Kanal gefunden habe.« Es fühlte sich gut an, ihm endlich die Wahrheit zu sagen. Und sie machte mich auch gar nicht schwach, im Gegenteil sogar, ich fühlte mich stark. Er hatte nichts mehr in der Hand, das er gegen mich verwenden könnte. Ich stand zu mir und auch dazu, dass ich nach Hilfe gesucht hatte. Das war okay. Das war absolut in Ordnung.

»Und warum machst du dann Schluss?«, fragte er und schüttelte verwirrt den Kopf. Jetzt stand er auf und kam einen Schritt auf mich zu. Mein Herz raste. Schneller und lauter, als ich es je für möglich gehalten hätte.

»Weil du mich benutzt hast? Weil du mich anlügst? Weil du ein hinterhältiger Betrüger bist?«, warf ich ihm hin. Ich konzentrierte mich darauf, meine Stimme ruhig zu halten. Zum Glück waren um diese Uhrzeit fast keine Gäste mehr hier. Im Café war die Luft zum Schneiden.

»Was?«, stieß er erneut hervor und griff nach meiner Hand. Ich entzog sie ihm. Er hatte kein Recht mehr, mich zu berühren. Was wollte er? Die Show noch länger aufrecht halten? Um was ging es hier?

»Du hast die Wahrheit bekommen. Das Gespräch ist beendet und du kannst jetzt gehen.«

»Und was ist mit meiner Wahrheit? Darf ich die auch erzählen?«, fragte er aufgebracht. Ich hörte ihn schnauben.

»Ich habe bereits genug deiner Wahrheiten in deinen Videos gehört. Danke. Mehr brauche ich nicht.«

»Du sagst, du wolltest dich von deiner besten Seite zeigen. Du wolltest mich also offenbar beeindrucken«, sagte Vincent, und ich machte mich bereit zu kämpfen. Er hatte kein Recht, mir ein schlechtes Gewissen einzureden und mir das Gefühl zu geben, es wäre falsch oder schwach nach Tipps zu suchen und um Rat zu bitten. »Glaubst du nicht, das beruht auf Gegenseitigkeit? Meinst du nicht, dass auch ich das wollte? Mich von der besten Seite zeigen? Wie sollte ich dir also gleich zu Beginn sagen, was ich beruflich mache? Ganz ehrlich? Ich mache das seit ein paar Jahren und ich habe gelernt, dass es nicht gut ankommt, wenn ich erzähle, eine Art Dating-Coach zu sein. Es verunsichert die Frauen, die ich kennenlernen will. Und andererseits erhöht es den Druck auf mich. Sollte ich dann nicht perfekt sein? Immer gut gelaunt, immer aufmerksam, da ich als Profi doch wissen sollte, wie das perfekte Date läuft?« Vincent war aufgebracht, und ich wunderte mich, wie er glauben konnte, dass ich im Unrecht war. »Auf manche Frauen wirkt es so, als wäre ich in der Vergangenheit keinem Abenteuer aus dem Weg gegangen, um mir diese Expertise anzueignen. Dabei ist es in Wirklichkeit ganz anders. Aber oft habe ich gar keine Gelegenheit, mich ausführlich zu erklären, deshalb lasse ich es lieber. Denn in Wahrheit ist es nicht wichtig, was genau ich beruflich mache. Es hat nichts damit zu tun, wie ich mir ein Date vorstelle und eine Beziehung, Romantik und Liebe im Allgemeinen. Auf meinem Kanal geht es nicht um mich. Es geht nur um die anderen. Es geht um Menschen, die Hilfe brauchen. Menschen, die nicht immer wissen, was sie sagen oder wie sie sich benehmen sollen. Deshalb sehe ich mich wirklich so, wie ich es dir zu Beginn geschildert habe. Ich bin eine Art Coach und helfe Leuten, die Schwierigkeiten bei bestimmten sozialen Interaktionen haben. Ich bilde mir ein, dass einem zurückhaltenden Menschen, dem nicht immer ein flotter Spruch auf den Lippen liegt, mit ein paar meiner Ratschläge geholfen ist, den Mut zu finden, jemanden anzusprechen. Ich bilde mir ein, dass das etwas Gutes ist. Einsamkeit ist in den letzten Jahren ein immer größeres Problem in unserer Gesellschaft geworden. Viele von uns sind online gut vernetzt, teilen Schnappschüsse aus ihrem Leben und lächeln in die Kamera. Gleichzeitig gibt es immer mehr Menschen, die an Depressionen leiden, und auch die Suizidraten steigen. Es gibt eine große Diskrepanz zwischen dem sozialen Leben, das wir führen und das nach Spaß aussieht, und dem, was im Inneren jedes Einzelnen von uns vorgeht. Einerseits gibt es einen gesellschaftlichen Trend, das Privatleben nach außen zu teilen, andererseits das Innenleben geheim zu halten. Für viele Menschen geht das einher mit Gefühlen wie nicht gut genug, wertvoll genug, schön oder schlank genug zu sein. Wir alle streben danach, perfekt zu sein, die Norm zu erfüllen, die richtige Meinung zu vertreten und das richtige Äußere zu haben. Ich sage nicht, dass es falsch ist, sich anpassen zu wollen. Diese Fähigkeit des Menschen ist eine der wichtigsten überhaupt und sie macht uns als Kollektiv so stark. Anpassung allein genügt nicht, es ist auch notwendig, dass wir unseren innersten Kern nicht verlieren. Wir sollten ihn hegen und am besten gut sichtbar vor uns hertragen. Jede und jeder ist besonders. Den Mut zu besitzen, alles von sich in einer Gruppe einzubringen, nicht nur die Stärken und Eigenschaften, auf die man stolz ist, sondern eben auch die Schwächen. Das macht den Unterschied. Das ist es, was man am Ende als bereichernd empfindet.« Damit beendete er seinen Vortrag. Die Art von Vortrag, die manchmal viral gingen und einem Gänsehaut bescherten, weil man das Gefühl hatte, die Prioritäten in der Welt würden sich verschieben und man wäre plötzlich an einem guten Ort, wo jeder den anderen unterstützen wollte und jeder zugeben durfte, nicht perfekt zu sein. Ich brauchte ein bisschen, um wieder in der Realität anzukommen.

»Du wolltest es mir nicht sagen, um mich nicht zu erschrecken, okay, verstanden«, versuchte ich seine Worte zusammenzufassen. »Andererseits sprichst du von Einsamkeit und dass man alles einbringen soll, am besten gut sichtbar vor sich hertragen. Das passt nicht zusammen. Das widerspricht sich. Du hättest sagen müssen, wer du bist. Du hättest es, wie du es so nett bezeichnest, vor dir hertragen sollen.« Ich war gespannt, wie er sich aus der Nummer herauswinden würde.

»Wie gesagt, eigentlich trage ich es vor mir her. Aber ich habe begonnen, mich zurückzuhalten, weil es Menschen, die diese Art von Hilfe nicht suchen, oft erschreckt.«

»Du hast mich also beschützt«, sagte ich ironisch.

»Uns beide, dachte ich eigentlich.« Er sah betreten aus. Als könnte er eine Umarmung brauchen und Trost. Aber dafür hatte er zu viel Mist gebaut.

»Und was ist mit den letzten beiden Videos? Da hast du dir definitiv zu viel Inspiration bei mir gesucht.«

»Authentizität. Es ist immer am besten, über die Dinge zu sprechen, die von Bedeutung sind. Die ich vielleicht selbst erlebe. So kann ich am ehesten echte Hilfe anbieten. Das heißt nicht, dass jedes Video, das ich poste, immer direkt mit einer entsprechenden Situation in meinem Leben verbunden ist. Aber immer, wenn sich eine solche Möglichkeit ergibt, nutze ich sie. Echte Emotionen finden immer direkten Zugang zu anderen Menschen. Auch online. Und ich will echt sein. Meine Klienten zeigen sich mir oft verletzlich. Ich bin es ihnen schuldig, es manchmal auch zu sein.«

»Und dass ich mich verraten fühle, kam dir das in den Sinn?«

»Ehrlich?«, fragte er. Ich nickte. Warum sollte ich es nicht ehrlich meinen? »Nein, es kam mir nicht in den Sinn. Ich fand deinen Wunsch nach Langsamkeit legitim, fast schön. Ich bewerte ihn nicht negativ, ich weiß aber, dass viele meiner Nutzer das tun. Deshalb war es etwas, das ich gerne aufgreifen und erklären wollte. Ich sah darin nichts, das dich verletzten könnte. Auch jetzt nicht, ehrlich gesagt. In meinen Augen habe ich dich weder belogen noch dich für Inhalte benutzt. Aber ich verstehe jetzt, dass es für dich so aussehen muss.« Er trat wieder einen Schritt auf mich zu, um nach meiner

Hand zu greifen, aber wieder zog ich sie weg. Ich sah mich kurz um, Nelli war inzwischen gegangen, ohne dass ich es bemerkt hatte. Wir waren alleine.

»Ich werde das Café jetzt schließen«, sagte ich zu Vincent.

»Sieh dir mehr von meinen Videos an. Sie sind gut. Und such meine Homepage, du findest sie sicher über Google. Dort habe ich einen Blog. Vielleicht ändert das deine Meinung über mich. Ich meine es ernst mit den Menschen da draußen. Und ich meine es ernst mit dir.« Mit diesen Worten verließ er das Café. Zurück blieb seine Tasse Kaffee, die inzwischen kalt war und die unangerührte Schaumrolle.

Heute hasste ich es, hier hinten in der Backstube zu stehen und die Tortenböden für den nächsten Tag vorzubereiten. Ich wäre viel lieber zu Hause, um mich in meinem Bett zu verkriechen und zu heulen. Ich wählte die einfachsten und schnellsten Rezepte, die ich kannte. Morgen würde es nichts sonderlich Ausgefallenes bei mir geben. Aber wahrscheinlich würden die Kunden es gar nicht merken. Als ich endlich nach draußen in die Fußgängerzone trat, richtete ich meinen Blick zum gegenüberliegenden Wohnhaus und schaute nach oben, zu dem Fenster, das sich nahe bei Vincents Esstisch befand und von dem man direkt in meinen Laden sah. Ein Teil von mir wünschte sich, dass er zu mir blickte und dass sich wie durch ein Wunder alle Probleme zwischen uns in Luft auflösen würden. Trotz unserer Trennung fühlte ich mich immer noch auf diese spezielle Art mit ihm verbunden. Der Wille, ihn festzuhalten, war noch da. Auch wenn ich nicht verstand, warum mein Herz darauf pochte, wo mein Verstand doch wusste, dass er keine gute Wahl für mich war.

Das Einzige, das diesen Abend heute noch retten würde, war das Essen mit Mira.

»Ich bin da!«, rief ich, als ich zu Hause ankam.

»Perfektes Timing! Ich bin gerade mit allem fertig geworden«, sagte Mira und ich hörte, wie sie die Teller auf den Tisch stellte und das Besteck dazulegte.

»Habe ich dir schon einmal gesagt, dass du die perfekte Mitbewohnerin bist?« Ich beobachtete meine Freundin durch die Küchentür. In den letzten Jahren hatte sie eine Art Mutter- oder Fürsorgerolle für mich übernommen. Das hatte vielleicht damit zu tun, dass sie mehr Freizeit hatte als ich, und ich mehr arbeitete als viele andere Menschen. Dennoch fand ich es nicht selbstverständlich. Aber meistens war die Wohnung aufgeräumt und geputzt und etwas Essbares im Kühlschrank. Ich hatte nie darüber nachdenken müssen, eine Pflanze zu gießen oder den Boden zu staubsaugen. »Mir wird gerade richtig klar, was du alles für mich tust«, gestand ich.

»Du bringst dafür täglich Torte«, gab sie zurück und nahm mir den kleinen weißen Karton aus der Hand, den ich dabeihatte.

»Ich habe Glück, dass die Menschen in meinem Leben so sehr auf Süßes stehen.« Es war schon eigenartig, dass Mira jeden Tag Torte essen wollte und auch Vincent. Mein Café wurde immer wieder von denselben Kunden besucht, aber es war nur eine Handvoll Menschen, die wirklich jeden Tag ein Stück Kuchen essen wollten. Ich hatte das Glück, Mira gefunden zu haben, die mein Streben nach Perfektion, wenn es meine Torten betraf, immer unterstützt und gefördert hatte und auch den Rest von mir mochte. Egal ob ich am Verzweifeln war, wenn die Torten oder die Verzierungen nicht so wurden, wie ich es mir vorgestellt hatte. Oder meine schlechte Laune, wenn ich zu wenig schlief und zu viel zu tun hatte. Ich konnte immer auf sie zählen. Auch jetzt, wo es sich zum ersten Mal in meinem Leben um etwas anderes als meinen Traum vom Backen drehte. »Ich habe mit ihm geredet«, platzte ich heraus. Ich hatte ihr gestern versprochen, mit ihr darüber zu sprechen, obwohl ich lieber so getan hätte, als wäre es nur ein schlechter Liebesfilm gewesen, den wir uns angesehen hatten, und dann ginge das Leben einfach wie gewohnt weiter. »Er hat natürlich eine Erklärung für alles.«

Ich überlegte, ob er recht haben konnte mit seinen Ausführungen. War er so unschuldig, wie er sich darstellte? Wollte er wirklich nur helfen? Aber wem half er denn? Mit einer Dating-Seite? Wenn er helfen wollte, hätte er mit seinem Psychologie-Studium andere Wege einschlagen können.

»Natürlich hat er die«, schnaubte Mira.

»Er sagt, er will schüchternen und zurückhaltenden Menschen helfen, besser mit anderen ins Gespräch zu kommen. Zumindest ist das die gekürzte Version.« Hielt Mira das für glaubwürdig?

»Ganz bestimmt. Weil Menschen im Allgemeinen immer uneigennützig handeln. Außerdem erklärt es nicht, warum er es vor dir geheim hielt.«

»Er meinte, er habe die Erfahrung gemacht, dass er Frauen damit verlegen macht oder sie erschreckt und den Druck und die Erwartungshaltung für das Date oder die Beziehung nur erhöht.«

»Sehr ehrenwert von ihm, dass er das natürlich nicht zulassen kann.« Mira schnaubte. Sie war einer Meinung mit mir. Er konnte sich selbst schönreden, was er tat, aber Mira und ich, wir wussten beide, dass es eine fiese Nummer war, die er mit mir abgezogen hatte.

»Weißwein?«, fragte sie und öffnete den Kühlschrank. »Wahrscheinlich die einzige Möglichkeit, den Typen zu vergessen. Zumindest für heute Abend. Was sagst du? Und danach einen Liebesfilm?« Ich stimmte zu. Ich wusste mir kaum anders zu helfen.

Der nächste Morgen kam definitiv zu früh.

Mein Kopf schmerzte von zu viel Wein und zu wenig Schlaf. Vielleicht waren es auch die Tränen gewesen und die Gedanken rund um Vincent, die mich nicht loslassen wollten. Aber unabhängig von allem, ich brauchte eine Aushilfe. Jemanden, mit dem ich die Arbeit nicht nur teilen konnte, sondern auch die abzudeckenden Stunden in Schichten aufteilen konnte. Dann würde es wieder Tage in meinem Leben geben, an denen ich länger schlafen oder vielleicht sogar einmal ausschlafen könnte. Heute wäre so ein Tag. Ein Tag, der nach Urlaub schrie. Ich konnte die Momente, in denen ich null Interesse an Torten hatte, wahrscheinlich an einer Hand abzählen, aber jetzt war es definitiv so. Wäre ich nicht meine eigene Chefin, würde ich mich heute krankmelden. Ich hatte sogar Kündigungsgedanken, weil ich keinen Sinn mehr in dem Job sah. Aber ich hatte keine Wahl. Es war mein Café. Es war mein Traum. Und obwohl ich mich wegen Vincent so mies fühlte, war ich gerade dabei, die Lektion meines Lebens zu lernen. Durch die Freundschaft mit Vincent wurde mir zumindest eine Sache klar. Ich würde nicht für den Rest meines Lebens auf die Liebe verzichten. Die Zeit mit ihm hatte sich gut angefühlt. Er hatte sich gut angefühlt. Ich wollte mich wieder so fühlen. Und eine Voraussetzung, am Leben wieder teilhaben zu können, war, jemanden einzustellen, der mich in der Konditorei unterstützte und dieselbe Leidenschaft teilte, jemanden der für Zucker so schwärmte wie ich. Aber noch war das ein Tagtraum und das Klingeln meines Handyalarms holte mich schmerzhaft in die Realität zurück. Gestern Abend hatte ich es mit Mira übertrieben. Und jetzt bezahlte ich dafür. Ich fühlte mich wie mindestens dreimal überfahren. Aus dem Bett zu steigen, war eine Qual. Aber ich schaffte es in die Konditorei.

Nachdem ich die Auslage mit Torten und Kuchen aufgefüllt hatte, die heute nicht so beeindruckend aussahen, wie an anderen Tagen, setzte ich mich an meinen Computer und schrieb eine E-Mail an eine Personalvermittlungsagentur. Ich hatte keine Ahnung, wie ich die perfekte Mitarbeiterin am besten finden würde, deshalb wollte ich mich von Profis unterstützen lassen. Ich erteilte den Auftrag, eine Ausschreibung als Poster zu drucken, damit ich es bei mir im Café aufhängen konnte. Als die Mail abgeschickt war, trat ich nach vorne in den Gastraum und zog einen Stuhl vor die große Tafel, die hinter meiner Kaffeemaschine an der Wand hing und mit den verschiedensten Angeboten und Preisen beschriftet war. Auf dem Stuhl stehend wischte ich die untere rechte Ecke frei und schrieb die Worte *Mitarbeiterin gesucht* darauf. Es fiel mir leicht, schön zu schreiben und ein nettes Blumenornament rund um die Schrift zu zeichnen. Vom vielen Tortenverzieren hatte ich eine ruhige Hand und ein Auge für die richtigen Proportionen. Dann legte ich die Kreide zurück in die Schublade, schob den Stuhl wieder an seinen Platz und wartete auf die ersten Gäste. Nelli betrat wie immer am frühen Nachmittag das Café und bestellte die Beerentorte, die so wunderbar frisch und saftig aussah und mit Brombeeren, Himbeeren, Heidelbeeren und all den anderen kleinen, leckeren Beeren, die die Jahreszeit hergab, belegt war. Sie war sehr wortkarg und ich war mir nicht sicher, wie viel sie vom gestrigen Gespräch mit Vincent mitbekommen hatte. Als ich die Bestellung zu ihr an den Tisch brachte, setzte ich mich für einen Moment, wie ich es meistens tat.

»Ist alles in Ordnung?«, fragte ich sie.

»Natürlich«, antwortete Nelli und legte ihre Hand für einen kurzen Moment auf meinen Arm. »Das will ich dich seit gestern Abend auch fragen. Aber ich bin nicht sicher, ob es mir zusteht, ins Detail zu gehen. Du siehst müde aus und blass. Aber ich lese, du suchst endlich nach jemandem.« Sie wedelte mit ihrer Hand zur Tafel hinter der Theke und ich nickte. »Also, wie geht es dir?«

»Ich bin müde. Ich habe schlecht geschlafen. Aber sonst gut. Und ja, ich suche nach einer Mitarbeiterin. Ich habe eine Personalagentur kontaktiert. Mal sehen, wie schnell die jemand Passenden finden. Das ist alles Neuland für mich.« Ich erinnerte mich, wie stolz ich war, mein eigenes Café zu eröffnen. Und jetzt fühlte ich eine neue Art von Stolz. Ich würde jemandem einen Job geben. Vielleicht würden irgendwann mehr Leute für mich arbeiten. So hatte ich es noch nie betrachtet, aber es wäre eine weitere positive Eigenschaft meiner Torten. Sie taten nicht nur mir gut und meinen Gästen, wenn wir Lust auf etwas Süßes hatten, oder wenn es etwas zu feiern und manchmal auch zu betrauern gab. Wenn ich eine Arbeitgeberin wäre, würde ich damit zusätzlich Gutes tun. Ich war in der Lage, einen tollen Arbeitsplatz anzubieten in angenehmem Ambiente, und ich war bereit, meine Mitarbeiterin angemessen zu bezahlen. Die einzige Bedingung, die ich wohl stellen würde, wäre, dass sie es nicht als ihre Arbeit, sondern als Freude betrachten sollte.

»So wie der Flirt mit Vincent Neuland für dich war?«, nahm Nelli vorsichtig das Gespräch wieder auf. Natürlich wusste sie, woher der Wind wehte. Sie hatte die ganze Sache von Anfang an, direkt aus der ersten Reihe mitbeobachtet.

»Es hätte mich gewundert, wenn du gestern nicht alles mitbekommen hättest. Und? Was denkst du?«

»Ich weiß nicht viel mehr als das, was du mir erzählt hast. Mehr als ein paar Wortfetzen habe ich nicht gehört. Aber der junge Mann sah traurig aus. Und du auch.«

»Ich bin traurig. Ich denke, ich war verliebt. Natürlich

haben wir uns gerade erst kennengelernt. Es ist nicht so, dass ich mein halbes Leben mit ihm verbracht habe und dann enttäuscht wurde. Aber ich habe ihm vertraut. Und es ist einfach ernüchternd, enttäuscht zu werden. Ich frage mich, ob es meine Schuld ist oder seine. Ob ich einfach zu naiv oder zu romantisch bin und Erwartungen hege, die niemand erfüllen wird, oder ob er der Lügner und Betrüger ist, für den ich ihn halte.«

»Was wäre, wenn die Wahrheit irgendwo in der Mitte läge?«, bot Nelli an. »Was wäre, wenn du ein bisschen naiv bist und ein bisschen romantisch und deshalb einen perfekten Menschen an deiner Seite erwartest, den du in Wirklichkeit nie finden wirst. Und was wäre, wenn er tatsächlich etwas verheimlicht hat, was ihn natürlich zum Lügner macht, vielleicht aber nicht direkt zum Betrüger und er dennoch jemand sein könnte, der dich glücklich macht.« Sie sah ernst aus, als sie das sagte, und klang trotzdem so, als würde sie aus einem Märchenbuch vorlesen. Und ich musste zugeben, wahrscheinlich hatte sie recht. Wann waren die Dinge denn wirklich schwarz und weiß? Wie hoch war die Wahrscheinlichkeit, dass ich alles perfekt gemacht hatte und er alles falsch? Das bedeutete, selbst wenn er gelogen hatte, müsste ich nicht so darauf reagieren, wie ich es tat. Ich könnte nachsichtig sein und er könnte sich entschuldigen, dann wäre das Problem nur noch halb so groß.

»Aber am Ende bleibt noch immer das verlorene Vertrauen. Wie soll ich ihm vertrauen? Selbst wenn das, was er getan hat, nicht direkt lügen war. Er war zumindest auch nicht ganz offen zu mir. Was, wenn ich in ein paar Wochen oder Monaten ein weiteres Geheimnis entdecke?«, schnaubte ich. »Wäre es nicht naiv von mir, ihm wieder zu vertrauen?«

»Das wäre es. Natürlich. Und ich bin sicher, wenn du dich auf ihn einlässt, wirst du über kurz oder lang etwas Neues finden, das er verheimlicht.« Sie lächelte auf eine verschwörerische Art und Weise, und es hatte fast den Anschein, als hätte das Gespräch jede Ernsthaftigkeit verloren, wenn sie mich so ansah. Trotzdem hing ich an ihren Lippen, weil es sich so wichtig anhörte, was sie sagte. Zu meinen Großeltern hatte ich leider nie so eine Beziehung gehabt. Die Eltern meines Vaters gingen mir zum selben Zeitpunkt verloren, wie mein Vater unsere Familie verließ, und die Eltern meiner Mutter lebten zu weit weg, als dass ich eine echte Bindung zu ihnen hatte aufbauen können. Inzwischen waren sie verstorben.

»Worin bestünde der Wert von Vertrauen, wenn es dabei um absolute Sicherheit ging?«, fragte Nelli. »Vertrauen ist ein Vorschuss, den ich jemandem gebe. Es ist etwas Wertvolles und Besonderes und nie mit Sicherheit verbunden. Deshalb musst du dir immer gut überlegen, wem du vertraust.«

»Vincent ist sicher der falsche Kandidat.« Ich wusste auch gar nicht, warum wir das hinterfragten. Ich habe Schluss gemacht. Er ist verschwunden. Thema erledigt.

»Wahrscheinlich.« Sie legte den Kopf schräg und kostete endlich von der Beerentorte. »Man sollte aus seinen Fehlern lernen. Das ist eine Tatsache.«

»Dann wäre die Lektion für mich, dass ich nie wieder mit einem Mann ausgehe.« Ich verdrehte die Augen und lachte theatralisch, aber im Grunde traf mich diese Erkenntnis bis ins Mark. Sie war nämlich gar nicht so falsch. Wenn ich etwas daraus lernen wollte, dann, dass ich nicht sicher war. Niemals. Jeder könnte ein Geheimnis haben, mich verletzen und hintergehen, ohne dass ich es wüsste.

»Oder du machst dir bewusst, dass es ohne Verletzung nicht funktionieren wird«, sagte Nelli.

»Vielen Dank«, stöhnte ich. »Das ist natürlich die bessere Alternative.«

»Ganz im Ernst. Wie Vincent sich dir gegenüber verhalten hat, ist sicher nicht toll. Aber vielleicht ist das in der heutigen Zeit einfach so. Wahrscheinlich hat jeder eine Homepage oder einen Account, den er nicht jedem zugänglich machen will. Ich weiß es nicht. Ich erinnere mich nur an meinen Mann und mich und an die tollen Zeiten, die ich nicht missen will. Aber ich erinnere mich auch an die Momente, in denen er mich in den Wahnsinn getrieben hat und Entscheidungen traf, die in meinen Augen falsch waren. Ich war manchmal wütend auf ihn und er bestimmt auch auf mich, aber wir haben uns immer wieder vor Augen gehalten, dass es auch andere Gefühle zwischen uns gibt.«

»Ich finde, es ist ein Unterschied, ob man verheiratet und schon viele Jahre zusammen ist. Da ist so viel, auf das man zurückblickt, das man vielleicht nicht so einfach aufgeben möchte. Aber Vincent und ich stehen am Anfang. Wir haben nichts zu verlieren, wenn wir uns jetzt einfach trennen. Vielleicht sollte es gar nicht sein, vielleicht passen wir nicht zueinander und es hat gar nicht so viel mit den Videos zu tun«, mutmaßte ich.

»Genaugenommen habt ihr sehr viel zu verlieren. Eine gemeinsame Zukunft ist ja nicht gerade wenig. Aber du hast schon recht. Vielleicht soll es nicht sein. Ich finde nur, ihr habt so vielversprechend und glücklich miteinander ausgesehen. Und euch dann so zu erleben wie in den vergangenen Tagen, wirkte auf mich, als ob ihr beide diesen Abschied in Wahrheit nicht wollt. Ich habe nur versucht dir eine Möglichkeit aufzuzeigen, über die Sache mit den Videos hinwegzukommen, wenn du das willst. Manchmal wünsche ich mir, dass die Romantik siegt. Vielleicht ist das aber auch einfach nur altmodisch gedacht.«

»Ich finde schön, dass du romantisch bist. Meine beste Freundin bezeichnet sich auch als Romantikerin. Und für altmodisch halte ich dich ganz und gar nicht. Auf keinen Fall. Ich habe dich nie gefragt, wie alt du bist, und ich frage dich auch jetzt nicht. Aber ich halte dich für ziemlich modern und aufgeschlossen. Du probierst jeden Tag ein anderes Tortenstück und kommst mit Vincents Videos besser klar als ich.« Ich schüttelte den Kopf und überlegte, ob ich wirklich darüber hinwegsehen konnte, wie sie es mir vorschlug. Es war ja kein Verbrechen, es war nur Vertrauensbruch.

»Ja, ich habe mir seit unserem letzten Gespräch vieles davon angesehen. Wenn ich ein paar Jahre jünger wäre und auf der Suche, dann könnte ich doch einiges lernen. Ich muss zugeben, er macht das gut. Die Beiträge sind wertschätzend gehalten und meistens mit wissenschaftlich fundierten Studien hinterlegt. Es geht um Körpersprache, Wortwahl, ich fand sogar ein Video, in dem er über die Bedeutung von Farben sprach, bei der Kleidungsauswahl.« Jetzt staunte ich. Er, der immer schwarz trug, sprach über Farben? Sehr authentisch.

»Was sagt er über Schwarz?«, platzte ich heraus.

»Schwarz ist sexy und verführerisch, und wirkt mysteriös, erklärt er im Video, und ist immer eine gute Wahl für das erste Treffen. Natürlich hat die Farbe Schwarz in anderen Zusammenhängen auch eine andere Bedeutung, er hat weit ausgeholt, es war wirklich spannend. Wenn es aber um Dates geht, ist schwarz immer gut. Vielleicht tauchte er ganz bewusst immer in schwarzen Klamotten hier bei dir auf.« Sie zwinkerte mir zu.

»Das ist dir auch aufgefallen? Dass er immer Schwarz trug, wenn er hier war? Ich habe ihn nur ein paar Mal in einem grünen Oberteil gesehen.«

»Grün trägt man, wenn es darum geht, Vertrauen aufzubauen oder zu beruhigen. Deshalb findet man die Farbe oft auch in Arztpraxen oder Krankenhäusern.«

»Ein weiterer Beweis, dass er mich manipulieren will. In letzter Zeit trug er das grüne Shirt, wenn er hierherkam.« Ich schüttelte den Kopf. Ich sollte ihn einfach vergessen. Gar nicht länger über ihn sprechen oder nachdenken.

»Was wäre, wenn er dich nicht manipulieren will? Wenn er es dir nur einfach machen möchte?«

»Genau, weil alles danach aussieht«

»Irgendwie schon, oder? Er will dich beruhigen, dir Sicherheit vermitteln, das ist doch ein netter Zug, und um das zu unterstreichen, nutzt er eben die Dinge, die er weiß. Er zieht ein Oberteil in der richtigen Farbe an. Du würdest mir doch auch Torte backen, wenn ich schlechte Laune hätte, einfach weil es das ist, was du kannst. Wieso sollte er nicht auf etwas zurückgreifen, das ihm so wohlbekannt ist, wenn er weiß, es könnte nützen?«

»Wenn du es so sagst«, stöhnte ich, hatte aber nicht direkt vor, ihr recht zu geben. »Ich weiß nicht, ich danke dir jedenfalls fürs Gespräch. Jetzt muss ich weitermachen, noch habe ich keine Mitarbeiterin, die sich um alles kümmert.« Ich stand auf und ging in die Backstube, um einen Tortenboden nach vorne an die Theke zu holen, und begann damit, ihn zu verzieren. Irgendwann war der Laden leer und Vincent war tatsächlich nicht gekommen. Insgeheim hatte ich die ganze Zeit gehofft, er käme doch noch. Wenn er gekommen wäre, wäre ich höchstwahrscheinlich wütend auf ihn gewesen. Aber jetzt war ich einfach nur enttäuscht.

Nellis Worte gingen mir den ganzen Abend nicht aus dem Kopf, als ich alleine in meinem Zimmer saß, und auch die Erkenntnis, dass sie sich seine Videos angesehen hatte, während ich das nicht getan hatte. Ich hatte wahrscheinlich einen guten Grund, alles rund um ihn zu ignorieren, trotzdem war ich es, die ihn für die Videos verurteilte, ohne sie mir im Detail angesehen zu haben. Dann fielen mir seine Worte ein, dass ich mich auf seiner Homepage umsehen sollte, um mir ein Bild von seiner Arbeit zu machen. Die Art, wie er das sagte, schien zu implizieren, dass ich mit meinen Vorwürfen falsch lag und dass seine Homepage der ultimative Beweis dafür wäre. Jetzt war meine Neugier geweckt, und ich suchte ihn über Google.

Ich wollte mir nicht vorwerfen müssen, ihn zu Unrecht zu beschuldigen. Nach einer Weile fand ich die Webseite, sie wirkte professioneller und seriöser als die Videos. Vor allem anders als all die anderen Dating- und Flirtseiten, die ich gefunden hatte. Mir war schnell klar, warum diese Homepage nicht direkt bei den ersten Treffern meiner Google-Suche dabei war. Hier ging es nämlich nicht um Flirten oder Daten. Er schrieb über Einsamkeit und sozialen Rückzug und Strategien, um sich mit anderen Menschen zu umgeben, ins Gespräch zu kommen und Kontakte zu knüpfen. Ich entdeckte Verlinkungen zu diversen Publikationen und fand heraus, dass er zu diesem Thema Forschungen angestellt hatte und sogar ein Buch darüber geschrieben hatte. Mit einem Mal wirkte seine Arbeit gar nicht mehr so dubios und ausbeuterisch, wie ich ihm unterstellt hatte. Mit einem Mal schien es so, als hätte er aus seinem Abschluss in Psychologie tatsächlich das gemacht, was er mir ganz am Anfang bei unserem Treffen geschildert hatte. Er half Menschen.

»Mira«, rief ich laut, damit sie mich bis in ihr Zimmer hören konnte, oder wo auch immer sie sich gerade in der Wohnung aufhielt. Ich saß wie gebannt vor meinem Laptop und hatte keine Ahnung, ob ich einfach nur überreagiert hatte und ich diejenige war, die einen Fehler gemacht hatte und doch nicht er.

»Ja«, sagte sie und steckte ihren Kopf zur Tür herein.

»Vincent hat eine Homepage. Die sieht ganz anders aus als sein Youtube-Account. Was sagst du?« Ich drehte den Laptop in ihre Richtung. Sie kam näher und scrollte über die

Seite und begann zu lesen. Irgendwann setzte sie sich auf den Boden und zog den Laptop auf ihre Knie. Ich setzte mich dazu und las über die Überschriften und Artikel, die ich noch nicht gesehen hatte.

»Wenn ich den Rest von ihm nicht kennen würde, dann würde ich hier nichts Verdächtiges finden. Das sieht gut aus, liest sich anständig und wirkt fundiert.«

»Und jetzt?«, fragte ich. »Habe ich überreagiert? Bin ich plötzlich die, die sich entschuldigen muss?«

»Er hat es dir dennoch verheimlicht. Daran hat sich nichts geändert. Das ist immer verdächtig.«

»Und er hat Themen, die eigentlich nur ihn und mich betrafen, als Inhalt aufgegriffen.« Mir klangen seine Worte im Ohr, warum er das getan hatte. Und mit einem Mal klangen sie echt und warmherzig und so, als wollte er den Menschen wirklich helfen.

»Kann es sein, dass er wirklich nur etwas Gutes tun will? Also ich meine für die Leute, die seine Dienste wirklich beanspruchen wollen und auch für mich, damit ich nicht so ausraste, wie ich es getan habe? Hat er es genau deshalb nicht gesagt?«

Mira zuckte mit den Schultern, scrollte weiter über die Seite und klickte in verschiedene Rubriken.

»Ich meine, offenbar brauchen manche Menschen diese Art von Hilfe. Ich bin das beste Beispiel dafür. Ich habe ihn nur deshalb gefunden, weil ich mir nicht anders zu helfen wusste.« Mir wurde klar, dass es eine Vielzahl von Tabu-Themen auf dieser Welt gab, für die sich nicht immer der richtige Ansprechpartner im Freundeskreis finden ließ. Ganz zu schweigen von Leuten, die aufgrund von Einsamkeit gar keinen Freundeskreis hatten. Ich war froh gewesen, nachdem Mira und Nelli mir nicht weitergeholfen hatten, ein paar Informationen im Internet zu finden. Wobei ich genau genommen nichts Hilfreiches gefunden hatte. Nur oberflächlichen Kram. Vincents Seite hingegen war ernsthaft und handfest und wirklich darauf ausgerichtet, Menschen eine Hilfestellung anzubieten. Es gab sogar einen Notruf-Button, eine Art Hotline zu einem Sorgentelefon. Er hatte mir erklärt, dass es bei manchen Klienten auch um Depressionen ging.

Mira klappte den Laptop zu.

»Stell dir vor, es würde solche Seiten nicht geben, weil sich niemand mit diesen vermeintlich einfachen Themen auseinandersetzen will. Genaugenommen sind sie im Detail betrachtet gar nicht mehr so einfach. Ich finde Zwischenmenschliches manchmal sogar unglaublich kompliziert. Die Situation zwischen Vincent und mir ist gerade der beste Beweis dafür«, sagte ich, und dann rann auch schon die erste Träne. Mit einem Mal kam ich mir dumm und oberflächlich vor, obwohl ich diese beiden Attribute noch vor Kurzem Vincent angehängt hatte. Dabei bediente er nur ein Problemfeld auf eine Art und Weise, wie es bei den Klienten gut ankam. Er leistete Hilfe an einer Stelle, wo sie am nötigsten war. Menschen kennenlernen, auf Menschen zugehen und das auf partnerschaftlicher Ebene. Wenn es um Einsamkeit ging, bedeutete das nicht nur das Fehlen von Freundschaften, auch das Fehlen von Beziehungen, und natürlich hatte das auch Auswirkungen auf die

Romantik. Diese Dinge anzusprechen, war nicht billig und schäbig. So hatte es aber auf mich gewirkt. Dabei war doch ich es, die genau über diese vermeintlich schäbigen Dinge Bescheid wissen wollte. Was habe ich mir da vorgemacht?

»Komm her«, sagte Mira und zog mich in ihre Arme. »Heute werden wir wohl nicht mehr schlauer.« Sie legte einen Arm um meine Schulter und rieb mit ihrer Handfläche über meinen Arm. Eine unglaublich tröstende Geste.

»Ich finde, du solltest jetzt einfach schlafen«, schlug sie vor, als ich mich wieder beruhigt hatte. Sie hatte recht, es war alles gesagt. Jetzt musste ich nur noch Ordnung in den Wirrwarr aus Gefühlen bringen. »Eigentlich ist er doch der Held, für den wir ihn am Anfang hielten«, sagte Mira kleinlaut. »Ist toll, was er da macht. Liest sich aufbauend und angenehm.« Ich nickte.

Kapitel 12

Irgendwann am nächsten Vormittag, als ich gedankenverloren meine Gäste bediente und an meinen Gebäckstücken arbeitete, hörte ich das kleine *Pling*, das mein Handy immer von sich gab, wenn eine Nachricht hereinkam. Ich sah gleich nach und erkannte, dass Mira mir einen Link gesendet hatte und schrieb, dass sie sich noch mehr von Vincent angesehen hatte, und er soeben ein neues Video auf seinem Account zeigte. In Großbuchstaben und mit unzähligen Ausrufezeichen forderte sie mich auf, es mir unbedingt anzusehen. Ich tippte also auf den Link, wartete den Vorspann ab, den ich schon kannte, und sah wieder diesen Mann, der anders wirkte als der echte Vincent. Mein Herz klopfte wie verrückt, und im ersten Moment wäre ich ihm am liebsten an die Gurgel gesprungen und hätte ihn erwürgen wollen, denn das, was er sagte, war eine Zusammenfassung unserer kurzen Affäre oder Liaison, wobei er es Beziehung nannte, und das löste ein warmes Gefühl in meinem Magen aus. Mir fiel auf, dass er keine Details nannte, weder mein Alter oder Aussehen oder das Café oder sonst etwas. Er sprach auch nicht von den Torten, von seiner Gitarre oder dem leckeren Couscous. Aber er erzählte davon, dass er mich schützen wollte und mich damit am Ende in Gefahr brachte. Er sprach von guten Absichten und vom kategorischen Imperativ. Er führte aus, dass wir den Menschen rund um uns etwas zutrauen mussten und nicht von unseren eigenen Limitierungen auf deren Grenzen schließen sollten. Er schloss mit dem Appell, stets offen und ehrlich zu sein, auch wenn die Wahrheit nicht immer einfach wäre. Eine Lüge wäre es auch nicht. Am Ende entschuldigte er sich. Bei mir. Ohne, dass es die anderen Zuseher merken würden, war diese Entschuldigung an mich gerichtet. Als ich das Video schloss, zitterten meine Hände und ich rief Mira an.

»Hast du es gesehen?«, fragte sie atemlos ins Telefon.

»Mhm«, war alles was ich herausbrachte. Am liebsten wäre ich zu Vincents Wohnung gerannt, in der Hoffnung, dass er dort arbeiten würde, und ihm um den Hals gefallen.

»Held?«, fragte sie.

»Ich finde ja. Was sagst du?«

»Das ist der Stoff, aus dem die Märchen sind. Ich meine, Prinz Charming baut immer Mist, das macht ihn am Ende doch erst so süß, nicht wahr?«

»Du bist die Expertin. Ich weiß es nicht genau.« Aber ich wusste es natürlich, ich hatte schon so viele Liebesfilme mit ihr gesehen. Genau darum ging es immer. Der vermeintlich perfekte Kerl hatte einen Makel. Und dieser Makel war auf eine gewisse Art und Weise immer auf die weibliche Hauptrolle zugeschnitten. Und das in zweierlei Hinsicht. Es musste sich um das Problem und die Lösung handeln. Ich kicherte leise. Es hatte sich gelohnt, so viele Liebesfilme mit Mira zu sehen. »Ich glaube, ich verstehe es jetzt. Das ist so kitschig. Aber ja. Er ist mein Held.« Diese ganze Dating-Video-Sache hatte mich wahrscheinlich deshalb so sehr getroffen, weil es meine größte Unsicherheit betraf und Vincent ausgerechnet auf diesem Gebiet als Experten auswies. Zwei Gegensätze, die niemals etwas miteinander zu tun haben konnten, so schien es mir zumindest. Bis jetzt. Dabei könnte es auch genau das Gegenteil bedeuten. Dass wir exakt aufeinander zugeschnitten waren. Ich müsste nie wieder unsicher sein, denn er hätte schlichtweg Verständnis dafür und war routiniert darin, Strategien zu entwickeln und Situationen zu schaffen, die es mir leichter machten. Er hatte täglich mit Menschen wie mir zu tun.

»Er ist wie ein Sechser im Lotto für mich«, sagte ich und spürte Erleichterung in mir aufkeimen. Ich erinnerte mich, dass er nicht schockiert war, als ich ihm gestanden hatte, ihn wegen meiner Dating-Tipps-Suche gefunden zu haben. Es schien für ihn absolut legitim zu sein, so etwas im Internet zu recherchieren. Es schien ihm nicht im Ansatz so peinlich wie mir.

»Und jetzt? Was wirst du machen?«, fragte Mira.

»Ich denke, Torte. Mit Entschuldigung. Eine Entschuldigungs-Torte. Für ihn, meine ich. Ich muss auflegen. Und sofort mit der Torte beginnen.«

Dann stürmte ich nach vorne in mein Café, um zu schauen, ob die Gäste versorgt waren, und kam wieder zurück in die Backstube, um zu backen, zu bestreichen und zu glasieren, was das Zeug hielt. Als alles so weit zubereitet war, stellte ich einen Kommentar unter sein Video. Ich meldete mich als Gast mit meinen Initialen an und schrieb, dass ich die Entschuldigung annahm und mich selbst auch entschuldigen wollte. Und ich lud ihn zu mir ein. Ich schrieb, dass er Ort und Zeit kennen würde. Ich hoffte, er würde die Nachricht rechtzeitig lesen, damit er am Nachmittag wie üblich durch diese Tür treten würde. Aber ich wusste nicht, ob er seine Social-Media-Postings ausgelagert hatte oder selbst betreute, oder sie vielleicht nur einmal am Tag prüfte. Aber ich hatte einen Ersatzplan. Wenn er heute nicht käme, würde ich zu ihm gehen. Nicht nur er wusste, wo er mich fand. Ich wusste auch, wo ich ihn fand. Und dank seiner Videos wusste ich auch, was ich zu ihm sagen würde. Er hatte so viele Vorschläge parat. Ich fand Videos mit Titeln wie: *Wie du dich entschuldigst*, *Was du sagst, wenn du verlegen bist* oder auch *So wickelst du ihn um den Finger*. Vor ein paar Tagen noch hatte ich das alles belächelt, jetzt erkannte ich den Wert dieser Vorschläge.

Alles was ich im Laufe des heutigen Tages gebacken hatte, war herzförmig. Torten, Kuchen, kleine Törtchen, Muffins, Kekse und Pralinen. Alles nett dekoriert und mit Glasur überzogen. In heller oder dunkler Schokolade, mit Früchten oder Sahne. Die größte Torte allerdings, die am meisten Zeit beansprucht hatte und handwerkliches Fingerspitzengefühl, stellte ich in die Auslage am Fenster. So, dass er sie von seinem Fenster aus sehen konnte. Das war zumindest mein Plan. Meine Hoffnung. Ich hatte sie mit pinker Glasur überzogen. Es war eine Punschtorte, sie sah kitschig aus und schmeckte sehr süß. Es war diese Torte, die ich ihm bei seinem ersten Cafébesuch bei mir empfohlen hatte, weil es meine Lieblingstorte war, die ich mir selbst zur Eröffnungsfeier gebacken hatte. Sie war mit bunten Zuckerstreuseln verziert und mit hellblauer Schrift hatte ich Vincent auf die Torte geschrieben. Ich hoffte, es war groß genug, dass er es von oben gut lesen konnte. Neben der großen Torte drapierte ich kleinere Törtchen und Kuchen, um die gesamte Fensterauslage zu füllen. Er hatte mir einmal gesagt, dass er regelmäßig von seinem Fenster zu mir herunterblickte. Ich hoffte, er hatte diese Gewohnheit nicht abgelegt. Ich hoffte, ich hatte ihn mit meinem Verhalten nicht ganz vergrault. Als alles fertig vorbereitet war, trat ich hinaus vor die Tür. Es war kurz vor vier Uhr. Nelli war schon seit etwa einer Stunde hier und hatte mich akribisch beobachtet. Mein Handy klingelte regelmäßig und überflutete mich mit Nachrichten von Mira, die sich inzwischen auf ein simples Fragezeichen beschränkte und auf eine baldige Antwort von mir hoffte. Mit frenetischem Herzschlag stand ich in der Fußgängerzone und hob meinen Kopf nach oben zu dem Fenster, hinter dem sich seine Wohnung verbarg. Ich blickte lange Zeit hinein ins Dunkel und konnte nicht wirklich etwas erkennen. Gerade als ich meinen Blick abwenden wollte, sah ich ihn. Er trat plötzlich ans Fenster, hielt sein Handy ans Ohr und starrte mich an. Und dann verschwand er wieder. So plötzlich wie er aufgetaucht war, so plötzlich war er wieder weg. Mein Magen verkrampfte sich und Enttäuschung machte sich breit. Ich wusste nicht genau, was ich erwartet hatte, vielleicht, dass er lächelte, oder winkte, oder zumindest das Fenster öffnen würde und mir etwas zurufen. Aber sein Ausdruck wirkte gehetzt oder geschockt und vermittelte mir nicht die Art von Gefühlen, von denen er heute Vormittag im Video gesprochen hatte.

Ich drehte mich um und riss mich zusammen. Mein Blick fiel auf Nelli, sie steckte gerade ihr Handy zurück in die Handtasche und lächelte mich an.

»Ich glaube, er hat die Torte nicht gesehen«, sagte ich enttäuscht. »Er war am Fenster, aber er hat weder gelächelt noch freundlich ausgesehen.« Ich blickte auf den herzförmigen Schokoladen-Muffin, den ich mit dunkler und heller Schokolade überzogen hatte und mit bunten Zuckerstreuseln dekoriert, der noch immer unangetastet auf Nellis Teller lag. »Du hast noch gar nicht probiert«, stellte ich fest.

»Nein«, sagte sie. »Das tue ich erst, wenn ihr mir Gesellschaft leistet.« Ich hatte ihr von meinem Plan erzählt, natürlich hatte sie etwas vermutet, nachdem ich fast nur herzförmige Leckereien im Angebot hatte.

»Warte, dann hole ich mir auch einen«, sagte ich. Ich hatte die ganze Zeit auf Vincent gewartet. Aber es war an der Zeit, der Wahrheit in die Augen zu sehen. Ich hatte es zu spät kapiert und offenbar war die Zeit für Versöhnung und Vergebung verstrichen. Ich konnte es ihm nicht einmal verübeln. Ich war zu hart mit ihm ins Gericht gegangen. Schließlich gab es nicht in jedem Liebesfilm ein Happy End, selbst das wusste ich nach all den Filmabenden mit Mira.

»Nein, nicht nur du. Wir warten, bis auch er hier ist.«

Nelli hielt mich zurück.

»Aber er kommt nicht, das habe ich dir doch gesagt.«

»Du irrst dich. Ich habe ihn gerade angerufen. Ich denke, er ist in wenigen Minuten hier.«

»Angerufen?«

»Seine Nummer steht auf der Homepage im Impressum. Ich hatte den Eindruck, ich müsste euch etwas nachhelfen. Manchmal ist das so. Ich glaube, man nennt es verkuppeln, und es war schon zu meiner Zeit in Mode.« Ich staunte und fragte mich wieder einmal, wie alt diese Frau war oder wie sie es schaffte im Inneren so jung zu bleiben, denn äußerlich war sie es definitiv nicht mehr. Aber das Funkeln in ihren Augen überstrahlte alle Falten und stellte klar, dass das Alter definitiv nur eine Zahl war. Dann fing mein Herz an zu klopfen.

»Heißt das, er kommt?«

»Natürlich kommt er. Genau genommen ist er schon da.« Ich drehte mich um und sah ihn in der Eingangstür stehen. Vincent war ganz in schwarz gekleidet, so wie ich ihn kannte, so wie ich ihn in Erinnerung hatte, so wie er mir am besten gefiel. Er lächelte mich an, vielleicht war er ein bisschen verlegen. Und während er ein paar Schritte weiter in mein Café trat, stürmte ich hinter die Theke.

»Hallo«, sagte ich außer Atem vor Herzklopfen. Und ehrlich gesagt, hörte auch er sich so an, als wäre er die Treppe herunter gestürmt, um so schnell wie möglich hier zu sein.

»Hallo«, sagte auch er und wir lächelten beide wie verrückt. Konnte ich mich noch unbeholfener fühlen? Ich hatte alle Sätze, die er in seinen Videos zum Besten gegeben hatte, vergessen. Ich spürte, wie sich meine Wangen färbten, und wäre am liebsten einfach nur nach vorne zu ihm gesprungen und hätte ihn umarmt und geküsst.

»Deine Tutorials nützen nichts«, platzte ich heraus, ohne darüber nachzudenken. Sein Ausdruck wurde ernst und sein Blick senkte sich. »Ich wollte so viel sagen und mich entschuldigen und ich habe mir viele deiner Phrasen zurechtgelegt, aber jetzt, jetzt habe ich alle vergessen«, stotterte ich. Er lächelte wieder und kam näher.

»Das ist nicht schlimm«, sagte er.

»Für mich nicht. Aber vielleicht für dich. Du gibst dir so viel Mühe mit deinen Tipps, und sie klingen so toll, aber es scheint, als wären sie nicht praxistauglich.« Ich hatte keine Ahnung, warum ich das sagte und auch nicht, wie er es finden würde, aber irgendwie tat es gut, offen über das Grundproblem zwischen uns zu sprechen. »Vielleicht musst du bald dein Geschäftsmodell einstellen und kannst dir keine Tortenstücke mehr bei mir leisten.«

»Zum Glück schreibst du eine Stelle aus.« Er nickte zur Tafel. »Das freut mich. Und wenn es wirklich so kommt, dass ich keinen Job mehr habe, dann bewerbe ich mich bei dir, oder ich hoffe einfach darauf, dass du mich mit den Probiertellern durchkommen lässt. Was schlägst du mir denn heute vor?« Langsam entspannte ich mich und mein Herzschlag beruhigte sich. Es tat gut, so locker mit ihm zu sprechen. Das war ein gutes Zeichen, oder?

»Ich habe eine wundervoll köstliche Vincent-Torte gebacken, die ich dir von Herzen empfehle.«

»Von Herzen?«

»Du kannst es auch Punschtorte nennen. Wenn das für dich besser klingt.«

»Dann entscheide ich mich von ganzem Herzen für die Vincent-Torte. Aber ich bin sicher, mit ein wenig Bianca würde die Torte noch besser schmecken«, fügte er hinzu und ich sah, wie sich seine Wangen leicht färbten.

»Du weißt, dass sich meine Kunden wohlfühlen sollen? Ich denke also, das bekomme ich hin. Einen Moment.« Ich ging nach hinten in die Backstube und holte den blau eingefärbten Zuckerguss, mit dem ich die Torte beschriftet hatte. Ich ging zum Fenster, drehte die Torte zu mir und nahm all mein Mut zusammen und schrieb unter den Namen von Vincent ein kleines *Plus* und setzte darunter meinen eigenen Namen. Es sah kitschig aus und wunderschön und mein Magen flatterte. Und während ich unsere Namen auf der Torte bewunderte, spürte ich, wie sich starke Arme von hinten um meine Taille legten und Vincent mir einen Kuss in den Nacken hauchte.

»Das sieht doch gut aus. So habe ich es mir vorgestellt«, hauchte er und ich spürte seinen Atem. Die feinen Härchen an meinen Armen stellten sich auf und ich drehte mich zu ihm. Das Café war inzwischen leer. Auch Nelli hatte ihren Platz geräumt.

»Verzeihst du mir, dass ich so vorschnell verurteilte?«, fragte ich.

»Verzeihst du mir, dass ich zu langsam war, um dir alles zu erzählen?« Ich nickte und sein Kopf wippte im selben Takt, dann küsste er mich vorsichtig.

»Ich habe keine Ahnung von Dates und Beziehungen«, hauchte ich in seinen Mund. »Das hast du bestimmt schon bemerkt, spätestens nachdem ich unseren Anfang so schnell ruiniert habe.«

»Zum Glück bin ich Experte, wenn es um diese Dinge geht. Mach dir keine Sorgen, ab jetzt kümmere ich mich um alles. Deine Aufgabe ist es, Torten zu backen«, raunte er.

»Das kann ich.« Ich kicherte.

»Davon bin ich überzeugt«, sagte er, drückte mich näher an sich und presste seine weichen Lippen so fest auf meine, dass ich glaubte, in ihm zu versinken.

Danksagung

Ich danke Thomas, Nicole und Peter vom Empire-Verlag. Herzlichen Dank für euer Vertrauen in meine Geschichten und für all die Arbeit, die ihr investiert, um sie zum Leben zu erwecken.

Ich danke Nicole Siemer für den Buchsatz und Marion Busch für das Lektorat. Sie beide lassen sich auf meinen Text ein und verpassen ihm den letzten Schliff.

Ich danke Miriam Neuber und Annika Harrison für das abschließende Korrekturlesen.

Ich danke meiner Familie, vor allem meinem Mann und meinen beiden Töchtern, die mich vorbehaltlos unterstützen und mir den Rücken stärken. Mein Dank geht aber auch an die erweiterte Familie, wie meine Eltern, meine Gota, meine Tanten, Onkeln und Cousins, die meine Bücher lesen und weiterempfehlen und mich auf Veranstaltungen besuchen. Vielen Dank für eure Unterstützung, das bedeutet mir sehr viel.

Ich danke meinen engen Freunden Saskia und Ronald, Bernadette und Markus, Christine und Alexander sowie Andrea und Christian. Ich freue mich so über euer nicht nachlassendes Interesse an meinen Geschichten.

Ich danke meinen Freundinnen Michaela H., Margit, Ramona, Maja, Sandra und Michaela M. Ich danke euch fürs Lesen, Teilen, Weiterschenken und Weiterempfehlen meiner Geschichten. Und fürs Kaffeetrinken, obwohl wir uns viel zu selten sehen.

Ich danke Angelika und Christian wie auch Daniela und Armin. Diese Art von Freundschaft ist unbeschreiblich und bedeutet mir wirklich viel.

Ich danke Monika, Melanie, Harald, Georg, Simone, Irene, Susanne und Kerstin. Ich freue mich so, dass wir noch immer in Kontakt stehen. Mein besonderer Dank gilt Ulla und Nadja – ihr wisst warum.

Ich danke Coco, Beate und Thomas, Petra, Claudia, Saskia, Ulla, Christine, Annemarie, Yvonne und Susanne für euer Interesse an meinen Geschichten. Ihr lest sie nicht nur, ihr verschenkt sie auch und empfehlt sie weiter und teilt meine Social-Media-Posts. Eure Unterstützung ist von unschätzbarem Wert für mich.

Ich danke allen, die mir in den letzten Wochen, Monaten und Jahren begegnet sind und mich auf die eine oder andere Art unterstützt haben. Martin, Mika, Andrea, Kerstin, Claudia, Steffi, Ursula …

Ich danke meinen Leser:innen, von denen ich manchmal über mehrere Ecken erfahre und die ich gerne erwähnen möchte, immer dann, wenn es mir möglich ist: Lotte, Frau Raichl, Monika, Daniela …

Ich danke euch allen, dass ihr meine Geschichten lest, rezensiert, mir auf Instagram folgt und Kontakt zu mir aufnehmt. Ich freue mich über die tolle Community, die sich über Lovelybooks und Instagram gebildet hat. Ich genieße den regelmäßigen Austausch mit euch und freue mich so, dass ihr meine Geschichten mögt. In diesem Sinne hoffe ich, dass euch auch diese Geschichte gefallen hat. Herzlichen Dank, schön, dass es euch gibt.

Weitere Veröffentlichungen

Weihnachtsküsse am Leuchtturm
Empire-Verlag, November 2021

Job, Geld ... gerade alles etwas schwierig für Nina. Das Start-up, in dem sie eben noch Karriere machte, ging kurz vor Weihnachten pleite. Nun steht sie ohne Arbeit und Einkommen da. Dafür mit einem hippen Loft und viel zu hohen Schulden. Der Traum vom Erfolg – irgendwie zerplatzt.

Verzweifelt und frustriert kauft sie das günstigste Zugticket, das sie finden kann und flieht nach Travemünde, ein kleines malerisches Städtchen an der Ostsee. Barfuß watet sie bei Minusgraden im Meer und landet tatsächlich bäuchlings im Wasser. Einfach eine dumme Idee ...

Aber da trifft sie auf Mika, den Leuchtturmwärter mit den silberblauen Augen und komplizierten Ansichten rund um Zero Waste und Nachhaltigkeit. Hals über Kopf verliebt sie sich in den großen, gut gebauten Kerl, der an Zeichen aus dem Universum glaubt. Und anfangs sieht es auch gut aus, eine Privatführung im Leuchtturm, selbstgekochtes Labskaus bei ihm zu Hause. Aber lässt sich Ninas Wunsch nach Erfolg und Luxus mit dem reduzierten Leben im Leuchtturm vereinbaren? Passen zwei so unterschiedliche Menschen wirklich zueinander?

Ein weihnachtlicher Liebesroman, der in der kalten Winterzeit das Herz erwärmt und am Ende ein wohliges Gefühl hinterlässt.

Veganes Schnitzel zum Verlieben

Empire-Verlag, März 2022

Eigentlich läuft es super bei Ella. Ihr veganer Foodblog boomt und die Einladung zum Galaabend bestätigt es: Sie hat es in der digitalen Szene bis ganz nach oben geschafft.

Ihr Privatleben dagegen sieht weniger rosig aus. Aktuell schlägt sie sich mit einem aufdringlichen Kerl herum, der sie sogar bis in die Tiefgarage verfolgt und bedrängt hat. Dementsprechend skeptisch ist Ella, als sie auf den charmanten und witzigen Jo trifft, der ihr einfach nicht seinen vollen Namen verraten will. Aber Ella zwingt sich, ihre Zweifel in den Hintergrund zu drängen, denn wie sich herausstellt, träumen beide denselben Traum: Ausbrechen, einen abgelegenen Landhof beziehen, Gemüse anbauen, als Selbstversorger leben, und anstelle digitaler Posts echte Kochkurse anbieten.

Hals über Kopf verliebt Ella sich in den attraktiven Typen, der Schallplatten hört, noch echte, gedruckte Zeitungen liest und sie auffordert, mutig zu sein und ihre Pläne in Angriff zu nehmen. Das ist die Chance, ihr altes Leben hinter sich zu lassen und ein neues mit Jo zu beginnen.

Frühlingsküsse in der Hafenkneipe

Empire-Verlag, Mai 2022

Liebe, Studium ... – gerade alles etwas aus der Bahn geraten bei Pia. Ihr Freund, mit dem sie seit einem Jahr zusammen ist, macht mitten im Urlaub an der Ostsee Schluss mit ihr. Nun steht sie da, ganz alleine in Stralsund, mit einem teuren Hotelzimmer im Gepäck, das auf Bezahlung wartet und einem viel zu kleinen Studentenbudget.

Tränenblind stolpert sie in die alte Hafenkneipe und betrinkt sich. Der dort angebotene Aushilfsjob kommt ihr gerade recht. Das Geld kann sie fürs Hotelzimmer brauchen, außerdem sollte Bier zapfen nicht so schwierig sein. Aber weit gefehlt ...

Zum Glück kommt Finn, der Barista vom angrenzenden Café, immer wieder vorbei und zeigt ihr den einen oder anderen Kniff. Vom ersten Moment an ist sie verliebt in diesen tätowierten Rebellen, der von Werten wie Mut und Ehre spricht, als stünden sie jedem im Überfluss zur Auswahl. Und gerade als es zwischen den beiden zu knistern beginnt und romantische Stimmung aufkommt, steht plötzlich Moritz, Pias Exfreund, in der Kneipe und will sie zurück.

Ein romantischer Frühlingsroman, der die Zeichen auf Anfang stellt und alles entstehen lassen kann. Eine Geschichte, die nach den kalten Wintertagen endlich Sonne ins Herz bringt und ein warmes Gefühl hinterlässt.